去爱吧，就像没受过伤一样

Love like you've never been hurt

陆萌 —— 著

北京联合出版公司
Beijing United Publishing Co.,Ltd.

图书在版编目（CIP）数据

去爱吧，就像没受过伤一样 / 陆萌著. -- 北京：
北京联合出版公司，2016.5
ISBN 978-7-5502-7292-7

Ⅰ．①去… Ⅱ．①陆… Ⅲ．①长篇小说－中国－当代
Ⅳ．①I247.5

中国版本图书馆CIP数据核字(2016)第057874号

去爱吧，就像没受过伤一样

作　　者：陆　萌
出版统筹：新华先锋
责任编辑：刘京华　夏应鹏
策划编辑：木思璎　李　娜
封面设计：郑金将
封面摄影：阿　满
版式设计：刘　宽

北京联合出版公司出版
（北京市西城区德外大街83号楼9层　100088）
北京慧美印刷有限公司印刷　新华书店经销
字数174千字　620毫米×889毫米　1/16　17印张
2016年5月第1版　2016年5月第1次印刷
ISBN 978-7-5502-7292-7
定价：36.00元

目录

contents

很多事情，

我都无能为力，

比如，自始不能选择的出身，

比如，永远无法重演的曾经，

比如，未来不可避免的死亡，

比如，始终无可救药的喜欢！

——成墨

我希望你，是我独家的记忆，埋在心底，不管别人说的多么难听

现在我拥有的事，是你，是给我一半的爱情

我喜欢你，是我独家的记忆，谁也不行，从我这个身体中拿走你

在我感情的封锁区，有关于你，绝口不提，没问题

——《独家记忆》

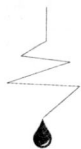

这是我人生中的第一次相亲，过程与气氛和我所预想的完全一样，但是结局却是万万也没有想到。

我问我最好的朋友泼鸿："他是嫌我长相差，还是嫌我身高矮？"

"肯定不是你这仙女长相入不了他眼的问题，他当初看了你照片第一眼，就满口答应要来跟你见面。但身高也不是问题，你一米六五，他一米七，你踩上高跟鞋比他还高呢。"

"所以他就是嫌弃我比他高。"

泼鸿一脸正经地说："非也！越是矮个子的男人，越是喜欢高个子美女。"

"那你是拿了我 PS 过的照片给人家看的吗？"我觉得有些泄气，这次相亲是我跟泼鸿提议的，可是结果却让我大受打击。

"没有 P 过啊，是我跟你的合影呢，去年秋天拍的，全身照，你长发披肩，穿着背带牛仔裤与白衬衫的那张，那时的你和现在基本没什么区别，皮肤满满的胶原蛋白，青春靓丽，明眸皓齿，所以你千万别被他打击到了，要对自己有信心。"泼鸿颇费唇舌地跟我解释着。

但是经她这么一说，跟我相亲的人之所以看不上我，我大概心里有数了。

虽然泼鸿总说我貌似貂蝉，才比清照，但这些年来，我一直没有追求者。在二十三岁的这一年，我让泼鸿给我介绍男朋友，对方是一个外貌普通、身材稍胖的小公务员，对方初见我时眼中盛满了惊艳之色，但最终人家还是嫌弃我，我如此没有异性缘，大概只有那一个原因。

我的学历太低了！

可是学历低的人，难道就不配拥有爱情吗？

"我倒是很诧异，你居然想着要我帮你介绍男朋友。"泼鸿含着冰激凌跟我说。她已谈过多场恋爱，目前也是单身。

我其实并不想谈恋爱，我只是想在他回来之前，找到一个防护盾，能护住我摇摇欲坠的心。但后来事实证明，任何人都护不了我的心，除了他。

Chapter I

细雨时节又逢君

"成墨回来了。"妈妈在我准备离家上班时，告诉我这个消息。

我一顿，成墨，他真的回来了？

"不就是一个保姆的儿子，回来了就回来了。"我用淡然无波的表情，覆盖住我翻腾不已的内心。

我瞄了一眼我爸，他的双目自他手执的报沿上方，正不悦地盯着我。

我忽略掉他的不痛快，我行我素，拿着我那个背了四年、边角已现磨损的包包出了门。

关上家门，才发现外面飘着细雨，我忘了带伞，却不想转身回屋去拿。现在我的父亲肯定在跟我母亲抱怨，抱怨他为什么会生了我这样一个女儿。

都是因为成墨，因为他——寄生于我家十多年的外人，我才会跟我的父亲起冲突。

我冒着纷飞的细雨，一路步行至公交站牌，路上行人匆匆，在这氤氲的雨雾中青影重重。雨水打湿了我的头发和脸颊，我的头脑一片混沌，脑海中不断被他要回来的信息翻搅出过往破碎不堪的画面来，让我头痛不已。

我的父亲，爱别人的子女甚于自己的亲生女儿，当然，如果他博爱到能不独子其子将任何一个无血缘关系的人当作自己子女一样疼爱，那便没关系，但偏偏不能唯独对成墨那般好。

因为成墨是个卑鄙、虚伪、狡诈、死皮赖脸的家伙！而且，他还有一个不知廉耻的母亲。

下了公交车走上不远，便到了我上班的商场，我在这个商场的一家鞋店做导购，每天的工作就是为客人挑选鞋子，然后蹲在客人面前替人脱鞋、穿鞋。我没有计算过我一天平均要蹲多少次，但是这几年反复的蹲站，让我终于在今年成了这家店的店长，还加了薪。

我作为一名导购员，是这个社会最基层的劳动者，拿着微薄的月工资，做着最不耗费脑力的机械简单的工作，却总是明里暗里鄙视着我家保姆的儿子，那个既有长相又有学历，还有留学背景的男人。

我的同事都不知道我的家境殷实到能请得起保姆，养得起别人的老婆、儿子。因为任谁都无法想象，全国排名前十的高校的副校长，他的女儿只有高中文化水平，且是一名商场的导购员。

我大概是我父亲这辈子最大的污点。我母亲多次让我续学，以谋求一个好的前程，不要让我父亲在他的同人面前太丢面子，可是我不惜自毁前程，偏偏要和他作对到底。他有的时候怒极攻心，指着我大骂。每每我看到他一改斯文儒雅的模样，转而暴跳如雷，我便既痛快，又痛楚：究竟何时起，我跟我父亲的关系变得如此对立了？

而他所收养的他家保姆的儿子，却依靠他的资助，出国留学，进了全世界数一数二的名校，现如今已学成回国，风光无限！

他是我父亲的骄傲，自从我变成不肖女之后，我父亲总是对外宣称，成墨是他的儿子，他最骄傲的儿子。

我也曾一度怀疑，成墨是他的亲生儿子——他的私生子！

今天不是周末，逛商场的人不多，店里播放着轻缓的音乐，我的思绪似乎也被拉扯得很长很长。

我想起那一年，我看着那个女人一边哭泣一边将头靠向我父亲的肩头，而我父亲毫不推拒地拥着她；又想起那一年，他们初来我家时，那个男孩儿一脸讨好的笑容，我母亲欲言又止的叹息。还有我，这十多年的固执倔强……

他如今回来，又算什么？事隔几年，他的回归，只会将我与父亲的矛盾再次激化，将我家好不容易缓和下来的平静碎裂化而已。甚至，我已失眠多日。

睡不着的时候，我眼前常常浮现成墨二十多岁时的模样，他鹤立鸡群的身高、干净明朗的面目、温暖柔软的嘴唇……

等我发现他在我心中居然会是这般美好的模样时，我便又气恨自己，我是好了伤疤忘了疼吗？过了四年，我竟淡化了成墨和他母亲曾留给我的伤害。

我曾经冲着他和他母亲的背影，歇斯底里地大喊："我不会放过你们！"这才几年？我曾经打算跟他斗到底，是这一辈子都要斗到底。

播完一首歌，进店的顾客看了一圈，又走出鞋店，我正百无聊赖时，突然听到同事万芳芳叫我，我抬头望去，她指指柜台外面说："有帅哥找！"

我顺着万芳芳手指的方向，看向前来找我的人，只见他站在人来人往的商场中央，长身鹤立，气度非凡。我将他从上到下打量了一番，几年未见，他的模样有了不少变化。

他的眉眼不似前几年般柔和，下颌侧面也显露些刚毅的味道；他的身量更高了，比我记忆中的他成熟不少。从他一身精致又内敛的穿着上看，我已经察觉出他此行的目的——衣锦还乡的人是来显摆他的风光了。

"成春。"我唤道。

他瞧见我时，眼眸中的光亮大盛，抿着唇，双眸定在我的脸上，半晌无声。

我知道他虽表现得波澜不惊，但心中肯定恼怒至极。

以前就是这样，每每遇到我挑衅他，他总是一而再，再而三地忍，忍无可忍时，便握紧拳头向我扬起，但总不敢落下，最后便冲我大吼一声，愤然离去。

那时，便是我最开心的时刻，我从来不会担心他的拳头会落在我的身上，因为他肯定不敢啊，他得思量思量，他和他母亲还得依靠我家生活呢，他上最好的学校，需要我父亲的资助。

成春是他的本名，他初到我家时，他的人，跟他的名字一样土！

我父亲不知道是出于什么原因，替他改了名字，叫成墨。

我父亲作为他的养父，多尽心哪，我总是在想，他为什么不替成墨将姓氏一并改了呢？

成墨放下抱胸的手，一手随意插兜，缓缓朝我迈近。

他身上的衬衣雪白，硬挺的领子服帖地围着他颀长的脖颈，松开的领口处露出他突出的喉结，西装外套的板式十分有型。他的肩膀和发丝上被雨水微微地打湿，西裤中线熨得笔直，他浑身上下都透着一股衣冠楚楚的海归学院气派，我这一身商场导购员的廉价打扮相较于他的精致考究来，等次分明啊！

我爸对他真好！

高考成绩出来时，我爸怒极地指着我道："从现在起，我不会再供养已满十八岁的你，你休想再从我这里拿走一毛钱，你的吃穿用度、生死养葬，全部由你自己负责！"

从那一天起，我脱下了我大小姐的衣裙，换上了廉价的地摊货。很长一段时间我没有收入，找工作处处碰壁，好不容易找到一份廉价劳动力的工作，却又遭人欠薪，现在的导购员工作，是我所能找到的最稳定、最可靠的了，但是收入仍然微薄。

我的父亲啊，我每个月两千多的工资，要向他上交百分之五十用于我的食宿，可是这个保姆的儿子，却拿我上交的钱财买了这一身行头，这怎么能不让我对他有恨意呢？

"工作都四年了，你怎么还长不大呢？"他睨着我的眼神，跟十多年前一样，他一直觉得我幼稚、野蛮、任性。

"你倒是老了很多。"看他的眉心，那道竖纹多深哪！

他垂着眼眸望着我，问："什么时候下班？"

我不正面回答，反问："你回来做什么？"

他微掀眼皮，沉思片刻，道："结婚。"

"哦？不是回来报恩的呀？就算不报恩，也该报效祖国啊！黄长玥是怎样教育你的？他天天跟别人炫耀他有一个好儿子，将来必是栋梁之材呢！"我对他极尽嘲讽。

"你就在这里工作了近四年？"他不理睬我的嘲弄，将视线放在我身后的鞋店。

我回首望了一眼我工作的地方，干净整洁，商品码放有序，有轻音乐，还有空调，没什么不好。

"这是劳动人民劳动的地方，虽然社会贡献性没你的大，可是勤劳不可耻。"我没什么让他看不起的。

趁他仍在四下扫视，我又近距离地打量了他一番，忽略掉包裹着他的那一身"金缕衣"，我发现他不但眉间的纹路加深了，脸部的线条也硬朗了许多。而变化最大的，应该是他的声音，四年前他二十一岁，就早已过了变声期，可是现在的声音，比起那时，俨然又要低沉上好几个调。

他突然冲我笑了一下，我一愣，他刚刚是冲我笑吗？我多久没看见过他的笑容了？似乎只是他初到我家来的那段时期爱笑，后来，再后来，从什么时候开始，我们两个一见面就是大动干戈？

当然，刚刚也有可能是嘲笑、讥笑，这不就是他今天来这里的目的？

我伸出手来，道："请帖给了我就快走吧。"

他收住笑容，拧着眉头，不解地看着我。

"你的婚礼，我不一定会去参加，当然，如果我去观礼，你便要做好心理准备，说不定我是去闹场子的。"

"我不是来给你送请帖的。"他微微退了退身体，将与我的距离拉开了一点儿。

我身后有其他卖场的同行跟我打招呼，神情暧昧地望着成墨笑。

"那你来干什么？"我扭头看着她们一边交头接耳，一边不断向我们指指点点时，不由得更加讨厌起他来。

"我就是来看看你而已，一诺，我想你了。"他说。

我心中一震，在他的双眸中有着一本正经的坚定。不过，他从来都是一本正经的，包括一本正经的虚伪，一本正经的狡猾。我更相信，他来看看，是来看我有多么地不如意，多么地狼狈。

事实上，我过得尚可。我对我的生活从来没有像他们那样要求得理想化，不管是当教授，还是当老板，都不是我所追求的，他若是来看我不顺遂的模样，那他便来错了。

也许，他只是想要我明白，当年我的行为是错误的。在他看来，为了与自己的父亲对抗，鲁莽地在高考时将所有科目的试卷都交了白卷的我，会在多年后的今天，悔不当初。但是他也错了，依我的性格，即使时光倒流，我仍然会那样，再过一百年，我还是会那样。

四年而已！当初，父亲以为我顶多熬不过一年，便会服从他的管教。我妈常偷偷地跟我说，其实我爸一直都为我保留了一条很好的出路，只要我服软，我马上就能跟成墨一样，出国留学，镀金镶钻，无须再劳累奔波。但是一年又一年，四年了，父亲看我的眼光从愤怒慢慢转变成了死灰般的失望，而我对他的心态也从仇恨变成了陌生人般的冷漠，那条他为我安排好的一帆风顺的道路，始终只有成墨一个人走得欢畅安然。

我妈常说，父女怎么会有这样深的仇？

本来是没有的，是因为成墨母子才有的。

"我偶尔也很想念你，想着你不回来便罢了，若是还敢回到我家来，我仍然不会放过你！"我扬着下巴，让自己看上去尽量显得强势一些。

成墨垂着眼眸，视线放在我的鼻尖以下，好一会儿，我看着他的喉结微微一动，接着他的唇部线条柔和下来，开口道："很高兴，你会想念我。"

他看完了，便离去了，他走得步履轻松，可是我却因为他的到来而狂躁了一个下午。

万芳芳八卦地问："一诺，你怎么会认识那样的人哦？"

"哪样的人？"我不高兴地反问。

"跟我们完全不一样的人啊！模样好，穿得好，气质也好，光是看外表，就让人觉得既有家产，又有学识。"万芳芳形容起他来，眉眼都带着笑。

"有学识？有家产？"我笑着睨她，道，"你看人的眼光真不怎么样。"

"难道不是？"万芳芳刨根问底。

"不是！"

"那他是做什么的？"

"吃软饭的！"

我恶毒地笑，没错，成墨，自他七岁来我们家开始，就一直是个吃软饭的！

万芳芳有些无法接受地自言自语："原来是这样啊！可我怎么觉得不像啊……"

我看了看时间，捋了捋颊边的发丝，收工，下班！

晚上我参加了泼鸿为我准备的第二场相亲，地点在商圈附近的一家平价西餐厅，我跟泼鸿到得很准时。

一跟泼鸿碰面，她就双眼放光地围着我绕了好几圈，她说："一诺，你平时真该好好打扮打扮，你这皮肤本来就好，要是上点儿妆就更显细腻了。最羡慕的还是你的嘴唇，不点而红，还饱满润泽。今天怎么想起来把头发披散开来了？倒是蛮有韵味的，不过这次你真不应该穿高跟鞋。哟哟，瞧这双炯炯有神的大眼睛，别瞪着我了，我脸皮薄，经不起你这么汹涌澎湃的电量。"

我今天临下班时，跟万芳芳说要来相亲，她就拖着我想替我化妆，却半天不知道该如何下手。她看着她化妆包里的一堆化妆品，摇了摇头，叹气道："黄一诺，你真的不适合化妆，你的脸已经很完美了，要是涂抹了胭脂水粉，会降低你的五官品质的。"于是，她只伸手打散了我的长发。

此刻面对泼鸿的眼光，我还是觉得有些尴尬。高跟鞋倒是我自己的，鞋店要求员工穿自己品牌的鞋子上班，我每天穿着高跟鞋，要站上八个小时呢。

我跟泼鸿都属于在街上随便走走，就能把回头率赚得金盆钵满的姑娘，所以刚进餐厅一坐下，就已经有一群从四面八方飘来的目光黏在了我们的身上。

等了许久，才等到了那个前来相亲的男人，他扬了扬手腕上金光闪闪的大腕表，笑得毫无歉意，嘴上却道："抱歉，抱歉，迟到了四十分钟，这附近太不好停车了，我那新车可不敢随意停在外面露天停车场里，要是被人刮一下，补个漆都得好几万块钱呢。"

他一身的西装革履，穿得十分正式，浑身上下散发着暴发户的意气风发。泼鸿跟我说他是年入上百万的商界新贵，我原先被这个头衔吓住了，十分好奇为什么这么厉害的人物竟然同意与我相亲，但是他站在我对面时，我瞬间就了悟了。

这个新贵的身高与我差不多，我穿上高跟鞋比他高出了半个头。

当然，人家不嫌弃我学历低，我也不能嫌弃人家身高矮。可是，他这一身的打扮，突然就让我想起了白天刚见过的成墨，心头涌上了一股强烈的落差感，我看向泼鸿，向她微微地摇了摇头。

我要找一个防护盾，不一定能与成墨匹敌，可是至少不能让成墨看我的笑话。

妈妈打了两次电话，第一次时，我告诉她我不回家吃晚饭了，第二次她打电话来时告诉我，成墨来了，让我早点儿回家。我在电话里告诉她，我在相亲，我没告诉她的是，这次相亲又是失败的。

电话里，我听见了我父亲的声音，他不知道在跟谁抱怨责备我的晚归。

近一两年，我常常在他对我有责备时，清楚明白地告诉他，我自经济独立时起，人格同时也独立了，从法律上讲有了完全民事行为能力，不再需要监护，监护人与被监护人之间的关系自动解除了，他再也不能限制束缚我了。

他常常被我气得脸色发青，指着我道："那孝道呢？"

"我的孝道就是还和你生活在同一个屋檐下！"

每次在他气急败坏冲我吼"滚"的时候，我妈都会死命地抱住往外冲的我，她说，再怎么不和，也不能离开这个家，否则这个家就真的不像个家了！

再怎么着，我还是得有个家不是？再怎么着，他是给我生命的父亲不是？

他曾经也把我高高抛向空中，再稳稳地接住我，以此来取悦我；他曾经在百忙之中抽空陪我去公园里荡秋千，将我轻轻地推向天空；他曾经也十分宠溺地给我买棉花糖，买洋娃娃，满足我的各种小愿望；他曾经也因为我考了一个不算差的成绩向别人过分夸赞，并以我为傲，那么多回不去的曾经，成就出他曾经是我心中好父亲的事实。

告别了泼鸿，婉拒了相亲男要送我回家的提议，我一个人走在空旷的路上，路面潮湿，映着灯光点点。我走一路想一路，我为什么那么恨我父亲呢？

那么多年以前，我就是他心尖上的，我就是他的全部，他给我取名"一诺"，外人总以为他希望我成为一个遵守承诺的人，但是他却说我是他千金不换的宝贝，隐含的"千金"二字，才是他取名的初衷。

什么时候，他的宝贝和他反目成了仇人呢？他一直视为掌中宝的我，如今俨然变成了他的眼中沙了。

还未到家，天空便又下起了雨来，我躲藏无处，一路奔跑向前，刚刚那些伤感失落，瞬间被应接不暇的雨点打得魂飞魄散。等跑到了家门口，我已浑身湿透，打开家门，一股融融暖意和着满室的欢欣扑面而来，但是那些欢声笑语却因为我的出现戛然而止，这时，我才感觉出自己的到来显得极为突然。

我就像安徒生童话里突然到访的豌豆公主一样，落魄地矜持着我的自尊。

童话里，人家用十八床棉被下的一颗豌豆试出了公主的真假，而我用十八年的时光，仍衡量不出我在父亲心中的分量。

最先有反应的自然是我的母亲，她从沙发上起身匆匆走向我，较之于那些用饱含着惊艳与各种意味的目光来迎接我的人，只有我的母亲，才是真正将我放在心尖上的人。

似乎每个母亲都能在第一时间找到毛巾，裹住孩子淋湿掉的头发。我顶着一块毛巾，进入到客厅沙发的片区时，第二个起身迎接我的人出现了。

我的社会经验总是告诉我，第一时间迎向你的人，都是真心喜爱你的，第二个跟着如此做的人，多数是出于客套与虚伪。

成墨的母亲便是这第二个走向我的人。

成墨的母亲当然不姓成，她姓陈，我小时候成陈不分，所以多年来，我一直喊她"成阿姨"。

成墨出国的这四年，她的母亲已经很少出入我家了，我父亲在外面找了个好地方，将她养了起来。因成墨的衣锦还乡，所以她看起来气色不错，一摒以前寄人篱下的唯唯诺诺，似乎一夕之间就扬眉吐气了。

"成阿姨。"很多外人在的时候，我通常不会驳我父亲的面子，家丑不可外扬，更重要的是，我不喜欢外人看我及我家的笑话。

今天的外人有些多，除成家母子外，还有两女一男，穿着打扮都十分体面，我父亲笑着向他们介绍道："这是小女一诺。"他转向我又介绍道："穆言和水晶是我以前的学生，也是成墨的好友，孙小姐是成墨在英国学习时认识的好朋友。"

作为我父亲学生的那一男一女，我不是很上心，介绍到孙小姐的时候，我认真打量了一下。她坐在成墨左手边，长发微微地打着小卷，皮肤很白，容貌姣好，穿一袭黑白竖纹连衣裙，胸前别着一朵藕色胸花，脖颈间戴了一串珍珠项链与她耳上的珍珠相互辉映，显得很是端庄。

她看我的眼神是坦然的，冲我笑道："你好，我叫孙小米。"

形容举止，落落大方。

我心中突然有了一种顿悟——她就是成墨的结婚对象啊！

我看向坐在沙发上未有动作的成墨，对上他沉如浓墨般的目光，忽然感觉心中柔肠百转。避开他的视线，我转向冲我笑得亲近的孙小米，觉得他们俩确实很般配。

我母亲曾跟我说，自己是什么样的人，最终就会找到什么样的对象，我若一直处在社会的最底阶层，那么我也可能往工人、农民中去找对象，若运气好一点儿，找一个公务员也有可能，但那都不会是最理想的。

我以前不以为然，但如今，成墨与他那如空谷幽兰般的同学默契静好的模样，让我终于相信了我母亲的苦口婆心。是的，什么样的人，才能找什么样的对象，若成墨没有今天，仍是那个又土又笨的成春，这个孙小姐定然是不会跟他相携出现在我家的。

所以说知识改变命运，没错，他一步步地改变了自己的命运。

"我还有事，恕不招呼，你们慢聊。"我不喜欢这种场面，我与他们的身份、学识、气度都不在一个层次，不愿意凑他们的热闹，我转了个身，打算回房。

我听见我父亲带着一丝不满地向他们解释道："小女性格散漫，无礼刁蛮，难以管教，我的学生千千万，多数如你们优秀，我却独独管不好自己的女儿……"

偏偏此时，我瞥见了成墨的母亲，她侧着身子看我，脸上带着不高兴的情绪，对上了我的视线后，又慌忙错开。我突然顿住了脚步，一个转身，走向他们。

"成墨，我今年二十三岁了，你曾经说过，等我长大了想结婚了，只要我愿意，我们就结婚。这话，还算数吗？"我想我父亲肯定有十多年没有见我笑得这么人畜无害的模样了。当然，他呆若木鸡的模样更多是因为我这话让他太措手不及了，也让在场所有的人都惊诧不已。

满室的安静，壁上挂钟"嚓、嚓、嚓……"地移动着秒针。

我渐渐收起了笑意，隐隐地有了些害怕，我不敢看成墨的脸，不敢应对接下来的质问，更不敢承担我不想要的那个结果。

"算数。"他终于开口应道，声音慢得让我听出了艰涩。

或许他知道，他若不这般答复我，我会不止不休，我会当着所有人的面，指责他言而无信，出尔反尔，闹得他颜面尽失。

我不敢去看他身边的那位孙小姐的表情，我不想心软，既然我折回来想要折腾出点儿风波来，我自然不想因一时心软又自毁城墙。只不过，我倒是刻意瞥了眼成墨母亲的脸色，她那一脸的青灰与愕然，让我对自己不惜豁出自我的行径算有了些慰藉。

但是，关上卧室门后，我才懊悔不已。

我自己也未料到，事情居然会发展成这样。我一时脑热地冲去质问，只是想打破他们那其乐融融的氛围，又或者只是想气一气觉得农奴翻身做主人般扬眉吐气的成阿姨，再又或者是想让当众数落我的父亲下不了台阶。但是不管出于什么目的，我都做了一件将自己搭了出去的蠢事，而且出乎我意料的是，成墨居然是那样的答复。

他的答复，虽然有迟疑，但是却真正地让我始料未及，并措手不及。他做事向来深思熟虑，对人不轻易承诺，也不轻易给答复，只不过每每对于我的要求，却是例外。

我抚了抚额，我的人生规划，总在成墨出现后，被打乱得一塌糊涂。

我记得十八岁那年，成母曾经私下拦住我，责问道："一诺，你有什么不满意的，你可以直接跟阿姨发脾气，你何必要闹得整个家都不安宁呢？觉得全世界都对不起你似的，唯恐天下不乱！"

她和成墨离开我家后这四年多，我除了仍然跟我父亲对着干，我已经少有那种唯恐天下不乱的性子作怪，但他们一出现，特别像今天这般春风得意地出现，我那性子便连自己都管制不了地又钻了出来，我不喜欢这样的自己，但是我控制不了。

我隔着门板，听我父亲在问："成墨，一诺她是故意在刺激我、气我，是吧？"

我没有听见成墨的声音，我也看不到他们的表情，我想客厅里的情形肯定是精彩的。

其实我父亲在这种时候问成墨那个问题，太不适当了，成墨能怎么回答呢？他能说"不是，我从没有许诺过您女儿这样的事情"，或者说"对的，她不仅想气你，还想气我和我妈，并坏我好事"吗？

不管怎样说，他黄教授的脸面都没地方搁。

所以成墨的沉默，是在为我父亲的颜面着想吗？反正我从未期望过他是在为我着想。

我站到镜子前，镜子里的我也显得狼狈不堪。披散的长发因为淋雨，湿漉漉地贴在脸上，只是我的这双眼睛正因为湿漉漉的关系而水润不少，映在镜中显得很是明亮，少年时的成墨曾经跟我说："一诺，你的眼睛真好看，像一汪潭水……"但是现在镜中的我，也就只剩一双眼睛可以看了。

有人敲我的房门，是妈妈。

我将门开了一点点，我妈侧身进了我的房间。

"你怎么还不赶紧换掉湿衣服？"妈妈的心思总是更多地放在对孩子的关怀上，第二句才是责备，"你刚刚是故意在气你爸爸吗？"

"没有啊！"我固执着，连我最亲最亲的妈妈，我也不肯告诉她真相，因为真相就是我心中的阴暗。

我就是阴暗了，他们那一对那么般配地坐在一起谈笑风生，似乎畅意美好的未来已经掌握在自己的手中了，人人都爱他们，都讨好他们，可我就是见不得他们好。我跟电视里演的那些坏配角一样，总是在男女主角即将幸福美满时，插一杠子，打个人仰马翻，闹个天翻地覆，故事情节便更显精彩了，人生经历也更显丰富了。

"之前打你电话时，明明还说你在相亲，可这一回来，你就又做了件让大家都出乎意料的事情，你这样做可太不对了。别人看不出来，你妈我可看得出来，你就是在捏造事实，制造事端，你这脾气，我都不知道要拿你怎么办……"我妈开始使劲责备我了。

制造事端我承认，可是捏造事实就不尽然了。其实说起来，成墨是有说过类似的话的，即便那时我还小，他也未长大，但我并没有捏造事实。顶多，我只是稍稍偏离了成墨当初的原意而已。

那年他十五岁，我十三岁，已经升上了初中，原本与我同班的他因为提前一年升学，他已高我一年级，我曾为此恼怒不已。

升上初中后，他一改小学时不受人待见的模样，在学校里混得风生水起。他身上的乡土气息经过我父亲几年来耐心细致地洗涤，早已消失殆尽。他的模样也日渐明朗，个子更是突飞猛进，一升入初中，他便鹤立鸡群般地显眼夺目了。

曾经与我同班的女同学，一入学发现他已升任为我们的学长，又见他在学校里出类拔萃的模样，无一不扼腕，恨自己当初看走了眼。

我也觉得自己看走了眼，他初来我家时，我以为他是一个可怜、傻笨，又老实巴交的小哥哥，等到他用我家的米粮将自己养得身娇肉贵时，我才发觉，他其实一点也不可怜，一点也不傻笨。他的成绩从班上倒数几名蹿到直接免试升学，而且升到重点中学的重点班级，若不是黄长玥在背后起的作用，打死我也不相信他是凭自己的本事做到的！

可是我爸让我老老实实地读完了六年，然后靠自己去考试，最后再吊个车尾地进了跟成墨同一所学校，变成了成墨的学妹。

在学校里，我跟成墨没有交集。我们不说话，不一起吃饭，甚至见了面，我也不和他打招呼，但是有一件事，自我入学至他升学，都是一起做的，那便是上下学。

他会晨昏定省般地守住我，与我一并上学、放学，而他之所以这样做，就是因为我父亲曾经跟他说，要保护好我这个"妹妹"。

就在我十三岁的时候，我出了麻疹。我是班上第一个出麻疹的人，接下来班上五六十个孩子中，近一半都接二连三地出麻疹。由于我是第一个，于是同学们都认为是我将麻疹传染给了全班，大家不约而同地远离了我。即便我痊愈了，他们却仍当我是麻风病人般，而非麻疹病人，我第一次体会到了成墨刚进城上学那会儿的处境——被孤立！

这对一向众星捧月的我来说，很是难以接受。本来以吊车尾的成绩升入初中，已经让我感到耻辱了，却没想到在升入初中后发觉与成墨的处境来了个翻天覆地的倒置，让我骄傲的心灵无法接受这种改变。

我冲着一直跟在我身后的成墨大喊，让他离我远一点儿！

我多讨厌他啊，他明明不喜欢跟着我，却总是尽职尽责地像条影子般怎么也甩不掉，我将在学校受到的委屈一股脑儿地全撒在了他身上。

而麻疹过后脸上留下的斑斑点点，更让我痛不欲生。过去每天都会有同学围绕在我身边，说我长得好看，男同学更是想方设法地在我面前表现自己。有时还会有别班的学生跑到我们班教室门口，就为了假装不经意地看我一眼。而现在，他们一看见我，就像看见了妖怪，离得远远的。

尽管我妈说这些斑斑点点会消失且不会留下疤痕，但我总觉得自己已经变得丑陋不堪了。就在一天早上，我才摔了一面镜子，又在父亲的压迫下，逼不得已地跟成墨一道去上学。

"一诺，你的脸会好的，还会跟以前一样好看的。"成墨站在离我几步之遥的地方，开口道。

"好看不好看，都不关你的事，你又不是我的谁！"

他抿了抿唇，盯着我的双眸有些灰暗。他一个十五岁的大男孩儿，学校里风光无限的学生会长，在我的面前，露出了一脸的落寞。

"一诺，叔父曾经说过，等我们长大了，可以让我给他做女婿的。"

"你也配？"我一脸嫌弃地看着他，觉得他想得可真是美好，为了贪图我家的便利，小小年纪，居然就已经宵想着给我父亲做女婿了，真让人恶心。

"只要你愿意，即使你长得不好看也没关系，只要你愿意，我们长大了就结婚！"说这话的时候，他硬生生地扯出一个生涩的笑容，然后又在我的白眼中消弭。

他有的时候确实蠢笨，笨到看不出我对他的嫌弃，愚昧地坚持着。

莫名的，这段记忆对于我来说非常深刻，我甚至总能想起他的每一个停顿，以及他的一本正经和那一丝淡得几乎没有的微笑。

我从梦中惊醒的时候，外面的雨声伴着低沉的雷声让我顿觉害怕，我裹紧被子，却发现自己满头大汗。我坐起来开了台灯，拿起电话，也不管已经有多晚，我打给了泼鸿。

电话响了很久，才被泼鸿带着愠怒的声音接通。

我说："泼鸿，成墨回来了。"

"嗯……"

我听着电话里随之而来的忙音，愣了一会儿，想发牢骚却又无可奈何。

想当初，泼鸿那么迷恋成墨，事隔多年后，曾那么迷恋他的人也终于淡了，如今提及，竟唤不醒她的睡意。而我，却不管白天夜里，都在纠结着他的出现，这对于我来说，真是讽刺。

我躺下，关了灯，想重新入睡，却翻来覆去地睡不着。雷声时大时小，时远时近，就像那些记忆，时而清晰，时而模糊，各种片段跳跃着浮现。多数，都是关于成墨的。

快天亮时，雷休了，雨停了，经过一夜风雨摧残的小鸟啾鸣着出来觅食了，清新的空气带着些凉意让人觉得舒坦，我才渐渐睡去。可是才睡着不久，急促的电话铃声将我吵醒，泼鸿在电话里兴冲冲地问："一诺，你昨天晚上说成墨回来了？"

我有些恼火，我好不容易才睡着，她又跟我提起了这个人。

"你怎么知道他回来了？你见到他啦？他有没有变？奇怪，你怎么三更半夜告诉我这个消息啊？他这次回来做什么？"

我突然笑了起来，阴恻恻地道："他回来跟别人结婚。"

我挂电话时，电话里传来泼鸿难以忍受地叫骂："你这个死人，半夜还不忘专门打电话来打击我！"于是，我笑着继续失眠。

失眠不是一件最糟糕的事，糟糕的是因失眠而引起的后果，昏昏沉沉的工作状态带来的结果就是工作失误。

我在替顾客拿鞋子时，拿错了码：左脚三十五码，是我从仓库里拿出来的；右脚三十六码，是柜台上的。待傍晚我们盘点时，我才发现了这个错误，拿错了鞋子的顾客没有回头来换，不知道是因为没有发现，还是发现了也懒得回来换了，这个错误导致店里的另一双鞋也不能再销售。

我的同事费思思热心且迅速地将这件事告诉了老板，老板打来电话对我一通批评，我便生出一些气性来，挂断电话后就去找了费思思，告诉她以后像这种事情我会主动与老板说的，用不着她在背地里偷偷打小报告。

费思思大概是与我在同一家鞋店做同事最久的了，她的销售量总是比我低一点点，所以今年年初，老板让我当了店长，也就是从那个时候开始，同事情分一下就生疏了。以前在一起还能聊聊天、说说八卦，现在她开始常常斜眼看我，也常常跟其他的同事对我评头论足，我不用听也知道她会说些什么，但是我总没有找到机会好好跟她说说。

这次毕竟是我有错在先，才发生了冲突，可是我最近心情出奇地浮躁，从成墨回来以后，我常常会因为一丁点儿小事而火气上升，所以我跟费思思直言不讳时，口气也没有了平日里的收敛。

费思思被我一戗，也将压在心里多时的怒气发了出来。一来二往，我们也不知道怎么就越吵越凶，直到围着我们商铺的人越来越多，连老板也被紧急招来时，费思思与我都吵红了脸。

费思思一手指着我，一手拎着鞋子："你是店长我也不怕你！你有什么好神气的？我要是有你这张脸的八分，这店长的位置还轮得到你？你平日里就是用你这张脸抢我的单！你不要脸！你命比纸薄，却心比天高！"

我冷哼了一声："费思思你说话颠三倒四，小学语文是自学的吗？你每天不务正业消极怠工，你的心思全花在了怎么在别人面前诋毁我，但凡你把这心思用在工作上，都不至于被我瞧不起。你知道什么叫相由心生吗？你的心是丑陋的，还妄想有一张好看的脸？你做梦呢吧？"

费思思听完我这番话，怒火攻心，冲上来就猛地一推我，我的身体不受控制地退了好几步，然后一头栽了下去，头撞到了货架展台，然后一堆的鞋子朝着我砸了下来。

我感觉万芳芳拉了我一把，本想顺势站起，可是额头上传来剧痛时，身体也沉重地往下滑落了，我感觉到一股黏稠的液体顺着眉毛、眼角、脸颊一路滑了下来，然后听到有人大喊："不好了！她出血了！晕过去了！"

Chapter 2

时光落在了记忆里

"你们好！我叫成春。"

我第一次见到成墨的那年，才五岁，对他的记忆，就是从他的这句自我介绍开始的。

我记得当时我很高兴，并且很欢迎成墨的到来，因为他的到来，将被迫学习电子琴的我解救了出来。我父亲向我和母亲介绍成墨母子时，表情略带复杂，那些复杂是那个年纪的我所不能理解的。

我父亲抚摩着穿得一身灰扑扑的成墨，跟我说我以后多了一个哥哥时，我欢呼着跳了起来。我太孤单了，尽管我有父亲母亲的陪伴，可是仍然羡慕邻居家可以嬉戏追打的姐妹。当我一个人睡觉害怕时，当我一个人练琴无聊时，当我一个人放学回家时，当我一个人荡秋千时，我多么想要有一个兄弟姐妹。

很多年后，我忘了母亲当时的态度，也记不清成阿姨是什么表情，但是，我一直记得成墨的笑，浅浅的，淡淡的，在那张还没有长开、又黄又瘦的脸上一闪而逝，却有初春破冰融冬的力量，让我每每都会记起，那个瘦弱的男孩儿是这样走进我的生活的。

那个时候，我家虽算不上富裕，却也比下有余，父母养我一个小孩儿是件很容易的事情。家里的房子是房改分来的带个小院子的两层楼房，成墨母子来了后，我父亲又请了几个工人，将两层扩建成三层，在扩建完工后，成墨母子便从临时蜗居的一楼搬到了三楼，父亲又给只有初中文化的成阿姨找了一份临时工，他们母子便在我家真正安定了下来。

起初，和成墨一起玩乐的日子，是十分快乐的。我每天早上第一个起床，然后光着脚跑到成墨的房间，大声地喊："成春哥，起床啦！"

我觉得这是一件十分欢乐的事情，每天看到成墨揉着眼睛坐起来，迷迷糊糊地冲我笑时，我都会大笑不止。我妈嗔笑着骂我，搞不懂我为什么觉得好笑，事实上我也不知道为什么觉得好笑，可我每天都来这一招，都冲他笑，然后看他也冲我笑，乐此不疲。

我也常常拖着一只脚，移到成墨面前，说："哥哥，我的鞋带松了。"

我三岁的时候便学会了系鞋带，可是，自从成墨来到了我家，我就自动地忘记了鞋带的系法，而他总是二话不说，蹲下来认认真真地替我挽一个漂亮的蝴蝶结。

我父亲在替成墨办小学入学前花了一大笔钱将他的户口转到了城里，变成了城镇户口，也就是在那时，他应成阿姨的要求，将成春改为成墨的。

可我有时候仍然叫他成春哥，成阿姨和我爸妈多次纠正我，只有成墨从来不纠正我，不管我怎样叫他，他都应。

我不知道他们为什么要替他改一个名字，有的时候甚至觉得，他们改了成墨的名字，也算是在欺负成墨老实听话，不懂反抗。很多事情，成墨都不懂，他只会老实地听话，连比小他两岁的我都不如。

他初来我家时，不知道怎么开关电视机，不知道电话是干吗的，没见过电子琴，也不会堆积木，甚至没用过煤炉。我常常说："哥哥，你怎么这么笨呀，你连煤球都不会换！"

成阿姨也不会，她做的饭菜不好吃，她总说还是用柴火做的饭菜香，煤炉子烧煤太费钱，还不好掌握火候，她用不惯。

我爸说，这城里，上哪里去捡柴火啊，家家户户都烧煤，比烧柴干净，也不耽误工夫。我爸说那话时，就看成墨，成墨来我家之前，每天都要上山捡柴砍柴，听成墨说，他上学前还要扯满一担草丢池塘喂鱼。

我一直都很向往成墨那种捡柴扯草的生活，那比我妈每天逼着我练电子琴有趣多了，成墨还会跟我讲很多有趣的事情，比如捉泥鳅、掰螃蟹、游水……

成墨很少提起他爸爸，但是我觉得他很爱他爸爸，每次我跟我父亲撒娇时，他都一脸的羡慕，继而一脸的伤感。成墨有一块很老式的机械表，我见他拿在手中把玩，便向他索要，那是唯一一次他拒绝了我的要求，我曾因此一个星期不和他说话。很久以后，我才知道那块表是他父亲留给他的遗物。

我满六岁那天，成墨十分羞涩地说："一诺，我送你一个礼物吧。"

他用圆珠笔，十分细心地在我手上画了一只手表，他说："商店里的手表要五十块钱，我没有那么多钱，你先戴着这只表，等我攒够了钱，我就去给你买手表。"

我开心地扬起手腕给我爸爸看，给我妈妈看，给我的小伙伴们看，每天洗手洗澡都十分地小心，可仍然有一天，那只画上去的手表，消失了。

我抬起手，看着我的手腕，那里清瘦而苍白，手背上扎着针管，粘着胶带。

输液管滴着药水，病房里很安静，我的心也出奇地平静，似乎十几年来，都少有这样的平静。

我梦见了与成墨初相识的那段时光，感觉那段时光距我很久远很久远的模样，我似乎都差不多要忘记了，却又不经意地梦到。最近想起太多有关成墨的事情来，却唯独这次梦见的情形，让我没有那么难受，我都快要记不起来了，原来初相识的那段时间，我跟他相处得十分融洽，原来我也曾喜欢他，依赖他。

我妈进病房时，手里提着保温盒，我瞧她眼睛哭得红肿，才抬手摸了摸自己的头，头上缠了很厚的纱布，我问我妈："妈，你哭什么？"

我一没失忆，二没变傻，顶多也就是些外伤，再严重一点儿就是破点儿相，这有什么要紧的？

我妈将保温盒放柜上，坐在一旁，便又开始伤心地抹眼泪。

"你一哭，我就觉得是不是医生说我活不了多久了。"

这么一说，我妈便怒了，正想冲我发怒来着，又有人来了，我们侧头一看，提着水果补品的，是成墨母子。我立马收起了跟我妈嬉皮笑脸的模样，沉着脸，不想予以理会。

这是自上次当着他们的面要成墨娶我后，再一次见到他们，时隔一个星期，这期间比起我妈每天试探我真假不胜其烦外，他们母子的反应算是平静。我不知道成墨是怎样跟他母亲解释那件事的，但现在我不想理会他们的原因，一方面是我不喜欢自己这副模样被他们看见，让他们笑话；另一方面便是我觉得因为说了那样的话而不好意思，特别是没有办法面对成墨。

我妈赶紧找了两张椅子让成墨和成阿姨坐，一边倒茶一边跟他们说着话。其实成阿姨很是了解我对她的态度，似乎也习惯了，问我的伤势情况也只是向我妈提问，根本不给热脸贴我冷屁股的机会，我也乐得不用去虚与委蛇地应付她。

倒是成墨，他时不时投向我的目光，让我觉得尴尬无比。他今天穿了一件藏青色套头薄针织衫，搭配一条浅蓝色的牛仔裤，帅气逼人，显得极为年轻、干净，相较于我现在这般糟糕的模样，我简直无法直视他。于是我掏出手机来，忙碌地用手机翻看着小说，来避开他的目光以及成阿姨的探询。

小说还未翻上一两页，就听到我妈跟成阿姨的话题，从我的伤势转到了我的工作环境上来。我侧耳细听，手指无意识地在手机上乱摁着。

"一诺她爸已经跟鞋店的老板说了，不让一诺在那里上班了，本来以为一个小店而已，没想到人际关系也那么复杂，为了一点儿小事就把好端端的人打进医院里了……"

我不知道我爸替我辞了职，心里愤懑，却碍于外人在场，将脾气忍了下来。

成阿姨听罢，不知道是出于什么考虑，将话题转到了成墨身上，道："成墨在学校上了一个月的课，昨天刚被特批提拔为讲师了。在那样一所人才济济的大学内任教，这么快便由助教升任为讲师，必定是他叔父的缘故，本想着今天登门感谢的，谁知道家里出了这样的事，我们也是赶紧往医院里来了。"

他居然在我父亲的学校当老师？

四年前学校就有意让他留校，本来当时他就能凭能力去养活自己和母亲了，可是他却因为听我父亲说愿意资助他出国留学而放弃了留校的机会，拎着行李就远走高飞。现在他在国外混了四年，将自己包裹了一身洋派外装，却仍然回国重拾他四年前放弃掉的机会，他可真舍得花我家的钱！

不知不觉，我冷哼出声，满是轻蔑地瞥着成墨。

他听到我的声音，扭头看我，迎上我的目光，却不偏不躲，一脸平淡无波的模样，眸光沉沉，将他深沉的算计与心机统统掩藏于内。

我妈继续跟成阿姨谈论着关于成墨任教一事，她道："成墨是个很优秀的孩子，他叔父一直将他当儿子看待的，但是升任讲师一事，他叔父也说了，那完全是成墨自身优秀的缘故。这两年，学院退下来的老教授很多，新进的讲师也不少，但是像成墨这样专业精湛又熟谙教学技巧的老师少之又少。况且他现在正在做的学术研究项目，正是国家政府一直想要攻克的难关，他的参与，让那个研究有了突破性的进展，连学院的老教授均为之瞩目，学院想要留住人才，自然不能在职称及薪资方面亏待了成墨。"

我继续翻看着我的小说，小说的内容大概是讲青梅竹马的两个人，一样的起点，相差无几的学习过程，长大后却因为性格差异，有着天差地别的人生际遇。

我的手指突然就顿住了，不再往下摁。

那一年，我六岁，开始上小学。成墨转学来城里后，已经上了一年的一年级课程，却因为对生活环境的不适应，或者基础差、自卑、受排斥等各方面原因的影响，成绩相当差，被迫降了一级，重新读一年级，与我同时开始学习小学课程，编排到了一个班。

因为上了小学，我有了新的朋友，而不知道从什么时候开始，女生跟男生一块儿说话、一块儿玩儿是会受到其他同学嘲笑与鄙视的。我从那个时候开始，渐渐地不与成墨说话，不与成墨一块儿玩儿。也是从那个时候开始，我不再在公众场合扯着嗓子喊他"哥哥"。

他那时黑黑瘦瘦的，个子不高，因为是降级生，在班上年龄最大，扔在一群比他小一两岁的孩子当中完全没有身高和体重方面的优势。

他重读一年级的课程，但成绩却仍一直处于中下游，说话的时候还带着一点外地乡音，跟我玩得好的小女孩儿偶尔谈论起他的时候，眉梢眼角都是不屑。待我都开始与他疏离起来的时候，他便开始变得沉默，班上大多数人都不会注意坐在角落的他，他处于总是垫底的那一类人，比别人矮，比别人笨，比别人差，比别人土。

有着大学教授父亲的我，加上不错的学习成绩，让我从进入小学开始便收获了好人缘，成天有很多的人围着我，捧着我。若说我的人生中，哪段时光时常让我回忆起其美好来，那便是这春风得意马蹄疾的小学时光。

所以说，起点，真的不能说明什么，任谁也无法料想，成墨的今天与我的现在，被命运大反转了。对面站着一个即将为国家做出杰出贡献的人，而我只能瘫在床上玩手机、看小说，面临失业，却不思进取。小学曾经还当过班长的我，现在连当个组长还被组员揍得头破血流。人生啊，得有多讽刺啊！

回过神来，发现自己似乎走神良久，手机屏幕的灯早不知道在何时灭了，听得我妈跟成墨母亲仍然在闲扯，我抬起头来，不期然便对上了成墨的视线。他一直盯着我看？他看我做什么？我拧起眉头来，向他表示我的不高兴，他才收回视线，转而望向病房窗口那株枝繁叶茂的玉兰树。

我家门前曾经也有一株那样好的玉兰树，早春时节，玉花满冠，芬芳馥郁，从下面经过时，会被掉下来的花瓣砸中，闷闷地吓一跳，但又觉得被花瓣砸中头，也是一件十分美好的事。

成墨就曾经被大片的花瓣掉下来砸中时，露出傻傻的笑来。于是，我每每总爱在花开时节，收集从树上掉下来的花朵或花瓣，跑到楼上，等着成墨从楼下经过时，捧起一片一片的白色花瓣，一股脑儿地往他身上砸。他仰头看见是我，便站在那里一动不动，任我将所有花瓣盖他满头满脸。

明明窗外无花，我却仿佛闻到了那时的花香。等我发觉我竟然笑了，要收住那笑容时，已经来不及了。成墨不知什么时候将视线从窗外又移至我的脸上，我突然浮上的笑容，显然已经被他瞧了去。我发现时，他正怔怔地盯着我出神，我冷不丁地就"哼"了一声，我妈跟成阿姨闻声，同时看向了我。

"怎么了？头又痛了？"我妈紧张地问。

"嗯。"我放下手机，躺平了身体，扯了被子，装作休息。

成阿姨见状，马上就站了起来，对我说了一些好好休养之类的话。我闭着眼，没有应答，后来听见我妈送客时窸窸窣窣、刻意压低的声音，然后，病房内一阵安静。

我又睁开了眼，却未料到，成墨居然仍立在床尾处，一眨不眨地盯着我，我被他吓了一跳，惊吓过后便是恼怒："你还在这里干什么？"

"一诺，我们将结婚仪式定在玉兰花开的时候吧。还有半年时间，我会好好准备的。"他说。

我愣住了，他在说什么鬼话？他是在吓我吗？就因为我用这个方式去报复他和他妈妈，所以，他反过来要吓我吗？什么结婚仪式？什么玉兰花开？什么半年？他需要准备什么？

我压根儿没有想过和他结婚，我想过自己可能会嫁给怎样的一个男人，但是我从没有想过自己嫁的这个男人是他。

更何况……

"你妈不会同意你娶我的。"这个是绝对的。

成墨沉默了一会儿，道："但是她也不会反对我成为你家的女婿。"

对的，就是这句话，他其实不是想娶我，他只是想成为我家的女婿而已。

"你出去吧，我头痛！"在我还没有发火之前，我希望他尽快消失。

他看着我，僵立着。我与他的视线胶着着，逼着自己不先于他收回视线。他盯视良久，我们似乎谁都不肯先服软。不知道过了多久，但也许只是一小会儿，我看见他一步一步地逼近我，他的脸悬在我的脸的上方，我突然间连呼吸都顿住了。

然后，似是为了验证我的揣测般，他的唇印上了我的唇。

我不知道为什么没有推开他，也不知道他的唇在我的唇上停留了多久，待他缓缓撤离时，我的心思尚不能回过神来。我看见他溢出抹笑容，伸出手指，揩了揩我的唇角，然后笑道："这四年来，我是多么怀念这种味道啊！"

门外闯进一个人，是泼鸿。她的出现，让我将差点儿脱口而出的那些谴责，又悉数咽了回去。

泼鸿提着水果篮推门而入时，显然没有想到我的病房里有她曾经喜欢的人，于是一时就愣在了那里。随后，她眼中光芒大盛，露出了灿烂的笑容。

"成墨！"她忽略掉躺在病床上的我，一脸的欢欣愉悦全给了成墨。

"你好。"成墨面对所有的人都一本正经，礼貌且随和，显示着他似乎良好的修养。

"你还记得我吗？"泼鸿的话，让我直想翻白眼，这是她不知道第几次与成墨用同一句话做开场白了。

"好久不见，泼鸿。"成墨也每次都如是说。

其实我觉得成墨的记性挺好的，他能事隔多年后，记住一个路人甲。

泼鸿一如既往地兴高采烈着，仿佛世界上没有什么比成墨记得她更美好的事情了。

"一诺说你回来结婚的，我还不敢相信！"泼鸿说道。

"她有跟你谈及我吗？"

我拧起眉来，给泼鸿使眼色，无奈她的目光从进房间起就黏在了成墨身上。

"有有有，她半夜三点来钟打电话跟我说的。"泼鸿的话让我直想撞墙，她向来快嘴，说话从不经过大脑。

成墨向泼鸿露出浅浅的笑来。尽管他的笑容很浅，却极大地感染了泼鸿。泼鸿在他的笑容中晕头转向，根本忘却了躺在病床上的我。

"成墨你要和谁结婚？我认识吗？"泼鸿笑得眼睛都眯成了一条缝。

我咳了一声，引来了成墨的关注，我向他递了一个眼色，他却极不配合，盯着我的眼睛，对泼鸿说："你认识，就是一诺。"

泼鸿这会儿才舍得将目光匀给我，露出一脸的瞠目结舌。

我咬住了双唇，唇上仍然觉得麻麻的，脸也似是被火烧着一般，滚烫着。

"泼鸿，我一会儿有课，一诺说头痛，麻烦你帮我照顾她一下。"成墨彬彬有礼地跟泼鸿告辞，那一脸虚伪的模样，以及那已带上归属感的语气，都让我为之气结。

泼鸿待成墨离开，便迫不及待地将果篮往我床头柜上一放，扯了张椅子就开始打探。

"成墨真的是要和你结婚？"

"没结婚前，什么都还不一定。"

"你的意思是说他还有可能变卦？"连泼鸿都觉得只有成墨变卦的份儿，"你之前还让我介绍男人跟你相亲，可是一转眼，你就打算跟成墨结婚了，那你之前那么做又是为什么呢？"

泼鸿突然提起这茬儿，我愣了一下，才解释道："其实我没想和成墨结婚。"

泼鸿曲着手习惯性就要往我头上敲，看见我头上包着层层纱布后，又悻悻顿住，改为往我手臂上掐，一边掐一边道："比起你的不靠谱来，我更相信成墨，你们什么时候有的奸情？你什么都不跟我说，前两天打电话来，还只说他是回来结婚，我一直以为他是带了女朋友回来结婚呢，害我伤心了好久。"

他是带了女朋友回来，也是要结婚，但我若是跟泼鸿说是因为我要性子，使成墨的结婚对象变成了我，估计她从此再也不会跟我说话了。

泼鸿从来都以为我只是因为嫉妒成墨，才总是对他抱有偏见，但她又觉得我其实是很喜欢他，而且我对成墨的这种喜欢，比起她对成墨的迷恋，要更为深刻。

可是我喜欢他什么呀？见过他又土又笨又呆又自卑的模样，我从何而谈喜欢他呀？

"他跟别人结婚，你就伤心，跟我结婚，你不伤心？"我觉得我有的时候不能理解泼鸿，她迷恋过成墨，却又总是将成墨摆在心中高高挂起的位置，没想过与成墨有什么交集。

"成墨跟你结婚我高兴还来不及，伤心什么呀？好歹你和他结婚了，我就会又相信爱情了。"

"结婚也可能不是因为爱情！"我跟成墨就不是。

泼鸿不以为然，撑着下巴道："如果我结婚的对象是成墨这样的男人，即便他对我没有爱情，也是一件让我很开心的事情。"她眼睛一亮，转向我，"一诺，你觉不觉得成墨的样子，跟以前比起来，又帅了不少？而且举手投足都散发出一股迷死人的魅力来，所以说那么多人要出国镀一层金再回来，果然会变得更不一样啊！"

"泼鸿，我头痛！"我真的不想再跟泼鸿谈论成墨，这几天，他的回归已经让我头如斗大，烦恼不已。

泼鸿摸了摸我头上的纱布："你那鞋店的人也太凶残了吧，怎么舍得对你这样柔弱的人下手呢？摔到脑子可是件大事，你本来就笨，这下一晃荡，就全糨糊了！"

我瞥了一眼泼鸿，我从来不知道我在她心中竟是柔弱的。从初中开始，我的成绩就总是处在中下游，是老师与同学都不看好的差生，所以泼鸿总是有理由肯定我是笨的。

"我要重新找工作了。"我父亲私自去替我辞了职，我没有工作了。

"你那工作早就该换了，没什么前途，你和我一起考证吧，你先考个文凭，再去考会计证什么的。"

"我有没有跟你说过，我今年已经拿到文凭了？"我笑着望向泼鸿。

泼鸿一愣，似是不信。

"我花了四年时间，考完了自考所有的科目，上个月最后一门的成绩出来了，我通过了。"

所以，泼鸿才是笨蛋。

泼鸿哭丧着脸，骂道："你这个坏家伙！什么都瞒着我，什么都不和我说。要和成墨结婚不和我说，去考了文凭也不和我说，真不仗义！"

我是不能和她说，我和任何人都没有说过，包括我妈在内。

"你考了什么科目？"

"法学。"

"怎么考这个？"泼鸿皱起眉来，她一直认为最适合女性的职业就是老师或会计。

"这个专业的包容性大，拿了文凭，考了职业考试，就能混饭吃，而通过那个职业考试，只需要有理解汉语的能力，就有可能通过。"

我在众多专业中选中这个专业来报考，无非是觉得考这个在将来的就职方面会有优势。即便不从事对口的法律工作者职业，也有很多的工作都要这方面的人才，最重要的是，我若是通过了职业考试，根本无须依靠任何人脉关系，便能从事律师这个职业。这样，黄长玥便丝毫不能干预插手我的事情，我等着这一天的到来，等了四年。

"我要参加今年的司法考试，通过了的话，便可以直接去律师事务所挂所实习了。"

鞋店的工作，丢了便丢了，反正我也得辞职，我需要时间来进行准备。这个考试，较之自考或者会计师考试要难得多，我必须一次性通过。

明年春天，其实根本没有成墨所说的明年春天！

"一诺，有的时候，我真的觉得你是一个心思复杂的女孩儿，你想的很多事情，都是我无法理解的，所以，我总觉得你一点也不快乐。"泼鸿皱着眉头看我，一脸的苦闷，"不过，我很高兴你没有自暴自弃！"

她将手放进我搁在被面上的手心里。

我轻轻地握了握她的手，看她缓缓地向我展露出笑容来，我不由得也笑了："泼鸿，其实认识你，是一件很幸运的事！"

我跟泼鸿是高一时才认识的，我父亲走了关系，将成绩每况愈下的我送进了与成墨就读的同一所高中，同样也是全市最好的高中，我的同学都是全市各个中学成绩最拔尖儿的学子。才升上高一，学习氛围就十分浓烈，竞争也非常激烈，对只是靠关系才挤进这个学校的我来说，毫无压力感地保持着全班倒数第一的名次。

于是，从第一次小考成绩出来后，落下倒数第二的泼鸿一大截的我，成了全班女生最鄙夷的学生。

之所以说是全班女生，只因我有一张男孩儿看了第一眼都还想看第二眼的脸蛋儿。这样的脸蛋儿要是放在"学霸"身上，那我就是"女神"级别的了，女生们也会追随于我，但我却偏偏属于花瓶系列，女生们自然不喜欢我。

但是本着差生只能和差生玩儿的原则，有我做永远的垫底，泼鸿倒是乐得与我接近，并时时与我说，她打心底地感激我，感激我没有让她成为倒数第一。

那个时候，我是真的已经无所谓了。经过初中三年，到了高中，我已经有了坚强的心理底线，所以即便全班同学和授课老师都不喜欢我，我也能泰然处之，将吊车尾进行到底。

我就读的高中，曾经因为全班同学一人不落地考过重本线，而被国内媒体大肆报道过。所以，在很多家长以及学生的心目中，进这所高中，就等于两只脚都已经踏入了大学，于是很多人想尽一切办法地往里挤。若是没有我父亲，以我的成绩，是万万进不了这样的高中的。

所以，即便泼鸿的成绩全班倒数第二，她也是极有希望上重本的。倒是我，若继续保持着那样的成绩，能不能混到高中毕业都不一定。但是，学校里有很多人都认识我，因为我一直处在某个光环之中，这个光环的发光源便是成墨。

若说初中时他已经开始发光发热，到了高中，他便是炙手可热，全校上下，无人不知晓他的名字。

初中时我曾怀疑过他能升上重点初中，是因为我父亲托了关系；他能有好的成绩，是因为学校老师对他特别照顾。可到了高中，他在一群尖子生中拔得头筹，我便说服不了我自己了，我相信那确实是他的勤奋与刻苦换来的，当然这也有我家的功劳，黄长玥曾经替他找了好多位家教，虽然也替我找了家教，但是再好的家教，也教化不了我那颗叛逆的心。

泼鸿知道我是成墨的妹妹的时候，一脸的与有荣焉。她跟学校很多的女生一样，都喜欢成墨。

起初，她一直以为我跟成墨这对兄妹只是关系不和，后来跟我走得近了，才觉得那岂止是不和啊，简直是有着深仇大恨。再后来，当她偶然间得知我跟成墨没有血缘关系时，她盯着我看了良久，最终她坚定地认为我是喜欢成墨的。

我跟她发生一年冷战的时候，就在她还不知道我跟成墨没有血缘关系的时候。

我妈是在泼鸿离开后才又进的病房。她坐在我的床边，安静地削苹果，然后切成小块，递给我。

我妈妈是世界上最贤惠的女人，我曾经因为她的过分贤惠而恼怒不已。我从她的身上，吸取着深刻的教训，那便是绝对不要做一个像我母亲一样贤惠的人。

"成墨说，想将与你的婚期定在明年春天。"我妈说这话的时候，认真地看着我。

我拧起眉来，还没有想好怎么应对，我可以跟成墨死磕到底，但是我不能伤了所有人的心。

"这件事到时候再说吧，没到真正结婚的那一天，还不知道会有什么变数。"

"你这坏孩子！这些年，让我跟你爸操碎了心，就想着早点儿将你嫁个好人家，我们就省心了。其实我觉得，你如果嫁给成墨，那也是相当好的。"

我看向我妈："妈，你想跟成阿姨做亲家吗？"

"有什么不可以的？倒是你成阿姨……"我妈显然因为我的话，也生出了些许顾虑。

是的，成墨的母亲未必就想跟我家结亲家，我观察了她那么多年，我太了解她是怎样的一个人了。

自从成墨风光回国，成阿姨就一直想脱离我们家，似乎过去那么多年寄我家篱下的日子，是一段极其不光荣的历史。

成阿姨从来不是一个多么善良的人，所以我觉得什么样的人生什么样的孩子，成墨十有八九也是同成阿姨一般，市侩、伪善。

Chapter 3 >>

如果我们有爱情

我在医院住了三天，这期间我爸一直未露面，我没有问我妈，我妈只是偶尔一阵叹息，然后转向我道："其实你爸是想来看你的。"

我总是无所谓地笑笑，人的想法，只有自己才知道。

倒是鞋店的老板比我爸更关心我，来看了两回，并为我结了本次住院的全部医药费用。不过从此以后，我再也不用回鞋店上班了，我与鞋店的关系也到此为止。

成墨和成阿姨自那次象征性地来探望过后，便再也没有来过。我妈守在医院，每天细细碎碎地跟我说一些成墨的事情，把她所知道的有关成墨的点点滴滴的现状都说给我听。

她说："学校为成墨备了一个临时住所，虽然不大，但是环境很好，而且较之其他的讲师，他明显享受了优待。"

我妈看着我说："一诺，你改天应该去成墨那里看看，离我们住的地方不远，就在理工学院的那片玉兰园，里面种了很多的玉兰树，你小时候很爱去那边玩的。"

我想起成墨跟我说，等到明年玉兰花开的时候与他结婚，我心中一阵烦闷。对于那片我记忆中美好的玉兰园，也顿生厌烦。

"不过，环境再好，也比不得他留在英国将会有的待遇。你成阿姨跟我说，他若不回国，他在物质条件方面，完全不需要有任何的操心。成墨在国外留学时，很受学院器重。英国最大的生物化工企业曾跟他谈了一堆的优渥条件都没能留住他，其实成墨他真是个好孩子！"

我妈很喜欢成墨，仅次于对我的喜欢。她跟我爸一样，常常也把成墨炫耀在嘴边。

"对了，等会儿成墨来接你出院，他最近才买了车，他开车的技术很好。"

我妈说这话的时候，我心里一阵阵的难受。在他风光回国后，我失业了，生活都成问题了，他却有钱买车了。

"不用他来接，我们叫小张叔就可以了。"

小张叔是我家固定的打车司机，我家有什么事需要用车，都会让他接送，他平时揽活儿也总是优先满足我们家的需求。

"你这孩子真别扭，成墨难道比外人还让你难以接受啊？还说要和他结婚，你这态度，谁放心啊？"我妈替我收拾着东西，又拿出了从家中带来的衣服让我换上。

刚换好衣服，病房的门就被敲响了，我妈打开门，成墨高大的身形便出现在门口。

今天天气较热，他穿了一件纯白的长袖衬衣，袖口处挽了几折，衣服的下摆收拢进西裤里，腰间是一条质感不错的皮带，西裤的中线熨得笔直，整个人看上去很整齐，很简单，很大方，很符合作为一名教师的形象。

"一诺，你好了吗？"他进来，弓着身子看坐在床沿上的我。我头上缠着的纱布已经去掉了，被空气刘海儿朦胧遮掩的额角因为缝了针，还有一小块纱布覆着，我总觉得自己现在的模样十分难看。

他的手指撩开我的刘海儿，指腹触到了我的额头，我往后一躲，避开了他的碰触。

我抬眼看他，他离得我很近，这么多年来，我们从来没有离得这么近过。他的手一直顿在空中，双眸盯着我的脸，似有片刻失神。

我妈在他身后道："医生给她缝的是美容针，说是不会留疤。"

成墨直起了身子，转身问我妈："需要我帮忙拿什么吗？"

"就一些衣服和药，成墨来帮我拿这些。"我妈完全不拿他当外人，伸手就把行李袋递给了他。

成墨接过行李袋，尾随于我们。

出了医院，我看到了成墨的新车，精钢黑亮的车身，线条流畅的车型，很精致，很漂亮。

我爸工作了三十多年，至今买不起这样的车，因为，他曾经用一个人的收入撑起了两个家庭。

成墨将手上的东西放入车尾厢，关上车后盖时，崭新的车身反射着太阳光，打在他的脸上，我看见他的皮肤上莹莹地覆着一层光，似是透明，竟一时看呆了。

其实，他已经蜕掉了稚嫩的模样，比起四年前他出国时，他现在的模样就像泼鸿说的，帅气得让人舍不得移开视线。

在他望向我时，我生硬地将视线移开，与我母亲坐进了他车子的后排。他上了车，驾车技术如同我母亲讲的，非常娴熟。

他四年前出国时，还从没有摸过方向盘，看来出国后，脱离了我家的束缚，他活得很潇洒。

回到家，我的父亲如同每一个往常一样，坐在沙发上看书读报，对于我出院回家，他的反应只是从书籍上方瞄了我一眼。只不过他的眼光越过我，落在我身后的成墨身上时，他终于放下了书，出声唤道："成墨，来，坐一会儿。"

"好的，叔父。"成墨一边应着，一边将手上的行李袋按我母亲的指示，放在了客厅的一角。

我直接朝我的房间走去，我父亲突然出声道："你也过来坐会儿，我们谈谈！"

我倒是好奇，他难得地想要和我坐下来谈谈，我顿了片刻，返身走向沙发，在一侧坐了下来。

"对于，那件事……"我父亲眼神闪烁了一下，抿了口茶，才又道，"就是结婚的事，我想听听你们的想法。"

我觉得我父亲还真是关心，关心这种事情胜过关心我的生死。

我母亲轻轻地走到我的身后，将双手搁在我的肩上，不着痕迹地施加着压力。

"叔父，我和一诺达成了一致的意见，打算明年春天举行结婚仪式。"成墨恭敬地答道。

我父亲扭头看我，微拧着眉头，对我说："你确定你是真的想要和成墨结婚？你不是开玩笑？我希望每一个人至少能够做到对自己的人生负责，以及对自己的承诺负责！"

"我当然会对我的人生负责，不过我希望您作为一个长辈，不要过多地干预我的人生，像未经过我的同意，替我去辞职的这种行为，不是您该有的行为！"

我感觉肩上的双手更加用力了，我自然也知道这些话会将我父亲气得不轻，可是我与他这么些年来都是这样针锋相对，没两句话就会闹起来。

"一诺，那是我让你爸这么做的，我们也是出于关心你。"我妈在我身后抢白道。

"总之，我希望如果你不是真的想和成墨结婚，那你就不要因为一时任性妄为，而耽搁了别人的终生幸福！"我父亲厉声喝道。

说来说去，他终究觉得成墨娶我，是耽误了成墨。在他眼里，成墨的幸福，远比我的幸福重要。

"叔父！"成墨站起来的同时，我已经按捺不住站了起来，我恨恨地瞪了他一眼，对于他接下来委曲求全的说辞，我实在懒得去听，扭头便回房间去了。

我刚开始便不应该听我父亲的话，坐在这里跟他们聊聊的。从来，我们都聊不出什么结果来，只有产生新的矛盾，这次还在成墨面前争执，越发地让我觉得气恼。

只是我才刚刚进了卧室，门便又被敲响了，我谁都不想理，连我妈也不想理，可是我妈显然很执着。我在自己的房里气得转了两圈，想想我妈夹在中间也实在为难，于是压下了情绪，打开了卧室门。

门口站着的却不是我母亲，他背着光，低着头，额前有几缕头发覆住了他眉间的褶印。在我将门打开时，他撑着门的手暗自使力，我猝不及防，被那股力道格开退了两小步，在稳住身体时，他已经进了我的卧室，并顺手将门重新掩上了。

在他掩上门时，我透过门缝瞥见了我的母亲探头探脑的模样，她肯定未看出来，这个一表斯文的男人是强行闯入她女儿房间的。

对于他的闯入，我在稍作收拾不满情绪后，全身的好战因子都开始了积极备战。我倒是不担心他会在我房间里有什么不轨的行为，要是他那么干，正好让我父亲看清他的真面目，让他看看他养了多年的是一头怎样的白眼狼。

"一诺！"他目不斜视地盯着我，叫我的名字时，有一种发音已酝酿在舌尖良久的余韵，在不流动的空气中，产生了一丝回颤。

我发现我又愣神了，这段时间，我总是在他出现时表现得这样不济。

"我离开的这四年，我经常在想，会不会因为我的离开，你会过得轻松开心一些。"他的声音很是低沉，若再沉上一些，便要低到尘埃里去了，"可是我知道你这四年过得并不轻松，也无所谓开心，你跟叔父的关系也并没有因为我和我妈的离开而有所缓和。我一直以为四年时间你可以长大了，你会想明白了解很多事情，你会理解你的父亲，可是你一再拒绝去了解、去理解，你看不到所有人对你的好。你的心，还停留在那一年，倔强地不肯长大。"

我气血上涌，他凭什么装作很了解我的模样在这里对我说教？他凭什么将姿态摆得这么高高在上？他说得不对，因为他跟他母亲的离开，其实我很轻松，也很开心，只不过因为他的回归，我才又竖起了我的防卫。明明是他，是他在强词夺理。

"你不要将这一切的纷争过错全归责到我的身上，这一切，若不是你和你妈，什么都不会有。没有你们，我跟我爸就不会兵戎相见、水火不容，我不会一事无成，给你当垫脚石，你怎么能好意思说是因为我还没长大？"

他立在那里低下头，垂着肩，抿着唇，半晌不语，忽地又抬头定睛望来，道："好，都是我和我妈的错，一诺，我们之间的矛盾应该还没有大到必须每次见面都一派仇敌相见的情形，我们能不能试着和平一点儿相处？过了十多年这样的日子，你难道不想换种方式，也许会觉得更美好一点儿呢？"

我摩挲着面颊，试图将敌对的情绪压下去一些。有时候，我也会如他所言般地想，我能不能淡化记忆，试着与他们和平相处。可是十多年积累起来的重重矛盾，让我已经不知道该如何与他们相处，也不知道如何与我父亲相处。

"其实这几天，叔父每次去医院，都是我送他去的。他去跟你的主治医生谈你的治疗情况，他去替你拿药缴费，他每次趁你睡着时，站在病房门外，透过门上的观察窗看你，他不让婶婶告诉你，但是我觉得他爱你，为什么不能告诉你？"

我一下就怔住了，我一点儿也不怀疑成墨说的话，但是我却不敢相信，我的父亲会在我受伤住院期间偷偷地去看过我。我更没有想到，成墨就这样毫不隐瞒地告诉我。他向来极听我父亲的话，但是他现在却告诉我这些。

"我相信，你与叔父朝夕相处，你若放平心态，你可以看得到很多你父亲对你的好。他是你的父亲，他养育着你，但并不欠你什么，即便你对他有误会，有意见，你也不能凭着自己的性子，一味地去忤逆他，他终有一天会老，会消失，我不希望你届时后悔你现在所做的一切。"

"请你出去！"我打断他的长篇大论，咬着嘴唇下逐客令。

成墨很干脆地转身，开了门，出了我的房间，房门的锁发出"咔嚓"的声响，满室都安静了下来。

我在书桌前坐下，开了桌上的小台灯，台灯下有一个相框，相框里的相片残缺了三分之一。那张照片是我十周岁时照的全家福，后来我将我父亲的部分撕去，刻意嵌在了相框里，摆在了我的桌上，故意用来气他。

我从书桌的抽屉里，找到了我十岁那年带锁的笔记本，打开了它，翻到了某一页，里面有我父亲的那三分之一的残照。

那一天的日记，记录着我成长到十岁以来，见到的最伤心的一件事。日记本放了这么多年，仍可见上面的斑斑泪痕。这么多年来，我都不敢回顾这篇日记，今天重新翻了开来，仍然避免不了又有新的泪痕覆盖在早已干涸的旧渍上。

我将相框里的照片取了出来，用胶带细细地将残照拼接好，修复好的照片中间有一条很明显的裂缝。照片中我的父亲母亲还十分的年轻，我们三人都笑脸盈盈地看着镜头，那些好时光似乎就在昨天，却又已经很久远了，久远到我和我的父亲都忘记了。

对于那天的很多细节，如今回想起来，我都还记得。

那段时间，我一直在跟成墨赌气，因为他不买我想要的文具盒给我做生日礼物。在学校里与他一句话也没有说，他在学校时沉默老实得不像话，班里同学没有人跟他一块儿玩，也没有人跟他说话，那几天我更是连放学回家都不愿意跟他一块儿走。

可是那一天，班上因为搞运动会，我们得以提前放学回家，我正跟一大帮女同学聊得起劲，他在校门口堵住我，迟疑地说："一诺，我们一起回家。"

同学们哄笑着把我扔下，我恼怒地瞪着成墨，背着书包就往家的方向去。他亦步亦趋，在某个街角拉住了我，我扭转身体，就看见了他又细又黑的手中，拿着我一直想要的那个文具盒。

他咧着嘴朝我笑，道："我给你买的礼物！"

我的气恼便在那一瞬消失，接过文具盒，抿着唇，又睨向他，问："你哪来的钱？"

"捡易拉罐换的。"自他转学来城里后，我第一次从他的眼里看见了自豪的光彩。

"瞧你那没出息的样儿，你别让同学知道了，他们会笑话你的！"我将文具盒揣进了书包里，对他训道。

他点点头，咧开嘴笑着，道："他们笑话我不要紧的，你开心就好！"

幼时的嫌隙很容易冰融，我忘了是因为他的礼物，还是因为他的这句话，我们一路追打笑闹，喜笑颜开地回了家。

然而，一切都在我们推开家门的那一刻变了。

我很久没有从梦中哭醒了，那天以后，我曾多次哭湿枕头，但随着年纪越来越大，伤心的感觉被愤恨所代替，哭的次数便少了。因为我已经明白过来，我再怎么哭，我的父亲也不会像我小时候那般抱着我，拍着我，宠爱着我。

泼鸿约我去人才市场转一转，可我的心情还没有收拾好，不愿意出门与陌生人交流。

"不去找工作也行，那就陪我去约会吧！"泼鸿在电话里道。反正，她就是要拉我出门。

当"电灯泡"这回事，我经常干，因为泼鸿每次交新男朋友，都会拉上我去看看。她一大学毕业，就跟脱了缰的野马似的，到处撒欢。而她的父亲对于她的管教，就到大学毕业为止。学业一结束，泼鸿就急不可耐地四处结交异性朋友，一会儿换一个，换男友跟走马灯似的，每次都维持不长，她总是会因为这样或那样的问题，干脆果断地提出分手。

她经常哀怨地跟我说："一诺，我觉得我这辈子呀，坚定不移地喜欢过的就只有一个人！"

我明白，看她那眼神就明白，她说的那个人是成墨。

她的新男朋友很不错，高高瘦瘦的，长得很秀气，目前是实习医生。泼鸿对他的印象还不错，比起过往的那几个男朋友，她的态度明显要热情得多。我对她新男友唯一不满意的是，他长得有点儿像成墨。

其实能长得像成墨，也比较难得了，不过他也就轮廓长得有那么一点儿像，性格方面要比成墨好多了，体贴、细心，也很主动，而且面部表情也很丰富。不像成墨每天都木着张脸，看似斯文，其实对谁都生疏冷漠。

我们在一家四周种着芭蕉树的露天咖啡馆相谈甚欢，这个叫于海的男孩儿很健谈，天文地理，大象蚂蚁，很博闻的样子。看得出，泼鸿的眼神越来越光亮，我隐隐觉得她的这次恋情会持续得久一些。

泼鸿打算应聘于海所在医院的出纳一职，于海向泼鸿提供着各种内幕消息，以及这一职位的工资福利等信息。在聊天的间隙，他顾及一旁无所事事的我，问："一诺要不要我帮你介绍工作，可能不是特别好，不过适合做兼职，挣点儿零花钱。"

我原本未打算马上就找工作的，四年的积攒，我还有一点儿小积蓄，能熬到今年的司法考试结束。不过他主动问及，我觉得若是占用的时间不是太多的话，我很乐意。

"我们科室正在进行电子建档，需要将往年保存的病历资料全部录入电脑进行入库，工程量浩大，不过也不急在一时完成，所以想聘一个临时工，帮忙录入，程序操作简单，会打字就行，但是工资不太高。"

我跟泼鸿对视了一眼，两人不约而同地笑了。这个于海，真的是个积极热心的小伙子，最重要的是，我跟泼鸿都省去了不少劲儿，不用去挤人才市场了。

周一，我跟泼鸿都去了于海所在的那家医院。那是一家医疗条件还算不错的平价医院，但是相比起其他的大医院，显然各方面都要落后一成，因此，在各大医院早已实现内部信息化共享后，他们才开始着手这一方面的跟进。通过于海的上下关系梳理，我们都轻松地找到了工作，只不过泼鸿是签约的劳动关系，试用三个月，我是临时工。

我跟我妈说我又找到了工作，她很是关心，她很担心我再找一份导购员工作或者其他，怕我再次受到伤害，尽管我安抚过她多次，但她仍然无法放心。

我母亲很快就将我的新工作告诉了我的父亲，在吃晚饭时，平时食不言的父亲开口道："你身体恢复这段时间，不用这么急着找工作，没找到工作前，我们可以减免你的伙食费。"

若在以往，我肯定又会将他的这番话扭曲一番，然后再顶上几句，但是他现在这般说时，我竟难得地没有火气，我觉得从他开恩般的语气中，听出了一些关怀的意味来。

我一直未吭声，直到吃完了饭，放下碗筷时，才道："我会量力而行的。"

接下来的时间，我的生活一下变得忙碌而充实了。白天我在医院里对着那一堆写得跟天书似的病历锱铢必较，下班回家又坐在书桌前进行每天至少六小时的苦读，实现梦想的前提，就是不断地努力。

我妈见我每天晚上看书到深夜，显得十分好奇，她常常安静地陪在我的房间里，默默地坐着，要离开时，站起来摸摸我的头，偶尔感叹一声。我侧头看我母亲，她一阵长吁短叹，喃喃自道："长大了，开始懂事了！"

我觉得我妈那欣慰的模样，似乎为时过早了，其实，我一直都在为自己的前程有所准备的，只是现在条件成熟了，到了奋力一搏的时候。

我要在明年春天以前，找到自己的出路。

我在医院里工作的第三个星期，科室里有同事生日，邀请了同科室的同事们晚餐、唱K及夜宵。除了留守的值班医师和护士，其他的人，包括我和泼鸿在内，都被邀请至市内一家据说很著名的餐厅。这家餐厅出名，便出名在消费的费用高上。

我的工作平时少不得吵烦这些同事，请他们帮我辨认实在难以看明白的"天书"和那些生僻的医药用字，所以在同事的盛情邀请下，我舍弃掉每天坚持的六小时，难得地与大家一起纵情欢乐。

科室里年轻人多，饭后在KTV玩得也一点不拘束，只不过一轮一轮的酒喝下来，我左格右挡的，仍是喝得有些醉眼迷蒙。在卫生间吐过两回后，我跟泼鸿摇着手，我觉得我坚持不下去了，我得先闪。泼鸿拉过拿着麦克正唱得深情的于海，让他送我回家。

"不用送，你们继续唱，我出去打车。"我一边摆手一边往门边走，到了门边一扭把手，打开了，咦，怎么会是厕所？

我看了看，继续找门，泼鸿已经受不了地推着于海领我出去。

于海领着我打了车，我在车上又吐了一回，等到快到我家时，司机猛地踩刹车，我止不住地又吐了出来。

司机凶巴巴地说了一些什么，于海在旁边不断地赔礼道歉。到达目的地后，于海让司机等他一会儿，便开了车门，扶我下车。我已经双腿发软，几乎没办法行走了，依靠着于海的支撑，仍然走得踉踉跄跄。我家一楼还有灯光透出窗外，我父母向来睡得早，平时这个时候，他们早就睡了。

于海将我送至门边，举手要敲门，我一把拉住了，喷着一嘴的酒气，道："阿海，你回去吧，我有钥匙。"

我摸摸索索地从包包里找到了钥匙，借着弱光，费劲地找到了钥匙孔，可是转了半天，门却打不开，正头痛地想着是哪里的问题时，门又自动开了。

我的意识混沌得实在反应不过来，看着打开我家大门的成墨，觉得这太奇怪了，我觉得我肯定是醉得不轻了。

于海跟成墨说了一句什么话，我意识迷迷瞪瞪的，已经理解不了他们之间的对话是什么意思了，就觉得这太奇怪了，我好像在做梦，而且梦到了成墨。

于海转身离去，我也转过身子看他，不远处出租车司机点着烟，我还能看得清从他嘴里吐出来的烟雾，又好似不像在做梦。可是为什么转回身子，还是看到了成墨呢？

"你不应该这么晚回家，还喝得醉醺醺的！"他又开始说教了，他真的是成墨。

"我得约会啊！"我打着酒嗝儿说。

"约会？"他拧起眉头来，那道皱褶深深的。我伸出一根手指来，停在他眉间一寸的地方，又收了回来，他那道褶，得皱多少次眉，才能形成啊？

"我要趁跟你结婚前，找个人约约会，谈谈恋爱。"这个想法在我脑海里形成了好长一段时间了，从他跟我说明年春天结婚时，我就这么想了，只不过，我还没来得及开始实施。

可是，我怎么会跟他说这个呢？

我拍拍头，想了想，又笑了起来，不要紧，我在做梦，如果是做梦的话，那我可不可以……

我看着成墨，灯下他的五官半明半暗，很是魅惑。他的唇紧紧地抿着，他不高兴的时候，就喜欢抿唇，越不高兴，抿得越紧，就像现在这会儿，都快抿成一条线了。

我想想，又觉得好笑，便乐呵呵地走近他，然后踮起脚，在他紧抿的唇上，印上我的唇。

我觉得真的是很可笑，我笑得不行，看着他的唇就像跟施了魔法一样飞快地放松开来，恢复成有棱有角、唇线分明的模样，唇上莹莹润润的，不知道是不是我的口水。

我张着双手，抱住他的腰，他的腰变粗了，不像小的时候那般细细弱弱的。那个时候我和他差不多高，可是现在他却比我高出很多来，我的头只能靠在他的肩膀上。

"哥哥，哥哥，我好想抱抱你啊！"我仿佛回到了五岁那年，我黏在成墨身上，肆无忌惮地娇嗔着。上一刻我明明还在笑，可是这一会儿，怎么流眼泪了？

好奇怪的梦！

梦里，成墨拍着我的背，说："一诺，对不起，对不起……"

那一天，我惊慌地从家门口扭身奔了出来，他追了过来，拉着我，我愤怒地朝他吼叫，对他踢打，将他卖废品攒钱买给我的文具盒砸得粉碎，在地上拣了小石块扔他，他不躲不闪，一脸的泫然欲泣，不断嚅嗫道：

"对不起，一诺，对不起……"

可是那些对不起，都只是开始，原本他没有什么对不起我的，但是从那一天起，我却觉得他所做的任何一件事，都是不对的。他的升级跳，他的荣耀，他在我父亲面前受到赞扬，他考上重点大学，甚至连我唯一的好朋友泼鸿都迷恋他，这都是不对的！

他抢走了我的光环，夺走了我的父爱，他的母亲，还试图拆散我的家庭。

是因为他，因为他的母亲，让我和我父亲产生了强大的隔膜，我变得讨厌我父亲，听到他说话讨厌，看见他对他们母子好尤其讨厌，甚至讨厌他晾晒在阳台上的袜子、摆在门口的拖鞋、种在屋前的花。

我睁开眼睛，天色已亮，窗帘未拉上，早晨的阳光照进窗户，攀在窗口的花朵在晨光里随风轻颤，怒放着它的美好。

我垂着脑袋，宿醉实在让人难受，身上还残留着酒味、烟味，我拿了换洗衣物进了卫生间。打开花洒，水喷下来，我在水中站立良久，感觉身体一寸一寸地变得舒服，脑海中开始不受控制地播放着一些梦境片段或过往。

我记得，昨晚我做了一个纷乱的梦，但是梦里却总有一个片段，让我心跳加快，心驰神往，是什么片段？我甩甩头，水花四溅，关掉龙头，我抽了毛巾擦着头发跟身体。

"你快点收拾好来吃早餐，成墨来了。"我妈拍着浴室门，冲我道。

成墨？他一大早来做什么？

我穿好衣服，随意地擦了擦头发，湿漉漉的头发披在肩上，开了卧室门，就听到我父亲跟成墨在聊着什么，我转到餐厅，他们都中断了谈话，转头看我。

我没打算跟成墨打招呼，反正我向来无礼惯了，他估计也习惯了。

他面前摆着热牛奶跟西式糕点，这肯定是我妈因为成墨的到来而特意准备的早餐。小的时候，成墨第一次吃到西式糕点时，露出了让人难以形容的惊喜模样，从那以后，我妈就经常会为成墨特意地准备这些，为我们的早餐变换花样。现在他已经这么大了，可是我妈还是当他是幼时那般疼爱，以为他还是爱着这种哄小孩儿的甜点。

从早餐便可以看出，他来了有一会儿了。

"妈，有面吗？"我推开我面前与成墨一样的早餐。

"我没煮面，不过冰箱里有速冻饺子，你要吃吗？我去给你煮。"

"好！"我端起牛奶，喝了一口，拿了一份报纸，随意地翻着。

我父亲在我坐下后不久，匆匆吃掉了他的早餐，起身离开了。倒是成墨，仍然在慢条斯理地吃着，我偶尔偷偷瞄他一眼，他都能准确地捕捉到我的偷看。待吃完盘里所有的食物，他放下叉子，抹了嘴，以一脸正经到不能再正经的神色跟我说道："一诺，我今天来，是来和你谈恋爱的。"

我差点儿就将一口牛奶喷了出来。

"从今天起，我会在没有课或闲暇的时间来陪你。"

我看着他，觉得他跟怪物似的，他是脑子抽了吧？读书读傻了吧？

我妈端着饺子放在我面前，我才从震惊中回过神来，我妈一脸和善地问成墨："你们在谈什么呢？"

"谈恋爱！"他回答道。

我觉得好似一盆凉水从头上泼了下来，成墨他，果然魔怔了！

我妈坐下来，陪我一起吃饺子，一边跟成墨说："这个想法好，你跟一诺都到了谈恋爱的年纪了，你在英国的时候，有谈过恋爱吗？我真担心你们俩连恋爱都不知道怎么谈。"我妈对于这个话题极有兴趣，一脸的兴奋。

"我知道。"成墨答。

他还知道谈恋爱啊？那证明我妈问的前一句，在英国有没有谈过恋爱的答案是肯定的。他的恋爱经历，是来自那位孙小姐吗？

噢！我拆散了他们！

我真没打算跟成墨谈恋爱，因为，我没有打算跟他结婚。

碍于我妈坐在旁边，我便把不想跟他谈恋爱的这话压了下来。

他坐在那里跟我母亲道："我知道谈恋爱，就是要关心对方，体贴对方，疼爱对方，尽己所能地满足对方的合理需求。"

我忍不住地又想翻白眼，我三下五除二地将饺子全部吃光，起身离开。

成墨起身跟在我的身后，我们一前一后地出了家门。门口的茉莉散发着浓郁的香味，我厌烦地转身，瞪着我身后眉目平和的成墨。

"你知道吗？谈恋爱最关键的一点，是与对方有爱情！你刚刚说的那些，亲情也完全可以做到！成墨，你确定你知道什么是谈恋爱？"他肯定没有看过纯爱情的偶像剧，也肯定没有读过纯言情的各种小说，他根本就不懂得如何谈恋爱，还在那里大言不惭。虽然我没有实际恋爱经验，可是我从电视里、从书上汲取到的经验，要比他多太多了。

"我知道的。"成墨盯着我，神情坚定，声音沉着。

"很早以前就知道，在你还不知道的时候，我便已经知道了！"成墨掷地有声道。

我理解他的意思，便是他比我要早和别人谈过恋爱，不过即便这样，能有多早啊？再早，也早不过他留学这四年，能有多早啊？

"你知道什么是爱情吗？"书上说，还没说再见，就已经开始想念，这就是爱情；书上还说，一日不见，如隔三秋，这也是爱情；书上还说，求之不得，寤寐思服，这都是爱情。

"泰戈尔说，眼睛在为她下雨，心却在为她打伞，这就是爱情。"他的声音低低沉沉的，眼里流露出让人觉得似是的深情，配上这样的话，极能动人心弦。

"一诺，如果你真想在结婚前谈一场恋爱，我希望你是和我谈，只能和我谈！"他说。

我一时恍惚，这是他今天第二次如此说，他是怎么知道我想在结婚前找人谈一场恋爱的？

如果，昨天晚上我做的不是梦的话，我是真的有跟他这样说过吗？

我的头皮一麻，想起了我不仅对他说过这样的话，我似乎还做过一件想让自己一头撞死的事情，如果，那些都不是梦的话！

我感觉自己的面颊已经开始发烫，我实在想挖个地洞钻进去，一刻也无法面对成墨了。我转过身，脚步匆匆，成墨在我身后喊道："一诺！"

我转身，冲他道："成墨，我建议你找你喜欢的人谈恋爱，真的，我真心建议！"

以免他后悔，以免那个孙小姐伤心，以免我良心难安。

Chapter 4　>>

谁曾与你并肩而行

　　泼鸿与于海在一旁笑作一团，我却一时未反应过来他们在笑什么，我的连连走神惹得泼鸿相当不满，拿着筷子敲着我面前的碟子，斥道："一诺，你再这样，以后我们就不陪你出来玩儿了。"

　　"嗯，那太好了，我不用再当电灯泡了。"我如释重负般地说。

　　"什么电灯泡啊？"泼鸿难得地羞涩了。而于海在一旁看着她，傻呵呵地笑。

　　这才是爱情，成墨应该来看看，这才是谈恋爱，谁都能看得出来，泼鸿与于海之间，已经有爱情了。不像成墨以为的，他以为站在我的面前便是谈恋爱。

　　我的手机响了，我看着手机上冒出的号码，十分陌生。

　　我接听，里面传来了好听的男声，他说："喂？您好，是黄一诺小姐吗？我这里是××鲜花速递，有您的一束鲜花，您能告诉我您的具体位置吗？"

　　鲜花？

　　我问泼鸿："今天是我的生日？"

　　泼鸿一愣，摇头。

　　电话里头那个开朗男孩儿的声音还在那头"喂"，我报了餐厅的地址，对方挂了电话。

　　泼鸿好奇道："怎么了？"

　　"我也不知道。"我透过餐厅里的大玻璃窗，看着外面艳阳高照下的车水马龙，心中有一些焦虑，一些不安，还有，似乎是期待的心情。

送花来的大男孩儿，其貌不扬，他只是有一副好声音而已，他将花递送给我，让我签字。

那是一束茉莉，被修剪成小小的花团，用印成报纸的装饰纸包裹着，尾部扎着一溜儿长长的白色蕾丝丝带。我家门口，种的最多的就是茉莉，这个季节，它们疯狂地打着花骨朵，香气浓郁四溢。

"我能不要吗？"我对着那个送花的小伙子道。

他为难地看着我，跟我道："黄小姐你别为难我，客人已经付过钱了，我得把花送到。"

"谁会送一大把茉莉花啊？茉莉花代表什么意思？"泼鸿在一旁问。

那小伙子对这些花语似是十分熟悉，张口便道："茉莉花便是莫离的意思，也有忠贞与尊敬的意思。客人没有留卡片，说是黄小姐知道是谁送的。"

其实他说的有一部分是对的，只是不完整，茉莉花还有一层花语。

我在他的订单回执上签上了我的名字，看他道谢离去，我将那束包裹得十分漂亮的茉莉花递给泼鸿："给你！"

泼鸿摆着手道："你爱慕者送你的花，我才不敢要，是成墨送的吗？他要向你表达对你的忠贞？哈哈！"

他不是要向我表达忠贞，他仅仅是以为我喜欢这种花，就像我父亲一样，他们都以为我喜欢这种花，所以在我家屋前种了满满一坪子，有时候会引来一些学生驻足观赏。

那一坪子的茉莉，都是源自我从成墨老家死活要移植来的第一株。那个时候，我才八岁，正是恨不得上房揭瓦的年纪，陪着成墨去给他父亲扫墓时去了成墨的老家。第一次去乡下，我觉得那个地方简直太好玩儿了，比城里有意思多了，只不过，路途太遥远，我们坐了整整一天的车，又转了两趟小三轮，还走了十来里泥路，才辗转到了那个藏在山窝窝里的小村庄。

路途的辛苦，使我在到达成墨老家时，顾不得三七二十一，倒头便睡了去。第二天清晨，当雄鸡唤醒整个村庄时，我竟难得地起了个大早，打开窗户那一刻，展现在我眼前的炊烟与大青瓦黄墙，让我觉得我一下就掉进了课本中形容的那个美好又宁静的村庄。我欢快地从屋子里跑了出去，围着院子里那棵要几个人才能合抱的大榕树转了十几圈，在岁月磨得没有棱角的大青石条凳上躺平了又坐起来，找到了一个我费尽力气也推不动的大石磨跳上跳下，又在某个犄角旮旯儿里找到了几株开得正盛的茉莉花。

"我要把它们挖回去种起来。"我跟成墨说。

"种这个花干啥！"成阿姨一脸的嫌弃，估计觉得将这种不起眼的小花，完全没有那么费劲的必要。

成墨却指着它们对着我道："一诺你喜欢它？"

"嗯！"我闻了，可香了。

"好！我们挖走它。"成墨二话不说地就去找了小铁锹，小心翼翼地将那几株花全部连根挖起，并找来旧报纸，将带了泥土的根部用报纸仔细地包扎好，递至我面前，说："送给你！"

那是我人生中收到的第一束花，当他将花郑重地递送至我面前的时候，我突然便感觉到那几株花不再是我一时兴起随口要来的不起眼的植物而已，它还承载了一些东西，只是当时年纪小，却不能更深地领会。可是成墨那表情，那眼神，我却至今还能想得起来，似乎只要是我想要，他便统统都给。

后来回到家，我央求父亲买了一个很漂亮的花盆，将那几株茉莉种了起来。再然后，再然后，就在我因为各种置气忘掉了那些茉莉花的时候，在我跟我父亲吵得不可开交的时候，那几株茉莉从一盆花，慢慢地铺满了整个坪子。

那些都是我父亲精心种养的结果，其实我忘了告诉他们，我已经不喜欢茉莉花了，当我父亲面对它们的时间比面对我还多的时候，我已经不喜欢它们了。

我将那一束包装精美却开得朴素的茉莉花扔进了垃圾桶，泼鸿与于海都在我毫不犹豫地将花扔掉时，收拢了脸上的笑意。

"你干什么扔掉啊？多可惜啊！"泼鸿尖叫起来，然后起身越过于海就将那束花捡了出来。

"就算不喜欢也别扔啊，赠人茉莉，手留余香懂不懂啊？"她往花里一阵翻找，翻完了又喃喃自道，"咦，还真的没有留卡片啊？你知道是谁呀？"

我知道是谁，但我不知道他是什么意思，难道真如他所说的那般，从今天开始，要和我开始谈恋爱？所以，他的第一个步骤，便是送花？

我已经能够想象，他回去在网上搜索了"谈恋爱的步骤"或者"如何谈恋爱"这样的关键词，当然如果他真是这般做的话，他接下来，还会不会有烛光晚餐的邀约？

"一诺，你笑什么？"泼鸿问。

"我笑了吗？"我在笑什么？我自己也不知道。

我坐正了，低头搅着面前的柚子茶，泼鸿看着我，道："一诺，你真的要和成墨结婚吗？"

一旁的于海插嘴问道："成墨是不是那天我送你回去时，在门口等你的那人？"

"嗯。"我用一个字，应付着他们两人的提问。

"他就是成墨？"于海一脸的惊讶。

泼鸿转头看于海，问："你知道成墨？"

"何止知道啊！我们读书那会儿，他可是旗帜，是方向，是标杆！我们医院里引进的最新的关于脑萎缩的神经组织修复法，他还参与过对神内科医师的培训，神医科的主治医师回来后好几次跟我们提及他的魅力与风采，说若不是自己年纪大了，结婚生孩子了，肯定都会深深地迷上他。"

我知道成墨学的是生物医学，但是再具体一点是学什么科目的，我便不清楚了。我对他，知之甚少。

"是啊，是啊，我也很迷……哈哈。"一时说漏嘴的泼鸿在于海的瞪视下打着哈哈。

"我真没想到，那天晚上见到的就是成墨。"于海一番感叹，转而又道，"不过我觉得可能因为不认识的缘故，他看我送你回家，眼神中对我充满了敌意。"

泼鸿嘻嘻发笑，道："你长得像坏蛋！"

我扯出抹笑来，被于海这么一说，心思又兜回到了那天晚上。

"我以后可以跟我同事炫耀说，我跟成墨的太太是好朋友吗？"于海大男孩儿的脸上，露出年轻人才有的得意扬扬来。

泼鸿摇着他的臂膀，道："一诺还没有嫁给成墨呢，什么太太啊？你这个没出息的，你应该向成墨看齐，变得跟成墨一样优秀。"

"我们这还没怎么着呢，你就开始嫌弃我了……"于海垮脸，跟他相熟后，才发现他斯文的外表下，其实很开朗活泼，与成墨的性子完全不同。

我看着泼鸿与于海打情骂俏，生出了一些羡慕。年轻的情侣，不应该就是这样吗？哪儿会像我跟成墨。

难得一个晴好的周末，我与泼鸿他们一直待到了下午时分，这才打道回府，经过家门口的茉莉花时，我顿住脚步，低头凝视着那一片茉莉花。因为打点照顾得很好，翠绿色的叶子配着小小的白花，在阳光下显示得赏心悦目，有女学生特地相约来到这里，蹲在这片花圃中间摆着各种姿势照相。这种花，很能衬托出这些年轻的女大学生的清纯美丽，我羡慕地看着那些女学生们拍好照片后相约离开。

一转身，在花圃的那一头，成墨不知道何时站在那里，挡在了我家的门前。

"我们可以将自己家门前也种满茉莉花。"成墨的声音轻轻柔柔，语气平缓地勾勒出未来蓝图。

"我有没有告诉过你，我讨厌茉莉花！"我扬着下巴对他道。

他的眼中因为我的话而流露出些惊讶来。他笃定送茉莉花能讨好我，说那样的话能勾起我的向往，其实那都是他的自以为是，从我讨厌他的那一天开始，有关于他的一切，包括蕴含，都在我的讨厌范围内。

"没有关系，我们可以种其他任何你喜欢的。"成墨淡淡地笑着，却不由自主地垂下了眼睫，他走上前来几步，伸手拉过我的手，穿过那片茉莉花圃，走向我家大门。

我看着他牵着我的手，那只手，已经从以前的细瘦变成现在的宽厚。以前，我总爱拉他的手跑来跑去，玩泥巴，堆沙子，过家家。他的手指上有几道刀痕，是他四五岁时砍柴火的时候弄伤的。小的时候我常常看着那些早已愈合的刀痕，心痛地捧着凑到嘴边吹吹，他就在我吹吹的时候，笑得眼儿弯弯，露出一口的白牙，又傻又憨。

我不是应该甩开他的手的吗？我不是应该恶心他碰触我的吗？我怎么会乖乖地任他牵着，甚至为他的这个大胆且无礼的动作而感觉到怦然心动呢？

我的手似被烫了般后知后觉地往后抽，他感觉到我的抗拒，回头看我，问："怎么了？"

"不要拉拉扯扯的。"我将手从他的掌中抽离，不自然地垂着头，避开他探究的目光。

"一诺，我们最终是要结婚的。"他叹息着道。

我回过头，语气不善地与他道："成墨，很多事情都会变的，人也是会变的，就像我已经不喜欢茉莉花一样，我劝你不要老做一些没有意义的事。"

结婚不结婚，蕴含着太多的变数。有的时候，我真的怕，怕这些变数会引来一堆的麻烦，伤害到一堆的人。虽然我一直知道自己不断地在伤害着这些人，可是以往，我的能耐与伤害力度也只敢伤其皮毛，我还不敢将每个人的心彻底伤透。

我绕过他，匆匆地进了家门，他跟在我的身后也进了来。

我爸妈都不在家，我转过身看成墨，他一个人在我家做什么？

"从早上你离开，我就一直在这里等你回来。"他说这话的时候，声音很软，我忽然觉得他有点儿像小媳妇。我本想没好气地对他的，却被他带着些许委屈的语气，弄得软化了态度。

"你知道我爸妈去哪儿了吗？"我父母自退休后，很少晚饭时间两人同时不在家。

"叔父有些头晕，婶婶陪他去医院看看。"他在我家显得很自然，熟稔地坐在我旁边的沙发上，"一诺，你要多关心叔父，我觉得他近段时间身体不太好，你不要气他。"

尽管他的语气很平缓，但我还是不喜欢他这语气。我跟他之间，有太多不能触碰的禁忌，关于我父亲的任何事情都是我们之间最容易发生冲突的话题。

"你今天不用上班吗？"我想换个话题。

"我一个月有一天的假期。"他冲我笑。我愣了愣，然后才明白他这话的意思。

"没有人让你浪费你这一个月一天假期的时间在我家等我。"我毫不客气地说。

成墨微叹了口气，道："一诺，我的意思是我能空闲下来陪你的时间真的不多，所以我希望你能知道，每个月的今天，我都可以任你使唤，而且，我也并不觉得等你是浪费时间。"

"一个月仅供使唤一天？"我哂笑，"成墨，你就是打算这样跟我谈恋爱的？你的诚意就是这一个月一天啊？"

他的眼睛一亮，唇角扬出一个微小的弧度来，对我说："一诺，只要你愿意，我的任何时间都可以是你的。"

我更加不信了，最近这段时间，我妈总是在我耳边有意无意地提及他有多忙，有多少学术会议要参加，学校又给他安排了多少课，他还兼了几家医院的进修培训课程。我妈说她没见过那么忙的人，一个人顶几个人在用，想要见上他一面简直难如登天。

"你要试一下吗？"他眼里闪烁着一种类似于算计的光芒来，又似是一种引诱，好似已经织好了网，等着我往里钻。

这个话题也不好，很危险，我决定再换一个话题。

"你同意和我结婚，是出于报恩，还是想要再次利用？我父亲退休了，他没有什么再可供你利用的了。"对于这个问题，我揣测了很久，但就是不明白他到底是为了什么。

"我说都不是，你会相信吗？"他说道。

我觉得他越来越狡猾了，他的每一句话都带着试探的意味，我总觉得他藏着什么不可告人的秘密，而且那个秘密，可能要等到跟我结婚以后才会让我发现。

这多可怕啊，我得用我的婚姻幸福去换知他背后的险恶用心是什么。

我觉我也许中了他的圈套，我提出结婚的意见正好迎合了他的需求。

我暗自恼怒，虽然也不知道他是不是真的有什么阴谋阳谋，但是他会答应跟我结婚，如他所言不是报恩也不是利用，这真是太不寻常了。

我站起身来，他也随着站了起来，我对他说："成墨，你要跟我谈恋爱吗？那就开始吧，走，我们试试看。"

我向门口走去，他亦步亦趋地跟随。在门口，我转身看他，他的眼底尽是迷惑。

我将家门关好，他问我："去哪里？"

我冲他笑道："吃饭、逛街、压马路，你有意见吗？"

"乐意之至！"他似乎放下了戒备，向我伸出了手，似乎牵手一下子就变得顺其自然。

我快他一步，将手背在了身后，他的手捞了个空，微微一愣，随即又笑了笑，领着我走向了他的车。

我们在一家我听说过的法国餐厅用餐，泼鸿曾经跟我说她来过这里一次，菜的分量少得可怜，纯粹就是吃服务，吃情调，我跟她属于小民阶层，只适合去平价餐馆或者吃路边摊。她说这种地方，用来宰自己不喜欢的相亲对象还可以，可以将对方一次性吓跑，若真是跟自己所喜爱的人，吃什么都会觉得很美味。

我对照菜单，将价格最贵的几样点了个遍。成墨正泰然自若地与服务生说话，全然不将我挑衅的行为放在眼里，估计这点钱对他来说只是小意思。于是，尽管点了一堆价格不菲的菜来祭我的肠胃，我仍然忍不住地置气了。

"不高兴？"他小心翼翼地问。

我不理会他。

"如果我告诉你，这一顿花掉了我一个半月的工资，你会不会高兴一点儿？"

有这么贵？天啊，我肉疼。

不过，真让他说准了，我的确高兴了不少。

我开始暗暗计算，他一个月的工资是多少。

他微微一笑，仿佛熟知我心中的想法："不用算了，我告诉你，我每个月是五千八百元的工资，津贴是三千二百元，扣除各种保险与公积金，实际到手是七千多元。当然，偶尔的福利与额外的补助未算在内。"

服务员上了开胃菜，泼鸿说法国菜为求精致，上菜都特别慢，基本上吃一顿法国大餐，就会耗费掉一个晚上，我觉得泼鸿说得果然很对。

其实想一想，这顿饭吃掉了一万多块，我的心都在滴血。我从未如此奢侈过，这是我多少个月的工资啊！我省吃俭用这几年来，存折上也才两万多的积蓄，这比起月光的泼鸿来，已经算是不错了，可是如果让泼鸿知道我狠狠宰了成墨这顿饭，不知道她会不会在捶胸顿足说我狠心后，怪我没有和她一起分享这种割肉的感觉。

我拨着餐盘里的食物，想着这一口下去，就是几十元、上百元，这样吃饭，有什么乐趣可言？就算再美味，也抵不过那种算计出来的心惊胆战，满嘴嚼的仿佛全是钞票的味道。我根本不知道这些菜中，哪一些是贵的，哪些只是装饰，像极品鱼子酱、黑金鹅肝、松茸，还有那些我点了单后就忘了是什么的菜，我通通不知道该怎么下手。

我双手执着据说是纯银制造的刀叉，小声地敲着，看着面前的一大堆食物，实在不想在成墨面前丢人。

"你可以每样尝一点儿，喜欢吃哪样，下回再来的时候，我们就知道该点哪一些了。"成墨的话，似是有点儿解围的意味，他既然这样说，我又何必客气，于是拿起叉子对着食物便开动了。

只是我偶尔四顾时，总会发现有其他的人望向我们这里，不知道是因为被桌上摆得满当当的食物引得侧目，还是对我完全不顾用餐礼仪的吃相颇有微词，又或者，他们是在看成墨。灯光下的成墨，模样极其出色，他的脸上始终噙着一抹淡淡的笑，似乎心情很好。

对于这一餐所费不赀，他淡然的态度让我对他降低了一些敌意和不满。我习惯了走到哪里，都会有一群目光黏在我身上，但今天这餐厅中的目光除了给我，一大部分也给了成墨，我心中生出了好玩的意味。

当他用餐巾揩去我嘴角的酱汁时，我竟也不反感。也许是因为他长得实在太好看，也许是身在这美好的氛围中，也许是在别人惊艳和羡慕的目光中他对我百般体贴，我的心，还能荡起层层涟漪。

一顿饭花掉了两个半小时，当我掏出手机看到时间后，我自己都惊讶不已，我竟然不知不觉独自与他相对了这么久。

想起我的每天六小时，我得结束与他独处的约会，赶紧回家，静下心去看书。

我在餐厅门口等着成墨刷了卡埋了单，在他出来时，我打算与他道别回家。可道别的话还未来得及说出口，他就未经我同意自顾自地捞起了我的手，一路拉着前行。

"你这是要干什么？"我挣了挣，未能挣开。

"按照你的计划，实行第二步，逛街，压马路。"他语毕，笑意从他的眼底流泻了出来。我看着他，突然就说不出要告辞的话了。

"你的车就停那里了吗？"我指着他的车，内心挣扎不已。

"嗯，反正它也不会自己跑掉，不是吗？"他拉着我，穿过一大片花坛，混入人流之中，步上高高的人行高架桥，随着行色匆匆的人流，走向灯火街头，再路过一个个窗明几净的橱窗。

在五颜六色的霓虹灯下，听着各个店铺播放或快或慢的音乐，仿佛我们就是这芸芸众生中再普通不过的一对，没有人会刻意瞩目，也没有成见与纠纷，少了这样与那样的差异，淹没在人海里。

就像两滴水，只有我们自己知道，有什么东西将我们连接在了一起，那手心贴着手心的温度，渗进了我对他砌起的长达十多年之久的那道心墙。我知道那很危险，可是却舍不得将这点温暖驱逐在外。我的心什么时候变得这么容易软化了？就因为他的一顿大餐？就因为他一整个晚上的笑容？就因为他的轻言细语？就因为他主动且不容拒绝的牵手？

不是的，没有那么容易的，肯定还有什么。我不敢再深想，再想下去，就是我不敢面对的了。

从人潮汹涌的大街，走至人烟稀疏的河道边，我们都未发一言。他领着我的脚步渐渐慢了下来，在河道边成排的榕树下，我们并肩缓慢地行走着，一旁的长椅上，零散地坐着一对对浓情蜜意的恋人，他们或触额低喃，或嬉笑打闹，或相拥而吻……有全副武装戴着头盔护膝的细瘦男孩儿女孩儿滑着直排轮，与我们擦肩而过。晚风轻习，花香四溢，如钩的新月挂在无半丝云彩的天空。我的心，因为这种种美好，有了难得的安静。各种缠绕着我已久的烦恼与狂躁都在此刻烟消云散，我想我跟成墨，也许可以不必相见无欢言的。如果，他没有耍那些阴谋阳谋的话。

最后，他选了一张干净无人的长椅，与我一并坐了下来，手却一直未放开，我低头看着他固执的手，他的手早就因为未再做粗活而养得软润温和。

在长椅上坐了很久，我们一同看着河面上的粼粼波光以及缓缓行驶的游船，都不敢开言，生怕会说出一些打破这种宁静与微妙的话来。

只是最终，他先忍不住了，对我说："一诺，今天是这么多年来我最开心的一天，真希望今天过得能更慢一点儿，最好永远不会结束。"

我不知道他说的是真是假，我没有他这样的直接与大胆，我不敢告诉他，这是这么多年来我最为平和的一刻。而这一刻，竟全是因为他。

他一路将我送到了家门口，我偷偷看了一下时间，竟然已经晚得不像话了，我的父母应该都睡着了，但家中有灯光未灭，我挣脱掉被他牵了一个晚上的手，匆匆走向家门，脸上一片灼热。

在要将门口合起来的那一瞬，我透过门缝看见远远站在路灯下的成墨，露着仍未消弭的笑容，一点也不像平时正经严肃的他。他这模样更像他初来我家的时候，傻乎乎的，没有心机，纯净极了，我真的觉得，他这样子不是装出来的。

关上门，我靠在门板上，觉得心脏跳得都要受不了了。与成墨相处的这段时间，我一直以为他会趁着我某个不经意的瞬间，像上次他在医院探病时那样，突然亲吻我，可是一直到他送我回家，我预料的那个行为都没有发生，这让我心里有种难以言明的滋味，似是失落，但仍然愉悦。

可我怎么会觉得跟他在一起就这样散散步、看看风景，是一件愉悦的事情呢？我怎么会忽略掉这么多年来我在心里对他积压的怨恨？我怎么能一时受他迷惑忘记了曾打算与他结婚的孙小姐？我怎么能不去计较他可能包藏着的阴谋阳谋？这太危险了，我就像是站在悬崖边上，看着悬崖底下的风光无限，全然忘掉了粉身碎骨的危险，还在一步一步地临近边缘。

这种情绪维持到半夜时分，我真的要崩溃了。我对着那本厚厚的法条，每看一段文字，那些文字便浮在纸面上，让我无法领会它的意思。我从来没有如此浮躁过，每每逼迫自己将心思沉入到学习上，可是清醒过来时，竟发现自己又在回忆着成墨的一举一动和他的每个眼神、笑容。

我狠狠地合上书，关了台灯，躺在床上，闭上了眼睛，却又在凌晨三点时又坐回到了书桌前。与其躺在床上无法入眠，还不如坐在书桌前对着那本厚重的书本，至少这样，还能有点掩耳盗铃的效果。

第二天，我睡到了近中午才起床，走到客厅时，我父亲一脸的不高兴，在我离他最近时，低声斥道："浪费生命！"

我横了他一眼，端了碗面，打开电视机，盘着腿坐在沙发上，拿着遥控器换台，然后将面吸得"呼呼"作响。没过多久，我父亲便受不了地站了起来，重重地"哼"了一声，进了他的书房。

我妈出其不意地出现在我身后，屈着手指敲我的头，我拧着眉头不满地看她。她沉着脸，不高兴地坐我身旁，道："别气你爸，昨天我陪他去医院，医生说他'三高'，他的身体，大不如前了。"

"什么'三高'？"我觉得我爸看上去并没有什么异样，说的话一样地让我讨厌。我每次在他这样说话时，都会忍不住想气气他，而且我总是有办法气到他。

"高血压、高血脂、高血糖，年纪大了，就会有这些毛病。成墨说了，这'三高'，很容易引起脑萎缩还有像中风之类的病症来，那就危险了。"

我放下碗，里面还有小半碗面条，我觉得似乎撑到了，一点儿胃口也没有了。我想起了成墨说的那句话来，我爸真的老了。

中午时分，我刚刚将书翻过一页，手机便振动了起来，我打开手机，上面显示着有一条新的短信。那是成墨的号码。昨天晚上，他拿了我的手机，将他的号码存进了我的手机里，并将这个号码设置好快拨键，对我说道："一诺，为免你懒得记住我的号码，又懒得去翻通讯录，你只要长按'3'号键，我便会随传随到，任你使唤。"

我看着屏幕上显示的那个名字，不由得笑了起来，他将他自己的名字输入为"亲爱的成墨"。

我打开了短信，内容很短，就一句话：我上课的时候，突然忘了我讲到哪儿了！

那一行小字，似是戳心利箭，一下就让我心脏紧缩不已！我捂着脸，哀号阵阵，我才看了一页书啊，我的学习任务很重啊，他这是成心让我什么都干不了啊！

我放下手机，翻了一页书，又望向一旁的手机，手指头忍不住地将屏幕按亮，又将手指放在了键盘"3"上面。

是不是真的呢？我要不要试一下呢？就像他说的那样，他会随传随到，任我使唤？

按一下，跟他说："成墨，快来给我念书，我看不下去了。"

再按一下，跟他说："成墨，你在穿过校园门口时，帮我捎带一下门口那个老大爷卖的臭豆腐。"

或者再按一下，跟他说："成墨，其实我只是想你了，你就过来让我看一眼吧！"

我放下手机，觉得我还是做不到，那怎么会是我呢？

泼鸿就曾这样肆无忌惮地差使着她的历任男朋友，医院里长得娇美可人的阿宝跟她男朋友打电话的时候也是这样随心所欲，似乎这是热恋中男女的权利，可是我却做不到，我也无法想象成墨鞍前马后的模样。尽管在我挑衅地跟他说试试看的时候，我曾真的想过用这样近似于骚扰的方法去摧毁他的言之凿凿的承诺，但是事到临头，我却真正做不出这样的行为来。

我最终，未给他只字片语。

Chapter 5　>>

套在手腕上的缱绻

接下来的一段时间，我总会在工作间隙，接到成墨的电话或收到他的短信，虽然不多，可是较之于我的从不主动，他已经算是百折不挠了。我常常在看到他的短信后不由自主地傻笑一会儿，然后又自寻烦恼地想，他的心意到底是真是假。

我始终无法摆脱，他回国后的第一件事就是跑来跟我说他要结婚的事实，我觉得我渐渐地就要被成墨的积极与主动迷得晕头转向了。

难怪以前在学校的时候，他会那么受女孩儿的喜欢，有的时候，他不需要做任何事情，只需要静立在阳光中，就能俘获一大片女生的芳心。这是真的，我曾亲眼所见，亲耳所闻。

初中时，他的身高就开始突飞猛进，进入高中阶段，他的身高更是已经鹤立鸡群，而我刚升入高中的时候发育不良，细瘦的跟棵黄豆芽似的，我妈常说怎么吃同样的米，却长得如此良莠不齐。我也常常反唇道："鸠占鹊巢就是这种情形，杜鹃鸟占了其他鸟的巢，吃掉人家的蛋，再毁掉人家的孩子。"

我爸曾经因为我的这句话，狠狠地扇了我一个耳光。那是我长那么大以来，也是迄今为止，他第一次打我，唯一一次打我。

我就是在我最恨他的那段时间里，发现了那个事实，那个让我咬碎牙也无法改变的事实。在我家，他有我父亲滴水不漏的维护；在学校，他静静而立就引来了一群女生的驻足与窃窃私语。我在那些女生的外围，听着她们谈论着他的外表、他的努力、他的成绩，那时我实在很想冲过去告诉她们，他其实就是一个穷光蛋，有一个短命的爸爸和一个恩将仇报的妈妈！

"你在想什么呢？一会儿笑，一会儿恼的。"阿宝在一旁打趣我。

我揉了揉脸，都快觉得自己要出毛病了，稍做调适之后，我键指如飞地继续工作。

接下来的这段时间，成墨的电话虽然不多，但是每天都有，可几天过去后，却渐渐少了，有时候一天都没有任何音信，短信也时有时无，我偶尔按亮手机屏幕，上面什么显示都没有，便心中一空。

我偶尔也会想想，是不是因为他的独角戏唱久了，一直未能得到我的回应，所以疲了。但是，有一天晚上我从卧室出来时，却听到了我父母在谈论成墨。他回英国去了，跟那位孙小姐一道回去探望他们一位病重的导师去了。

我从那个消息中回过神来的时候，已经不知何时进了自己的房间，又在书桌前坐了多久。他不是说他每天都很忙，每个月只有一天时间供我使唤吗？可他现在却能抽出这么多的时间陪女朋友去国外！

真是太可笑了，我居然为他恍惚了这么久。我每天还在等他的电话，期待他的短信，晚上躺在床上的时候还会因为想着他在干吗而辗转难眠，可是他，却与佳人有约。

也许在他看来，那都是再正常不过的事情了，我在这里纠结着他的行踪，实在没有多大的意义，我有什么好纠结的呢？那个孙小姐是他的女朋友，他的行踪也不需要向我报备，我到底在纠结什么？

再次见到成墨时，是半个月之后了。半个月的时间，说长不长，说短不短，但是足够让我对他的心思平和了。所以，当我下班后再见到他立在我家那一片花圃中间时，我还能步履平缓地如同什么都没有发生过一般。

他的笑容渐渐变淡，当我走到他面前时，他问："一诺，你没有想念我吗？"

我觉得我真的是不太适应这样的成墨，他怎么能轻易地说出这样直白露骨的情话来呢？

"我为什么要想你？"

是谁说的，谁先认真，谁就输了。在这十天里，我从开始的迷乱，到渐渐地清醒，又到现在决心不被动摇，直到刚刚见到他的这一刻为止，我觉得我似乎成功了，我觉得其实我可以做到将感情收放自如，可以轻易地将他抵制在心门之外。

他的眉头拧了起来，眼里墨黑成一片，我勇敢地迎视着他，他沉吟一会儿道："我们在电话中不是还好好的吗？你没有收到我的短信吗？"

"你觉得我必须回应你的热情吗？"说完这话的时候，我明显地觉得成墨的脸苍白了几分，我心中一痛，似有什么从他身上延至我的心尖了，揪着痛。

"一诺，不管你是真的想跟我谈恋爱，还是在玩弄我，都没有关系，只要是发生在我们俩之间的任何事，我都愿意承受。"

我受不了地直想翻白眼，他的故作深情，让我觉得内心似有滚油般翻腾不已，我一刻也不想面对他那张脸，不想听到他的声音，他若再跟我多说一句话，我就要隐忍不住地发作了。

家门被我妈打了开来，她探着头看着站在门外的我们，一脸的讶异，问："我听到你们的声音，怎么不进来说话呀？"

我低了头，匆匆进了门，走过我妈身边时，我妈还在道："成墨你要去哪儿？不进来啊？"

"不了，阿姨，我还有课，我下次再来。"

我低着头走过客厅，我爸假"咳"了一声，我没看他，低着声音道："我回来了。"

听到我爸又"哼"了一声，我已走至了卧室。

我的手机在我关门的那一刹那响了起来，是一条短信，"亲爱的成墨"发来的。

我打开来，却发现是一条什么都没有的空白短信。

我愤然地将手机往床上一扔，坐到书桌前，翻看着还剩大半的法条。可是一个小时之后，我又忍不住在心里狠狠地骂起来，成墨他要毁掉我的考试了，我的书要看不完了！

　　在医院的工作很快便结束了，医院给我结算完工资，我便离开了这里。这个短期工作的工资并没有多少，我将挣来的钱，一半交给了我妈，剩下的钱仅够买那个法国餐厅的一块牛排。

　　距离司法考试只剩下一个月的时间，我几乎废寝忘食地看书。泼鸿打了我好几次电话，约我出去玩，都被我婉拒了。我妈见我没日没夜趴在书桌前的模样，一脸的担心，时不时地进我房里来，顺带附上一杯茉莉花茶，让我休息一会儿。再后来，她总是会在晚上十一点左右送来我爱吃的小点心，有时是叉烧酥，有时是杧果蛋挞。

　　我从小到大都爱吃叉烧酥，尤其爱吃东风小街街尾那一家糕点店做的，当我妈将刚出炉的叉烧酥摆到我面前，我吃了第一口，便知道这正是那一家的味道。

　　我妈太了解我了，竟然了解得如此细微，只不过东风小街距离我家太远了，坐公交车都要半个多小时。我不止一次让我妈别为我跑那么远去买这个，可是她第二天就送来了迎宾路开了十几年的老婆婆西点家的杧果蛋挞。

　　算一算，我上交给我妈的那些伙食费，可能连买这些糕点都不够，可我妈总是不顾我的抗议，天天雷打不动地定时拿来这些糕点，作为她对我的鼓励。

　　在我将时间全都放在天昏地暗的学习上时，我父亲看我的眼神终于有了赞许的意味。有一次，我在解决掉一张模拟试卷后，正如释重负般靠向椅背，竟发现他一声不吭地站在我的身后。见我发现他，他难得地冲我微微一笑，道："你继续，我就看看，没想到你喜欢念法律，很不错！"

　　然后，他不待我出声，便背着双手走出了我的卧室。我看着他小心翼翼地将我的房门轻轻带上，我忽然想起了成墨曾经跟我说起，我父亲他曾悄悄地透过医院的观察窗探望我的情况。

很多年前，他其实也是这样，是一个十分重视我的学业成绩、希望我大有作为的父亲，只是这中间，他将太多的心力都用在了成墨身上。

自那天一别，我没有再见过成墨，我将"亲爱的成墨"拖至了手机里的黑名单，他的电话与短信一概都无法骚扰到我，我也很少听到我的父母提及他。也许他还是来过我家，但是我每天非但足不出户，简直就是足不出卧室，所以对于成墨这个人，我已经最大程度地避免会被他影响的各种因素，一心只读我的书。倒是成墨的母亲来过好几回，我总是能隔着门板听到她的大嗓门儿，让我知道她来送她自己种的小葱、大蒜。

炎热的夏天已近尾声，我打开家门，看着门口那一片在晨曦中吐露芬芳的茉莉花圃，竟生出一种恍如隔世的神思来。我妈唠唠叨叨地第三次问我是否带好了身份证和准考证，我父亲没有如往常般一大早坐在沙发上看书看报，而是背着双手立在玄关处，看着我与我妈一同出门奔赴考场。

"妈，你别陪着我去，我是去考试的，你在外面，我会分心的。"我实在觉得无奈，我妈死活要陪考，我都已经快二十三了，这么大的人还让妈妈陪考，其他的考生会笑话我的。

"我一定要去，你高考的时候不让我陪着，就捣了那么大的乱，全部交了白卷。这么多年，我为这事纠结来纠结去的，所以好不容易等到这回你终于上进了，我无论如何也要去陪着，你说什么都没用。"我妈难得地坚持。

在高考这件事情上，我的的确确让她伤心了很久，也许我必须用一次认真地对待，才能稍稍弥补掉她那莫大的遗憾。

我妈拎着她的包，里面装了水、西洋参含片、巧克力，还有一罐红牛。她拉着我的手，走出家门，走过花圃，她回首向仍站在家门口的我爸挥手，在似乎飘着一层薄雾的清晨，牵着我走向了停在不远处缓缓驶来的那辆黑色的轿车。

我的心一下就提到了嗓子眼儿，然后又重重地沉了下去。那辆车子真的很是漂亮，它的主人很爱惜它，将它洗得锃亮，映着一路的光影，缓慢地驶过来时，悄然无声。

　　我多久没有看到他了？一个月？两个月？我忘记了时间，似乎很久，又似乎很短暂。他风采依旧，着装工整，他修长的双腿迈出车子时，足以让周围的一切光影黯然消隐，他总是能瞬间吸引住我的目光，即使我的心底正声嘶力竭地排斥着他。

　　他立在车子旁边，眼睛直直地向我望来。我们离着十几步的距离，我跟在我妈的身后，不躲避他的目光。步步近前，他的目光便跟随着我而移动，一直到我妈在他面前站定了，他才收回与我对视的目光，望向我妈，微微一笑，问："婶婶吃过早饭了吗？"

　　"我们吃过了，倒是你吃了吗？这么早让你来接送，会不会影响到你上课？"我听着我妈的话，心中一阵不快。我妈太多此一举了，我们完全可以按以往惯例，打电话叫小张叔送，这样的小事也将成墨叫来，他很容易就会将我家的恩情还清了的。

　　成墨打开了他车子的后排车门，我妈毫不客气地坐了进去，我在门外迟疑了一会儿，觉得如果生硬地拒绝又未免显得太过矫情，于是一猫腰，与我妈并排而坐。

　　从我家去考场大约要半个小时，我们出来得较早，路上并不拥堵。对于这场考试，我其实是有些慌慌不安的，我觉得我准备得不够充分，很多题目我还抓不住重点，所以一路上，我的沉默并非全是因为成墨，有很大一部分是因为紧张。

　　成墨跟我妈一路谈着一些琐碎的事情，偶尔我将视线从窗外飞驰而去的景色掉转回来时，不期然就会对上后视镜里他的双目。

　　他那后视镜，对准的是哪里呢？

　　"一诺你很紧张吗？"成墨在我不悦的神色中发问。

　　我扭头继续看窗外，不予理会。我妈扯了扯我的袖子，我扭头看她，她努了努嘴，示意我回成墨的话。

"不紧张，这种考试，通过了挺好，没通过的话，也不会更差。"我这样说的时候，心情突然就没之前那么紧张了。

"是的，即使没通过，明年还是可以接着考的。"成墨道。

我通过后视镜，瞪他："成墨，你就继续看轻我吧！我会一次性过的。"

"我不是那个意思。"他从后视镜里望着我的眼。

我妈使劲地扯了扯我的衣袖，我才将那些不快的话语收了回去。

快到了，成墨将车子停在了校门口附近，我跟我妈一下车，瞬间就引来了不少人的注目。待到成墨一下车，注视的人就更多了。自从跟成墨同场合出现过几次之后，我也就习惯了那些投向我的目光，从惊艳分分钟就能转化为对成墨的倾慕。

"你们回去吧，我要进考场了。"我催赶着他们。

"成墨，你先去上课吧，有事再打你电话吧。"我妈转身便与成墨道，显然她是打定主意要在门外陪上一整天了。

成墨从他车子里拿了一个小盒子出来，那盒子的包装很是精美大方，仅巴掌大，有点儿像首饰店里装戒指的盒子，蓝色素面上印着英文LOGO。我看着他拿着那盒子出来的时候，心怦怦地跳得厉害起来。

他行至我面前拉过我的手，将那盒子塞我手里，道："上次从英国买了带回来的，预祝你考试成功。"

说完，他便松开了手，不待我拒绝便转身开了车门，坐上了驾驶室，与我妈说道："婶婶，我中午再来接你们。"

他未再看我一眼，将方向盘一打，便离开了。

我不知道那盒子里面是什么，直觉肯定不便宜。我看着扬长远去的车影，心中百味杂陈，一方面一点也不稀罕他送的任何东西，一方面又恨自己做不到心狠地立即拒绝。手中的锦盒，如同烫手的山芋般，收也不是，扔也不是。

我妈待成墨走远了，就一把拿过了我手中的锦盒，径自打开了，道："咦，是手表呀！"

我放眼望去，我妈手中的那只女表在阳光下闪闪发光，朴素大方的款式配上时下流行的元素装饰，让我不得不放弃那份排斥，喜欢上了这只手表。

"真细心，时间都调整好了，你考试不能用手机，正需要一只手表。"我妈拉过我的手，就将手表往我手腕上戴。

"连表带都调整得大小合适，成墨这孩子，真细心。"我妈拉着我的手左看右看，我便也随着她摆弄的角度，看着我腕上多出来的新玩意儿，心中闷闷作痛，我想起了那个小男孩儿，曾经认真又细心地在我的手腕上慢慢地画，画上一个圆盘，又画上腕带，最后描上刻度。他说会给我买手表的，原来他一直都记得。

浑浑噩噩地做完了卷一，三个小时的精神高度紧张，仍然没能让我的心情完全沉静下来。每每抬腕看时间还剩多少时，都会想起成墨来，到最后半小时，我索性摘掉了手表，满头大汗地应付着一个个看起来既熟悉又陌生的题。在最后五分钟，我涂完了答题卡上最后一个选项，时间只够我再检查一下是否还有漏题了。待考试结束的铃声一响，考室里哀号一片，此时，我的心情才略微松懈了一些，看来被难倒的不止我一人。

出了考场，就看见我妈引颈不断张望，我随着考生大流走近至我妈身边时，她才发现我，立刻递水，不断问考得如何。

我皱着眉头跟她说："可能不太好。"

我们边走边说，我妈拉了我一把，将我从人潮中拉向另一个方向，脱离了人群，又穿过一条小巷，走了一小段路，便看见在某棵大榕树下，那里正停着早上送我们来的车。

成墨正靠着他的车低着头，不知道在想什么。

"成墨！"我妈喊了一声。

成墨应声站直了身体，向我妈抿出一抹笑，便向我望来："第一场考试结束了吗？"

他的声音力持平淡，似乎担心我又会拿捏他的说辞。

"走走走，我们上车说。"我妈却顾不得这么多，在成墨打开车门时，便迫不及待地上了车。

车子驶上大道时，我妈才一脸愁容地与成墨道："一诺觉得考得不太好。"

我又烦我妈了，她什么话都会转述给成墨听，完全不把成墨当外人。

"今年的题目很难。"成墨说。

"是吗？你怎么知道？"我妈问，我也好奇，他怎么会知道题目很难？

"考试开场后一小时，网上已曝出了真题，相关论坛里有这方面的专家说卷一的题目出偏了，比去年的要难。"

我心里一松，心想连专家都觉得难，那是真的难了！转而又一想，从我进考场后，成墨便一直在关注考试的相关动态吗？他不用上课啊？关心这个做什么？

"一诺你的题目全做完了吗？"我妈问。

我点头，道："虽然觉得时间不够，但卷子倒是全做完了。"

我妈拍着胸口道："那就好，能做完，至少证明还在能力范围之内。"

我瞧着我妈一脸比我还紧张的模样，便冲她笑了起来，拉过她的手，摸着她的手背，道："你别那么担心，这个考试，也就是个考试而已。"

虽然这场考试对我很重要，我从来没有如此殷切地希望能做成功一件事，但我不觉得，仅凭某一场考试就能改变一个人的一生，高考如此，司考也如此，人生最重要的是生存信念与践行努力。

我的笑意还未收回，视线转向前方时，不期而然地又遇上了后视镜里那双俊秀的眉目。他可真能耐，早上我坐在他的正后方，他的后视镜可以对上我，现在我坐在副驾座后方，他仍然能够对上我。

"一诺，你的手表呢？"我妈抓起搭在她手背上的我的手，问我。

"哦，可能忘在考场上了。"我不经意地说。

"那么贵重的东西，怎么能忘在考场上呢？那还能再找着啊？肯定会被人拿走的！不行，我们回去找。"我妈当机立断，指挥着成墨掉转方向。

"找什么呀，不就是一块手表，丢了就丢了呗，考场那里早拉起警戒线了，回去了连门都进不了。"

此话一出，便换来了我妈一连串的不满与心痛。

我妈向来是个温和的人，但也是一个节俭的人，她不反对买价格昂贵的物品，就是见不得人不珍惜。她现在这般痛心疾首，多数是包含了两层意思，一是我的态度太轻慢，二是那手表是成墨买的，她认为有特殊意义。但是碍于我接下来还要应付考试，她虽然很是不满，倒也隐忍了不少。

而我明知道车上这两人都因为我不拿这当回事有点儿气闷，却还是摆出了一副不痛不痒的模样来，我不知道成墨的底线在哪里，我只知道我一直在挑战。

成墨带我们就近找了一间餐馆用餐，我们随意点了一些家常菜。餐厅上菜很快，我一个人吃得没心没肺，我妈却一脸心事重重的样子，偶尔看一眼成墨，欲言又止。我瞅着我妈这样好几回后，夹了一大筷子菜放她碗里，道："妈，赶紧吃，吃完了我还要准备下一堂考试。"

成墨也安抚道："婶婶，别为小事介怀，一诺还要考试。"

我妈这才低叹一声，愁容稍展，开始进食。

我偷偷地看了眼成墨，他正低着头吃饭，他的身板很直，所以在这家餐馆里他挺直地坐姿特别显眼，加上他长相出色，气质斐然，给人一种"濯清涟而不妖"的感觉。

他从第一次来我家，就是这样挺直腰板的，只不过那个时候，他凡事都因为小心翼翼而保持警觉使得他有了这种习惯。而现在，应该归功于我父亲对他的教诲和培养，才让他有了今天这般光华出众的卓然气质。

我匆匆将碗里的食物吃完，我妈看我吃得匆忙，忍不住地又抱怨道："别吃那么快，女孩儿一点也不斯文，时间还挺充裕的。"

我妈经常抱怨我的行为与我的外貌相差十万八千里，外貌长得清丽脱俗，一张美丽的小脸蛋儿，任谁看了都喜欢，偏生性格偏执，脾气古怪，举手投足更是毫无淑女可言。

我放下碗筷，趁他们还在进食的空当，拿出抄好的小纸条来，背一些诉讼期限。这是我的学习方法，对于要死记硬背的考点，我向来都是抄在纸条上，然后在临考前一个小时背下来，让大脑至少保持记忆到考试结束时止，然后再通通忘掉。虽然是临时抱佛脚的方法，却十分管用，我经常因此拿下不少的分数来。

我妈与成墨见我如此，也不再吵我，两人不急不忙地默默吃饭。

我的背诵一直维持到再次进入考场，当我坐在座位上，掏出手表发现只有十来分钟时，才将纸条撕碎了扔进垃圾桶，正襟危坐地听监考老师通报上场考试时的考场纪律。

卷二的题是四张卷中我最拿手的，因此，我花了大量的时间与精力在刑法与刑事诉讼法上。相对于卷二中的行政法类题目，这一块要稍弱一些，但是正是因为刑法，才引起了我对法律学习的热爱。所以，卷二的题目我做得很快，离考试结束还有五十分钟，我便将题卡全部涂完了。

眯着有些疲累的双目，我眺望着考室窗外的那片绿色梧桐树，光影斑驳，静静的只有考场笔尖过纸的沙沙声。

一天的考试结束，所有的考生从考场出来时，都显露出疲惫不堪的模样来，面对着这样艰难的考试，谁都在打起精神奋力一搏。

这次，我妈却是眼尖地先发现了我，将我从众多考生中拉至一边，她边上站着泼鸿，却未见成墨。

"考得怎么样？"泼鸿一脸的笑容，她最近爱情甜蜜，事业顺利，心情非常好。

"马马虎虎。"面对泼鸿时，我才会受她感染，可以无拘无束地或笑或骂。

"走吧，晚上我请你吃大餐，补一下脑！"泼鸿挽着我妈的胳膊，拉着就往停在不远处的小车边走去。那里于海匆匆结束了通话，挂掉手机，与我笑着打招呼。

我左右两顾，周边全是不认识的考生，或笑或愁。

"成墨他有课，走不开，所以我跟阿海下了班就来接你们，顺便请你们吃大餐。"泼鸿的解释是误以为我在找成墨吗？才不是！

我跟我妈上了于海的车，一上车，我妈就忧心忡忡地拉了拉我的衣袖，悄声问："你找到手表了吗？"

我耸了耸肩，在我妈满脸失望之际，从口袋里掏出手表，放到了她的手心，笑说："喏，这么贵重的东西，还是放您这里保管最合适。"

我妈的脸像变戏法似的，一下就从愁眉不展转为惊喜万分，拿着手表翻来覆去地看，又奇物共欣赏地与泼鸿一起讨论了好半天，失而复得的好心情全显在她的脸上，反而我今天的考试显得在她心中不如一块手表重要。

显然，在我妈心中，我能有一个好前程固然重要，但却不及我嫁给她心目中的乘龙快婿那般重要。也许，相较于我爸对成墨的看重，成墨在我妈心中所占的分量也不轻。

由于顾虑到第二天还有考试，所以，泼鸿与于海在饭后就将我们送回了家，只道是等到考试完全结束后，再放肆地玩上一夜。

回到家，家中除了我父亲外，还有一个人，我在乍见到他们两人独处时，愣在了门口，一股强烈的不悦感就冒了出来。

"一诺，你回来啦，今天考得怎么样？"成阿姨站了起来，笑容满面地问我。

"你怎么在这里？"我压制住火气，冷声问道。

我父亲很在意我的语气，之前与成阿姨笑得和善的面孔，在此刻便冷了下来。

"成墨说今天你妈妈要陪你去考试，我想着你那么辛苦我却没能帮上忙，于是过来想给你做点好吃的，却不知道你吃了晚饭才回来的。"

给我做好吃的？怕是趁我跟我妈都不在，替我父亲做好吃的吧？

我冷哼一声，看了一眼餐厅，那方早已被收拾得干净整齐，看来他们吃过饭已经好一会儿了，不但将餐桌收拾好了，还在客厅坐谈了这么久，我们进门时，他们脸上的表情显示着他们相谈甚欢。

这么多年，我都始终想不通，以成阿姨的文化水平和素养，我的父亲怎么会对她产生别样情怀来？成阿姨与我妈相比，相差的可不是一星半点儿。

我妈早在七十年代末便上过大学，后来因为嫁给了我的父亲，又生了我，她的人生轨迹才从似锦前程转为家庭主妇。后来又因为成墨母子的到来，家庭负担变重，我妈才去应聘本地的一家小报刊当编辑，又在干到主编时，因那家报刊转型被合并，我妈不愿意接受新岗位的安排才又重归主妇生活，将重心再次转移到我跟我父亲身上。

而成阿姨，从小在穷乡僻壤长大，只读过两年的小学就辍学了。人虽然勤快，但是对于新事物、新思想，接受得都比较慢，而且她骨子里还残留着不少腐朽思想，比如生男孩儿好之类的，所以对于我家只有我一个女孩儿，她曾多次出言建议让我父亲想办法再偷偷生一个男孩儿。也正如此，她的毕生希望都寄托在了她的儿子身上，在我家这么些年，她因为总觉得自己寄人篱下，所以也尽量让自己努力地适应城里的生活，也尝试通过一些培训提升自己的技能。但是，不管她有多努力，她的言谈举止都很容易泄露出她本身素质的单薄。

所以，我那一心扑在国家大事与教育事业上的父亲，怎么可能会跟成天满嘴家长里短的成阿姨，有那般融洽的思想交流呢？

每每见到我父亲与成阿姨独处一室时，我都会有一种克制不住的忌恨蹿上心头。这种忌恨，除了成墨，他们都不能理解，特别是我妈，她从来唯我爸马首是瞻，瞎读了那么多年的书，平白让人钻了空子，还在为人做嫁衣，并倾尽心血养大人家的儿子，甚至还想要赔上自己的女儿！

想到此处，我觉得这真是太滑稽了，我看着我妈热络地拉过成墨母亲的手，寒暄着家长里短，我多想冲过去点醒我妈啊！以前，我妈总以为我没长大，见我对成家母子横眉竖目，也附和着我父亲训斥我一番，可是这么多年来，她难道一点也没有觉得亏了自己吗？她不觉得我父亲对成家母子的照顾有些出乎寻常吗？

"今天中午，我还在跟成墨说起你呢，他说你最近身体也不大好，跟一诺她爸犯一样的毛病，看来真的是年纪大了，身体都开始出现这样那样的问题了。"我妈让我给她倒杯茶，我将茶泡好，端至我妈面前，我妈便拉着我坐在一旁，陪着他们说话。

听到我妈说成阿姨身体不好，我斜了一眼，她面红气粗的，正春风得意，看不出有丁点儿身体不适的痕迹，凭什么说她跟我爸犯一样的毛病？

"我身体没什么毛病，我就是恼成墨这孩子，成天郁郁寡欢的，也不知道他心底到底啥想法！"说完，成阿姨瞟了我一眼。

"我天天见着，觉得挺好的呀！"我妈惊讶道。

"你还能天天见着他？我说他一天忙得不见人影，也就晚上他半夜回家时，我能见着，他有工夫天天往这头跑？"成阿姨再次看我。

我本也好奇，成墨啥时天天往我家跑了，收到成阿姨目光，我又拧起了眉头。

"他来是来，只不过是每天晚上下班后，顺道来的。"我妈端着茶，一边啜饮一边道。

"他下班？那都得十一二点了，那时候他还来这儿？"成阿姨的声音拔高，表达着她的讶异。

我突然就明白了，成墨确实每天都来这里，我当是我妈每天都去给我买的零食小吃，居然全是他的假殷勤！

"是啊，都怪我，我晚上想去买点东西又不大方便，成墨说他顺道，所以我也就没跟他客气了。"我妈终于看出了成阿姨的不乐意来，于是懂得转个弯儿说话。

坐在一旁的我爸终于开口道："我就说你那样太要不得了，成墨每天都很辛苦，你还让他跑来跑去。"

我最讨厌我爸向着成阿姨，反过来指责我妈。我"噌"地站了起来，望着成阿姨，道："这事别怨我妈，舍不得让你儿子往我家跑，那就让他以后都不要再来了，你早十年说这话，多清静啊！"

我爸也跟着猛地站了起来，指着我，急道："你，你，你这个……"

我妈站起来挡了我一把，握住我爸指着我的手，按了下去："你别气，别气，小心血压，一诺，你别气你爸！"

成阿姨见这气焰，涎着脸，嘟囔道："我也没说不让成墨来啊，我一直都是希望成墨能替黄家多分担，以报答黄家的恩情，一诺，你误会了！"

"报答？他能拿什么来报答啊？娶我就是报答了啊？你们是不是以为像我这种脾气性格，没学历没文凭的，娶了我就是对我的天大的恩德啊？"

哈，成墨一家，还真打算以身相许，以还清这么多年对他的养育栽培之恩。

"黄一诺！"

我爸又要冲过来，我妈使劲拦住，我在他欲怒骂之际，转身冲出了家门。

我这个不肖女，在夜幕幢幢之际，第二次离家出走了。

Chapter 6

想掐死你，
却怕疼死自己

　　这么多年来，我能隐忍到现在才离家出走，已经很难得了。只不过，这次的离家出走，身后再没有尾巴一路随行。我走出了家门，走出了校园园区，混入学生流中，在热闹的夜市中穿梭，摸着只有几块钱零钱的口袋，一时不知道要往哪里去。

　　手机没带，证件没带，钱包也没带，我能上哪儿？去找泼鸿？自从她搬去跟于海同居后，那距离我家便不是一里半里的，我真的要坐公交车转上大半个城，去搅和他们的二人世界？

　　也许等会儿我爸的气便消了，我可以晚一点试着打家里的电话给我妈。

　　六七年前，就在我爸给了我那个耳光后，我也曾负气离家出走过，只不过那次我身后一直都跟着成墨。身材高大的他总是与我保持着两步的距离，不管我是冲他大吼，还是向他踢踹，他都坚持跟在我身后。我为了甩开他，狂跑了三条街与无数个小巷子，路过形形色色的人，可是却始终未拉开与他的距离。他不断地在我身后喊："一诺，一诺，回家！"

　　"快点儿，回家了！"有个年轻的妈妈，拖拽着迷恋地摊上小玩具的孩子，催促着他回家。

　　如今，我早已不是孩子，没有人会再催促我回家。

　　我蹲在一个卖小饰品的摊子旁，百无聊赖地看那个因为生意不好无聊地在玩手机的小姑娘。想到第二天还有考试，于是问她："同学，你知道这附近哪里有不需要登记身份证的网吧吗？"

"黑网吧啊？多得很，就前面那个小巷子右边第三家的楼上就是。"小姑娘指着一个方向跟我说道。

在去"黑网吧"前，我借小姑娘的手机打了我家电话，响了四五声没有人接，担心被我爸接听，我又匆匆地挂了。谢了她，我去了她指的那个网吧。

一楼是正常营业的网吧，二楼便是所谓的"黑网吧"了，我看着里面的价格牌，我兜里的钱，刚好可以包夜，可是我真的要在这里过夜吗？我环顾四周，龙蛇混杂，稚气未脱的小屁孩儿们戴着大耳机，一脸专注地盯着显示屏，鼠标点不停地指挥着电脑游戏里的小人儿打打杀杀，也有坐着跟摊软泥一般半天一动不动地盯着电脑看电影的，还有几个围成一撮看岛国动作片发出窃窃笑声……

我付了钱，在某个角落里找了一台看上去还算干净的电脑，开了机。室内的空气极其不好，一片乌烟瘴气，成年的、未成年的，一包接一包地抽着烟，偶尔有人突然冒出一声脏话来，在这里也显得平常极了，掀不起一丝波澜。

我进了司考论坛，看了一下今天考试的一些动态消息，又找了一些明天考试的猜题，一轮试卷做下来就到了凌晨。困意袭来，我的内心却煎熬不已，我要不要回家呢？身上的钱全部交给了网吧老板，我连打个电话回去的钱都没有了。

我登录 QQ，那个胖企鹅扭动着身体挣扎着上线，刚显示登录成功，便有许多的小喇叭闪动了起来，还有各种留言，我点开了泼鸿的留言，她的对话框里，显示着满满当当的一屏字：

"一诺，你在哪里？你妈妈喊你回家睡觉！"

"黄一诺，快点儿给我回电话，要是忘记我号码了，看我的备注。"

"你真的离家出走啊？你多大的人了啊？你还玩这把戏！"

"快出现，快出现，成墨守在我家楼下守你都守一小时了。"

"哎哟喂，我要被电话轰炸死了，你妈妈和成墨轮流给我打电话，电池板都给打爆了，没电了。"

"一诺……你爸爸进医院了……"

我一愣，我爸进医院了？被我气的？

我飞快地在对话框里敲出一行字来，发送过去："你骗人的？"

对方的 QQ 很快就闪动了起来，回话道："你终于上线了，你回家了没有？我没骗你，成墨从我这儿离开没多久，往医院去了。"

我突然就手足无措了，虽然我与我父亲这么多年来一直水火不容般的争吵对立，但是突然听到他进医院的消息，我的心又慌得六神无主了。

"在哪家医院？"我问泼鸿。

收到了泼鸿的回复，我匆匆离开了网吧，外面的街道已冷清了许多，那个摆夜摊的小姑娘正收拾着她的货物，准备收摊。我问她："同学，你知道 ×× 附属医院在哪里吗？"

我极少去医院这种地方，除了上次被推倒受伤住了一次院，那些多如牛毛般的各大医院的大门朝哪开，我都不知道。

那小姑娘很热心地告诉我怎么走怎么走，我脑子里一片混乱，她说了两遍，我仍是没有记住。她瞧我这样，很是豪气地道："你帮我抱着货，我骑电动车载你去。"

我替她将那包沉重的货物搂在怀里，看她驾轻就熟地从某个角落推出了她的"小绵羊"，我坐上去时，她回头冲我道："虽然说很晚了，但是你看着点啊，有交警就喊停啊！"说完，一加油门，就冲上了机动车道。

她一路七拐八转地将我送至了医院正门口，我将货物还给她，只来得及道声谢，她便又冲出了很远。

我站在医院门口，却踟蹰起来，我没有问泼鸿我爸病得有多重，但是这一刻，我突然害怕起来，怕他病得超乎我想象的严重。

手肘忽然被人拉住，那股力道强大，我猝不及防，被拉得身体一转，就撞上了拉我的人。

我仰头看，成墨黑着一张脸，浑身散发着一股我未曾见过的怒意，这股怒意让他的脸显得有些狰狞，我第一次发现，他还有这样一张脸。

"黄一诺！你怎么样糟蹋我都可以，但是你不能这样对叔父！"他将话说得咬牙切齿，似乎被我伤害的，是他的父亲！

"你放开我！"我甩开他的钳制，扭头就往医院外走去。

我原本打算偷偷地看我父亲一眼的，没想到我才刚进医院，就被他逮到了。肯定是泼鸿，泼鸿告诉他我会去医院，所以他在门口守株待兔。

他凭什么这样说话，那是我的父亲，跟他一点血缘关系也没有，他凭什么那样说话？

我跑了起来，跑了好几步，才发现自己的眼眶里蓄满了泪水，都怪成墨！我本来只是想看看我父亲的，他连让我偷瞥一眼的机会都不给我。我听到背后他的脚步声和他的低呼，但是我决不能让他追上，我太讨厌他了！我飞奔起来，绕过医院坪子前的喷泉，又穿过那一排矮灌木丛，就在我将要跑进被树木围抱的亭子里时，我被他一把拉住了。

我对上他的眼，他眼里飞快闪过一丝错愕，我用力地甩他的手，可是这回却是任凭怎么用力也未能甩开。

"一诺，你为什么要这样呢？你明明是关心叔父的，却偏偏要惹他生气，正如你明明是喜欢我的，却偏偏要折磨我。"

他说的是什么屁话？我怎么可能喜欢他！

"你太自大了，我不可能喜欢你的！你也弄错了，我一点也不关心我爸。"

"那你来医院做什么？你又哭什么？"他咄咄逼人，似乎想要一击击垮我。

"你不要管我，你也不要干涉我的想法，这十几年来，你对我的影响与干涉已经太多了。我告诉你，如果你觉得我对我爸不好，那你就去对他好吧，我很多年前就已经把他让给你了！"

他的两只手用力地抓紧我的双臂，我觉得整个人都快被他提了起来，上臂的疼痛迫使我不得不面对他，面对他那张愤怒的脸孔。

"黄一诺！我再说一次，你不要做让自己以后会后悔的事情！你的性格，会毁掉很多原本应该美好的事物，你也会毁掉你自己，或者毁掉我。"他狠狠地甩掉我的手,我被他的力道甩得后退了好几步。他说得咬牙切齿,夜深无人的亭子里,黑暗里蕴藏着一股危险的力量,这种危险,源自平素看似无害的成墨,他那凶狠的面容,让我隐隐感到不安起来。

他脱下了他谦谦君子的外衣,暴露出他骨子里的张狂,他上前几步,钳住我下巴的手,似乎要将我捏碎。他眼里那股前所未有的狠厉,让我感觉到了害怕。

"黄一诺,我不会再纵容你了,纵容了你这么多年,你却变本加厉地在伤害这些关心爱护你的人!你应该要长大,要学会承担,你要知道,每个人的人生都得由自己来负责,你得开始学会负责收拾自己的人生了!你要懂得谨守孝道,你要学会付出与包容,你要担当兑现自己的允诺,你要承受住生活中的所有考验,这个世界上,没有人能够活得完全洒脱,也没有人能够一辈子生活在被关爱中,你不能再任意妄为、肆无忌惮。你恨我也好,打骂我也好,但是我告诉你,我不会再处处迁就你,我也不会看你再伤害其他人而无条件包容你!你可以试试看,看我会怎样对付你!"

我被他这一番话气得浑身发抖,瞪着眼愤恨地紧盯着他,不甘示弱让我连眼都不能眨,死死地盯着他原形毕露的疯狂。我哆嗦着嘴唇,有太多想要驳斥他的话语,有太多喷薄欲出的愤怒。

"不用试试看,我知道你是怎样对付我和我家人的,你跟你母亲,一直在吸我们黄家的血,利用我们黄家一切可以利用的资源。你妈为了能够光明正大地利用我家,不惜投怀送抱,勾引我父亲!而你,为了在学校平步青云,不惜违心地抛弃婚约与爱情,委曲求全地来接收我这副烂摊子。你实在不必将话说得那么漂亮,那么大仁大义,在我面前,你从来就不是什么正人君子!我高三那年,你就使计毁了我的前程,你现在又来假装仁义,还说什么包容我、迁就我,没有,从来都没有!你从来跟你母亲一样,只想利用我,利用我父亲,利用我家,你不觉得你说的那些话,太可笑了吗?"

"我毁了你?"他的脸,隐在黑暗里,看不清表情,可是那声音,却似断了的弦般，"铮"响过后变得无力，似乎被我的还击深深地打击到了。

可我说的，都是事实。四年前，他得知我在高考时交了白卷，所有成绩都是零分后，放心地拍拍屁股出了国，他若不回来那多好啊，什么事都没有，我努力地谋求我的前程，他娶他中意的心上人，我跟我父亲不会再起冲突，各行其道，各得所好，天下太平，那些陈年旧账，也不必一一再被翻出来，将自己、将对方刺痛一遍，造成现在这般模样，他何苦来哉？

他松开了我，缓缓退了几步，我察觉出他似是疲累后的松懈，心中突然空落落的，他投降了吗？他认输了吗？他终于可以放过我了吗？

"我一直以为，你是愿意的，可是过了这么多年，你却说我毁了你。我想，不是我毁了你，是我毁了我自己。"他说完，转身就朝亭子外走了去，走出了这片笼罩他的黑暗，走出我制造出来的没有硝烟的战场，走出我穷极视野追随的目光。

我一个人在光线照不进来的亭子里站了许久，感觉到腿麻木了，心也麻木了，才试着移动着双腿，因为麻木的刺痛感蔓延至四肢百骸，最后到达心里。

四年前，就在我进入学业最忙碌、最为繁重的高三时，我跟我爸以及成墨母子的矛盾也进阶到了白热化。升上大二的成墨，已经较少跟我见面，只是寒暑假时，我们相处碰面的机会才多些，而我跟他的那件事，就发生在我高三那年的寒假。

那个时候我的学习成绩在班上乃至整个学校都已经差得无可救药了，可是我父亲仍然想趁这最后一个寒假让我努力冲刺一把，于是便将替我补习这个任务交给了成墨。

我觉得我父亲一辈子教书育人，可是却太不理解他女儿叛逆了那么多年的心，谁替我补习都行，可唯独成墨不行。让一个我嫉恨了那么多年的人，一夕之间成为我的补习老师，这对于我来说，简直就是一场无法接受的试炼。而这对于成墨来说，也是不得不接受的一个带有回报性质的安排。

面对着我阳奉阴违的不合作，成墨倚在我的书桌前，双手抱胸，眉头拧成死结。

他无奈地叹息道："一诺，若我以后生了一个这么叛逆的女儿，我就扔给你抚养。"

"你什么意思？"我瞪他。

"让你也尝尝这种明明想掐死对方却又怕疼死了自己的感觉。"他偶尔有一两句话总能说到我心底去，让我坚持要表现的倔强的心，出现一丝融化的迹象。

我扭着头，故作反逆，道："我才不会像我爸一样笨，去养别人家的孩子。"

他忽然就浮上一丝笑意来，被我捕捉到，我觉得有些讶异，我这样说话，他不生气了，也不郁闷了，他是因为免疫了，还是因为已经满十八岁，对此无所谓了？

他揉散眉结，摸了摸我的发顶，摊开我的数学书，高大的身体弯了下来，下巴俯在我头顶两寸的地方。我微微抬头，可以看见他骨线分明的下颌骨，他以一种笼罩式的姿势，将我禁锢在了书桌前。

"我们还是得学数学，虽然我认为这个其实也很难，但是……"他的声音很低沉，脸与我的脸离得极近，我感觉我脸上的绒毛忽然就警觉地竖立了起来，像无数个细小敏感的触角，在感受着成墨带来的新奇感受。

他身上有一种男性的荷尔蒙气息，完全不同于泼鸿或者我妈她们身上散发出来的女性气息，也不像我小时候腻在我父亲身上感觉到的那种安全感，这是我第一次感受到纯异性气息带给我的感观冲击。我没有听他絮絮叨叨地在说些什么，充盈在鼻间的味道，淡淡的，好闻又危险，有时他侧着脸看我，我甚至可以感觉到我因他近距离的视线而飞红了双颊。

"你有在听吗？"他拧着眉头问。

我飞快地点头，以防泄露我的心思，却忘了我一直都是抗拒听从他的辅导的。

"我当然在听。"我将视线死死地定在书本上。

"那你解一下这道题。"他翻开我的习题册，挑选了一道题来考验我。

我已经忘了那是一道怎样的题了，但是我解题的速度并不慢，也许是一分钟，也许是两分钟，或者五分钟，像是要验证我的心无杂念般，当我将解好的题推给他看，并仰头看向他想要得到他的肯定时，发现他竟未理会我解好的习题，而是以一种让我心跳失速的眼神望着我。

我忘了我们是怎么回事，直到很久以后，我都无法回想起那似是失忆的一刻。

我记得那天下午有着冬天难得的暖阳，桌上摆着散发着茗香的热茶，我穿着柔软的羊绒衫，他穿着一件深蓝色的套头毛衫，这些我都记得。可是我们是什么时候开始亲吻的，我们又亲吻了多久，我完全忘记了。到最后，留给我最深的感觉就是我的心脏，失控地跳动着，血脉中的血液，呼呼地快速流动，还有我的嘴唇，麻木得连话都不会说了。我手心里攥满了汗，在大冬天里，我竟觉得自己似乎沸腾了。

然后，那一个下午，我的数学完全无法再补习下去，我没有心思再学，他也似乎没有心思再教，静谧的空间里，只有我们俩频率不同的喘息声。

"一诺，你根本无须补习，对不对？"良久之后，他突然问我。

我讶异地看向他。

"你的解题方式，根本不是我教你的，其实你什么都会，你只是故意让成绩很差，是不是？"

我抿紧唇，我没想到仅解了一道题，就被他看破了我惯用了好几年的小伎俩。

我不知道他从什么时候开始，从一个又笨又土的小男孩儿，蜕变成了一个敏锐又聪慧的男人；从一个总追及在我身后胆小又怯懦的小男孩儿，成长为一个迷人又危险的男人。他不但能吸引周边那么多女生的注意力，就连我也被他吸引了，甚至被他轻薄了，也不知反抗。

更可怕的是，整整一个寒假，每天我当着父母和成阿姨的面时，对成墨很冷淡，可是一到补习时间，我们就一次又一次地调动出与针锋相对的关系极不相符的热情。

他靠近我的时候，我竟然会欣喜，他的唇温柔地从我的额头到眼睛，到脸颊，到嘴唇。他的舌探入我口中，突然变得霸道时，我感到全身都在战栗，又像飘上了云端，无比幸福。那段时间，我觉得我疯了，我觉得成墨也疯了。

我们小心地隐藏着这个秘密，也小心地维持着这样极其矛盾又危险的相处方式。他自从知道我其实根本不需要补习之后，便不再逼我补习，而是找一些我们都可能喜欢的话题来聊。比如电影、小说和名人传记，讲人性、谈历史，在那段时间，我的心态平和了许多，虽然偶尔会因为他母亲的缘故，又露出我的爪牙来，但是次数与冲突的激烈程度明显地有所下降。

那是这么多年来，我最难以忘怀的日子，我从开始对他的排斥与叛逆，对补习这件事的抗拒，变成天天都期待。

我喜欢在冬日的暖阳下，他或坐或站地与我侃侃而谈，有时他会用手指替我整理长发，又或者摸一下我的头，不一定天天都会亲吻，有时只有额吻，或亲吻我的发顶。当然，在我对他张牙舞爪时，他会紧紧地抱住我的腰，狠狠地吻我，直到我喘不上气意识模糊时，他才会放开我，继而轻柔地吻在我的脖子上。

如果事情一直按照这个模式进行下去，也许我早已跳脱出对成墨和成阿姨的嫉恨情绪，也许我会在高考中正常发挥，然后考一个不错的学校，也许我会有美好的四年大学时光，也许我今天不会将我的父亲气进医院里去。

可惜世上的事，总是事与愿违。

我坐在阴暗里，比阴暗更阴暗的，是我的心。美好的回忆被随之而来的打击破坏，负能量入侵，我的心刹那看不见任何美好，在已入秋的夜晚，我觉得自己抖得像一片落叶。

我没有再回医院里去看我爸，他身边有我妈守着，也可能有成墨和成阿姨守着，从成墨扭头而去的态度中，我也揣测出我父亲的病情程度。

我身无分文地走到考场外围时，天已大亮，我空着肚子坐在某棵树下的石凳上，突然想起，我没带准考证，也没有身份证，我根本无法进入考场。我觉得精神一阵恍惚，正欲离开，却看见一脸阴郁的成墨不知道从哪里冒了出来，也不知道是怎样找到我的，他替我送来证件、钱包、手机，还有那块我放在我妈那里的手表，以及水和早餐。

他一言不发地将东西放下，就离开了，坐我旁边的姑娘一脸的艳羡，道："天啊！你男朋友真好，还长得那么帅！"

我觉得我脑中一片空白，经过昨天晚上的那一番争执，我跟成墨之间应该会有很长一段时间或者永远都不会再有交集了，但他总是出乎我的意料，我想起他昨天晚上说不会再迁就我、容忍我，可是他这又算是什么行为呢？

我喝了口水，吃掉了他送来的面包，可是我的精神仍旧没有因为吃饱而得到好转，一夜未眠让我的精力超支得厉害，加上怀揣着对我父亲的复杂感情，我觉得脑中一团糨糊。开考时，我将试卷拿到手，竟发现自己像是失忆了般，对那些题目完全无从下手，连答题卡都让我有种眩晕的感觉。

考试禁止提前出场，整整三个小时，我熬下来的时候，觉得自己已经没有必要去熬下午的那三个半小时了。这一场我为之努力良久的考试，终是功败垂成。

唯一让我觉得还算庆幸的是，我没有晕倒在考场，我勉力走出考场，走到太阳底下的时候，脚步都是虚浮的。我停顿在警戒线外，看着人流开始分散成好几股，竟不知道要随着哪一股继续前行。

前一天，我还因为有车接送、有母亲陪考而备觉不快，可是现在我却多么希望，一切还如昨天一般，什么事情都没有发生过，我没有惹我的父亲生气，我的父亲仍然健健康康地站在花圃前等我回去，我也没有跟成墨吵架，我虽然使着小性子，但我还可以在他面前摆我的高姿态。

可是似乎一切都不同了，自我离家出走，自我父亲住院，自我与成墨争执之后，似乎一切都不同了。我觉得这一切都是我的错，也许，从一开始，就都是我的错，至少在他们看来，从来都是我的错。

"一诺！"泼鸿的声音。

我四下一看，不远处，她冲我招着手，旁边是亦步亦趋的于海。

我朝她走去，她关切地问："考得怎么样？"

"我下午可以不用考了。"我长吁一口气，似乎这半年来的努力以及这一天一夜的折腾，在这一口气中，有了一个发泄的出口。

"那就跟我们去看看伯父吧。"泼鸿也不放过我。

我上了于海的车，看着窗外正当午的太阳晒得叶片发亮，一股烦恼油然而生，我问泼鸿："我爸怎么样了？"

"冠心病，从昨天晚上进入医院进行急救了一晚，上午又做了各项检查，下午要做冠状造影，可能要安装支架。"

我觉得心里一阵一阵地发慌，我每天看着我父亲安然无恙地坐在家中喝茶看报，就以为他的身体是很健康的，真的没想到会有这么严重。

"医生还说，他还有高血压和脑梗死，做手术的风险很高。"泼鸿道。

我绞着衣角，这时才想起我妈的话来，她说我爸年纪大了，让我别惹他生气，原来那不仅仅是一个提醒，而是事实，是不能去挑战与尝试的事实。

"我不能去医院！"我与泼鸿道。

"为什么呀？"泼鸿的声音拔高，不可置信地看着我。

我害怕我父亲会再次因我而动怒，我害怕我去了，他的病情会更加恶化，那将使我更加无法面对。

"成墨哥说担心他来找你去你不肯去，所以特意让我们来接你的，还说你必须得去。"泼鸿横着眼看我，现在在她眼里，我肯定是一个十足的不孝子女。

"伯父有中风的迹象，曾经醒来过一次，已经不能说话了，但是听伯母说，他将围着他的人看了一遍又一遍，没看见你，就失望地闭上了眼。"

"不要说了！"我吼泼鸿，我从没这样吼过她，她一惊吓，自动地收了声。

我觉得她形容得一点也不像我父亲，我父亲不是一个关心在意自己子女的父亲，更不是她形容的濒死的老头子。我父亲才六十岁，我爷爷活到八十，我外公活到七十八，我父亲怎么可能跟泼鸿形容的七八十岁老人弥留之际一般呢？

我更加不愿意去医院了，我不愿意看到泼鸿形容那般的父亲，尽管我对他心怀芥蒂，甚至是恨意，但是我从来没想过要面对他的苍老、疾病或死亡。这么多年来，我已经习惯了他对我的漠视，也习惯了与他针锋相对的相处模式，我实在不知道要如何面对一个病重的父亲。

车子一路行驶到了医院，泼鸿自我的那一声大吼后，便未再作声，但是她却坚定地听从了成墨的吩咐，将我送至了医院。

泼鸿面容严肃地对我说："一诺，很多时候，人都得逼着自己去面对一些事情，逼着自己长大，即便不是今天，总有一天，你的父母都会老去，会离开你，你终究是要面对的。"

泼鸿才说完这话，我这边的车门就被人从外面打开了，我抬头一看，成墨沉着面色，一言不发地看着我。

我还未整理好我的思绪，可是他们都逼着我必须去面对我这么多年的心结。

我狠狠地推了一下车门，成墨猝不及防，被车门格开了。我对他恨意难平，早上肯吃他买来的早餐，是因为我必须坚持我的考试，可是现在他步步紧逼的姿态，让我又涌起对他的新一轮恨意。

我下了车，朝住院部去，成墨与泼鸿亦步亦趋地跟在我后面，泼鸿不时地告诉我左转、右转或上楼梯，成墨则是一路沉默不语。

"就是前面的第三间。"泼鸿指着前方对我说。

我倏地停住了脚步，泼鸿走了两步后才发现我的停顿，回过头投来奇怪的一瞥。

我的手一下就被在我身后的成墨抓住，他紧紧地握着我的手，带着我继续前行，我突然害怕了起来，不想面对我父亲，也不想面对我母亲，他们对我定然都是责备与怪罪。

成墨感觉出我越来越强烈的挣扎，回头躬身与我平视，双手握住我的肩膀，道："他们不怪你，叔父他想见你，见了你才肯进手术室，他们都很担心你。"

他说的是真的吗？对于我这样一个不孝女，他们不怪我闯下这么大的祸吗？我的父亲都快要被我气死了，他们还会想要见到我吗？

可是我却相信成墨的话，他总是有股力量，让人相信他说的话都是真的。

明明我对成墨充满了敌意，可是当他牵着我的手拉我进入病房时，我却觉得他像根浮木般，能将漂浮不定的我托起，不会被那股心慌与自责的洪流溺毙。多么矛盾与复杂啊，我对他，总是排斥着又依赖着。

我借着成墨高大的身躯遮挡，躲在他的身后进入了病房，一进去，就有人站了起来，是我妈，她低呼："一诺！"

我从成墨身后探出头来，看见我妈两眼泪汪汪的模样，原本所有的不安与纠结都放下了，心里难过得一塌糊涂，再转头看我爸。我爸微微睁着眼，鼻上插上输氧管，一旁的心脏监控仪不断发出规律的"嘀嘀"声，这声音在我爸看见我时，频率便加快了。

我看着那台仪器，一时如鲠在喉，仪器是骗不了人的，我爸看见我的心跳频率变得急促了，是因为气恨我？还是真如成墨说的，很想见到我？

成墨松开了我的手，我从他身后走出来，行至病床边，我妈气恼地拍打了一下我的屁股，骂道："你这个坏孩子……"

她的那一下，让我知道其实我妈真的没有怪我，因为她打得一点也不疼。

我走到我爸面前，他抬了抬手，嘴唇嚅嗫，我却听不到他在说什么。

"爸爸。"我其实是想说对不起的，可是喉间似有重重阻力，让我无法说出那三个字来，于是，只是唤了一声这个久违的称谓。

我看见我父亲点了一下头，那双眼里，有着安心与放松。

他对我的要求，就只有这么高吗？只喊他一声，他就表现得这样满足吗？

那他多年来对我的怒目相向，又是为什么呢？

成墨绕至病床的另一边，俯在我父亲耳边道："叔父，要准备手术了。"

我父亲又点了点头，向我抬起手来，我迟疑了一下，伸手握住了他的手，他轻轻地握了一下，便放开了。

就那一下，我从心底感应出我父亲的意思来，他是要我不要担心。

我看着医生和护士们还有成墨一阵忙活，将我父亲抬上了活动床，推出病房，我跟我妈还有泼鸿他们一道跟随在后，最后一路走至手术室门口，被医生拦住，要求家属签字。

"妈，我爸他……"我真的想知道这种手术的风险有多大，我爸会不会推进去就出不来了。在我以往的经历中，除了爷爷奶奶、外公外婆生病住院逝世我探望过，我还从没有碰到至亲之人病重到要动手术的情形。

"医院说是经常做的手术，而且主刀的是副院长，是成墨关系要好的朋友，所以应该不会有什么事的。"我妈拍着我的手道。

我看向成墨，成墨微皱着眉头靠着墙沿，感觉到我在看他，便侧过脸来回视我。

我想起他昨晚的凌厉，于是又慌忙地错开了视线。从来，我都是傲视他的，只是到今天，我竟然心慌了，我觉得不知道要以何种心态来面对他了。

等待手术结束的时间漫长得令人觉得难熬，我妈拉着我问我昨晚的行踪，又问我今天的考试。

"我去给大家买点吃的吧。"成墨突然站直了，转身离去。

"你看我，我急坏了，都忘了你饿不饿了，还是成墨细心。"我妈似乎一下苍老了不少，脸上浮着一层恍惚的疲惫。

"幸好有成墨，将你爸爸背上背下，又找熟人又托关系，所以一路检查下来都很快，中风的情况也不太严重，你成阿姨怕你见到她不高兴，下午没敢来。成墨与他妈对咱们家都很尽心尽力，一诺，你真的不应该表现得那么自私小气。很多时候我都在想，是不是因为我们对你太纵容了，所以才造就你这样的脾气，都是我跟你爸太忙了，没有好好教育你，要怪就怪我们自己！"

我妈絮絮叨叨地说，我拧起眉头来，我自私我小气吗？我妈根本什么都不懂，可是我宁愿她什么都不懂，反正这么多年都过来了，成墨和成阿姨也已经搬离了我家，我觉得没有必要让她再懂了。

泼鸿也在一旁帮腔，一个劲儿地说成墨好。

"成墨哥真的是我见过的最优秀的男人了，那么能干又低调，还踏实稳重，是这种年纪的其他男人根本无法比较的。一诺，你对他不好，人家一点也不计较，处处都替你着想，我想要是我有这样一个哥哥，那我就幸福死了，你怎么能老是跟他作对呢？"

于海吃醋似的跟泼鸿顶着嘴，两人你来我往的低声争执起来，我心里一阵烦恼，看着手术室门上一直亮起的红灯，心里沉甸甸的。

我父亲在成墨买回吃的后不久便被推出来了，主刀医生表示手术非常成功，我妈对他千恩万谢。成墨随着护工将我父亲一起推回病房，移回病床时，成墨搂抱住我那略微发福的父亲，小心翼翼地放回病床上，一切做得似乎极自然，比我这个亲生女儿，更像亲生的。

他那样亲力亲为的模样，把他所宣扬的孝道表现得十分到位，所以我妈和泼鸿都被他的这种作为打动了，连我都快要被他的表现打动了。

一直到傍晚时分，我父亲才醒了过来，情形较之手术前似乎好了不少，各项监测与检查显示都良好，我妈终于舒了一口气，缓过劲来后，就命令我必须晨昏定省地守在我父亲的身边，照顾我父亲。

我从善如流，虽然面对着清醒时的父亲，我实在不知道应该要如何跟他相处，但是较之这十几年来不断的争吵与矛盾，现在我安安分分地守着，已经是我跟他之间的关系一大改善了。我父亲未必比我更懂得与我相处，自他能言语后，他也只是偶尔叫我帮他倒点水喝，或者对我的考证失败叹息不已。

"一诺。"

趁我父亲睡着了，我趴在我父亲的床头，眯眼小憩，蒙眬中似乎听见我父亲在唤我，我正欲抬头，突然感觉到发顶一重，我父亲的手摸上了我的头发。

自我十岁以后，我们便没有这般亲近过。十岁以前，他总是习惯摸摸我的头顶，表示对我的宠溺。

"囡囡……"他又低唤了一声。

我心中一颤，鼻头有一股强烈的酸意涌上，眼泪就溢出了眼眶。这个称呼，真的是久违了。十岁以前，我父亲最爱这样叫我，可是现在，我二十多岁了，时光不可逆，我已经不能被他再当作掌上明珠一般地宠爱了。

我不敢抬头，也不敢出声，泪水溢了出来，顺着手背，落到床单上。

"是爸爸对不起你，爸爸怎么跟你说呢？"

我止住泪水，疑惑不已，我爸想说什么呢？

"叔父，你好点了吗？"成墨的声音不大，从门口处传来，我趴着揉了揉眼睛，将泪痕抹掉，才抬起头来。

天色已经暗了下来，成墨开了灯，灯光瞬间将一室都照亮了。

"我给你们带了晚餐。"成墨将食盒放下，随之带来的，还有一束茉莉花。

我父亲显然很喜欢成墨带来的那一束花，捧在怀里闻了好一会儿，绽开笑颜道："闻着这个，就特别想回家，在医院里躺着的滋味太不好受了，我想赶紧出院。"

"还不行，做了支架手术最快要三天才能出院，叔父的身体状况，可能要住得更久一点儿，你得把身体全面调养好。"成墨一边说着话，一边打开食盒，将第一、第二层的饭菜撤开，把最底下那层的素粥用小碗装好，放上调羹，递给我爸。

我爸放下花接过那碗粥，成墨又将刚撤开的饭菜端来，递向我。

我们的眼光一触，还未及反应，他便冲我浅浅一笑，我慌忙接过他递过来的食物，低下头，避开他的目光。

他转身出去，一会儿又进来，手里多了一个花瓶。

"你从哪里弄来的？"我爸一边喝着粥，一边问。

"从护士办公室里借来的。"他将花瓶盛满清水，将那一束翡翠般的茉莉插进花瓶里。

"哈哈，托你的福，那些小护士们跑来嘘寒问暖的次数要多得多啊。"我爸将粥碗放到一边，成墨递上纸巾，我爸擦了擦嘴。

听着我爸的话，我侧头看了眼成墨，他表现得很是平淡，没有丝毫得意。当然，他也不敢在我爸面前得意，他不是还得娶我吗？

"叔父想要出去透透气吗？"成墨问。

"可以吗？"我父亲眼神一亮地期待着。

"当然可以，已经过了二十四小时的观察期了，我去推个轮椅来，我们就在外面的院子里吹吹风。"

我放下食盒，赶紧道："我去找轮椅。"然后不由分说地朝外走了去。

在护士室门口，听着年轻的护士们正在谈论着成墨，称赞他是少年有成，英俊斯文，我敲了敲门，她们齐齐望向我，目光直愣愣地在我脸上停顿了几秒钟之后，露出些微不好意思来。

"您有事吗？是黄校长不舒服吗？"一个娇小的护士微笑着过来询问。

"不是，我想借一辆轮椅，推我爸爸去外面透透气。"我难得觉得护士表现得这么亲切热情，电视上说的各单位机构要转型为服务型单位，看来有些成效。

"好的，您先回去，我等会儿推过去给您！"小护士表现得太贴心了。

我想起早先我住院那段时间，那家医院的护士素质真没有这家的高，这家医院不愧是大医院,对员工要求很高啊!

我走回病房,在门口时,听见我父亲跟成墨在谈话,我握着门把手顿住了。

"这么多年来,她的性子一直都是这样,我很多时候都不知道要拿她怎么办才好,这次以为自己快不行了,又想到这辈子最舍不得的还是一诺,所以做手术前想了很多,想着如果我跟她妈妈都离开人世了,唯有把她交给你,我们才会放心。虽然她对你、对你妈的态度不太好,但是我相信等我走了之后,她会慢慢想明白的。只是成墨,叔父是不是太自私了,对你提这样的要求?"

我听着我爸的声音,他说得缓慢又低沉,每一句话都像针尖儿扎在我的心上。

楼道内传来轱辘声,我转头看去,那个小护士推着轮椅朝这儿来了,于是,我漏听了成墨的回答,迎向了那个小护士。

"谢谢你。"我接过轮椅,小护士带了些小失望地朝我一笑,回道:"不用谢!"

我将轮椅推到病房门口时,房内已停止了谈话,成墨未待我拧上门把手,就将门打了开来,然后又是冲我柔和一笑,伸出手来,他温软的手滑过我的手背,接过轮椅,朝我父亲的方向推过去。

在坐上轮椅出门前,成墨又扶着我的父亲如厕,用温毛巾替我父亲擦过脸和手,再细心地找了一条薄毯,盖在我父亲身上。他的细致,若是出自真心,那我自叹不如。

成墨推着我父亲,我跟在他们的身后,一路穿过医院的长廊,又路过一片草坪,最后在那天晚上我跟成墨起争执的那个亭子的对面停了下来。

Chapter 7

也许会遇上的潜规则

　　我的父亲在面对成墨时，话题会很多，比起面对我的沉默，他跟成墨的相处似乎更为自然。他们经常聊一些学术性方面的东西，或是聊一些我父亲某个学生的一些近况，我插不上话，所以一直沉默地听着。

　　"最近一段时间听说你很忙，不要老往医院跑，我没什么事了，过几天就可以回家了。"

　　"不要紧的，时间我会安排好。"

　　"你妈妈说你每天大清早出门，晚上却十点以后才能回家休息，偶尔还需要通宵加班，天天如此，会不会太辛苦了？"

　　"我在国外的时候也是如此，已经习惯了。"

　　我垂下眼睑，觉得自己一天六小时的学习，实在不算什么。

　　"在国外忙什么呢？穆言那小子说国外的学业都是很轻松的。"

　　"学习，实验，打工。"

　　"唉，你完全没有必要那么苦着自己，我说过我可以全额赞助你的学业的，而你的学费全靠你自己拿奖学金支付了，但生活费叔父是完全可以承担得起的。"

　　"叔父早该享享福了，我有能力了，就不能再劳累叔父操心。"

　　这倒是我没有想到的，成墨在国外的费用，不是我父亲负担的。之前，我一直以为他在理所当然地花我家的钱。

　　"在学校如果太忙，就让学校为你聘请一名助教吧。"我父亲还是极心疼他的。

"会的，我正有此意，早两天向学校递请了申请报告。"说到这里，成墨突然扭头看向了一旁未曾开言的我。我见他突然看我，便觉得有些莫名其妙。

"一诺，你能帮帮我吗？"

啊？

"哦，这主意不错，我家一诺，其实出乎我意料地能干与优秀。"我父亲突然发出这般感慨来，让听惯了批评的我，隐隐地有一种受宠若惊的惶然。

"我什么都不会！"大学助教？开玩笑，我连大学都没念过，让我去大学当助教，这不是看我笑话吗？

"会的，我只要一个帮我收集资料、组织学生各项活动、记录日程安排，以及帮我批改作业的助理，可能偶尔要跑跑腿，帮我拿文件和打下手。"

就这么简单？我在第一反应是拒绝之后，听闻成墨的解释，开始细细考量起来。

"当然，助教的工资不是很高，也比较辛苦，但是有一个好处，学校允许助教旁听任何讲师或教授的课程。"

我突然就心动了，意思就是在当助教的同时，还可以跟大学生一样，可以享受到很多名师授课？

这所学校所涵盖的专业虽然不是特别广泛，但是却对已开专业出了名的专精。成墨所学的生物医学就是这所大学最为著名的专业之一，也是这个国家软硬件及师资最为过硬的专业。而我所心动的法学专业，更是有众多泰斗级教授齐聚一堂，很多其他大学政法系的教授不远万里，前来旁听他们的一堂课。常常有人道"听君一堂课，胜读十年书"，若我能任意地去旁听他们的讲课，那将是一件多么受益的事情啊！

"去试试吧，就当是帮成墨的忙。"我爸在一旁帮腔。

若在以往，凭我那叛逆的性子，我爸一旦帮了腔，我铁定是会一口回绝的，只是这一回，我却抱着一颗向我父亲忏悔的心，听话地点头应了下来。

"太好了，这样我可以轻松不少了。"成墨微微一笑，眼里映着远近灯光，熠熠生辉。

可是尽管这样，我心中仍是忐忑的。去当成墨的助教，势必会增加与他相处的机会，潜意识里，我总是觉得成墨其实很危险，很容易让人泥足深陷，即便我明年春天也许会和他结婚，但是我仍然不敢贸然犯险，陷入成墨用他自身影响力编织的那张网里。

在我父亲住院的这段时间里，成阿姨一直未出现，或者出现了，她都避开了我。我不知道这是因为成阿姨自动避免碰上我以免发生矛盾，还是成墨授意她这样为之，但是不看见成阿姨，我与我父亲的相处还算是不错的。

偶尔我父亲会与我谈一谈关于理想，却不再是一副教育者的姿态，纯粹地就是从一个长辈的角度来关怀，这让我觉得我父亲正在试图改变什么，而我也尽量放平心态，不再违逆他的任何一句话。

有一天，我不经意听到我父亲跟我母亲在聊天，模模糊糊的，不甚清晰，但是至少听明白了一句话，我父亲道："成墨说得没错，以前是我的方式方法错了，我没有注意角度与高度，总以为自己是学校里高高在上的教授，用这种方法对女儿，造成了无法平等沟通的局面，不得不承认，我做了这么多年的教育事业，却仍然不得其法！"

可是，我又听我母亲道："那为什么一诺也不和我沟通呢？至少我会很愿意听她的倾诉，帮她、维护她呀，这因因为什么也不肯跟我说说她心中的真正想法呢？"

我合上门，没错，不只是我父亲的问题，我自己也是有问题的，但是我始终认为问题的症结是源自成阿姨，所以我连我妈也不敢面对，因为我妈是我在家中最后的依靠。伤害了我妈，等于毁了整个家，所以我变得对谁都有保留，又对谁都愤慨。

只是我没有想到，成墨会主动去劝我父亲，对于我会有今天，对于我家会是这种局面，其实成墨是除了我之外，最明白的一个人。

这也是我为什么恨他的最大原因！

手术后五天，我父亲出院了，成墨在将我们接回去时，跟我说："我申请助教一事已经被通过了，但是院方要求对你进行面试，一诺，可以吗？"

我点头，这本就是应该的，反倒是不经过任何程序直接进入学院当助教，会让我迟疑。我实在太不喜欢凭我父亲的关系，或者是成墨的关系，而谋得一份职业。

"那下周一下午三点，你有空吗？"成墨问。

"可以，我现在最多的就是时间了。"

成墨欲言又止，视线不知道落在哪个方向，最后还是将视线停留在我的脸上，久久。

周一那天下起了雨，我撑着伞，踩着满地的落叶，穿过偌大的校园，找到了学院的人事处，与前来面试的几位年轻男生女生，一同等待面试。

学院一共招五个助教，来面试的有八个女生、两个男生，大多数都是刚从大学毕业的，有两个是本院的在读研究生。坐我旁边的女孩儿中等个头，有一张可爱的娃娃脸，笑起来眼儿弯弯，她侧着头问我："你也是本校毕业的吗？"

我摇摇头，道："我是自考的。"

她一愣，复而又笑笑："那也不错，反正当助教又不要求必须全日制本科的学历，其实当助教的工资，还不如我在外面当家教赚得多，之所以想来应聘助教，悄悄跟你说哦，我就是冲着成老师来的。"她嘻嘻一笑，大方地说出她的目的。

"成墨？"我问。

"哎呀，你也知道成老师呀？你也是冲着他来的吗？我们成老师的魅力可真大，连校外的人都知道。"那姑娘顿了顿，又说，"只是可惜，成老师进入学校时，正好赶上我大四毕业，我旁听过他的讲课，他让我坚定了继续考本校研究生的想法。"那姑娘又垮下脸来，"哎呀，要是研究生也读完了，我还舍不得走咋办啊，我父母可不会支持我考博。"

我苦笑，成墨还真有催人进取的先天师表魅力啊！

"除了成墨需要助教，还有哪些导师需要助教呢？"不是招五个吗？

"还有仿真科学专业的于教授，真空电子技术专业的向导师，电磁场无线技术专业的李老师，集成电路与集成系统专业的万老师。"那姑娘细细地数着，对于应聘助教一事，她了若指掌。相对于未做过任何功课，光是听这些专业就跟听天书似的我相比，这姑娘应聘上的胜算要高出好几倍。

当然，对于是否能应聘上，我也是无所谓，虽然答应了成墨，但若真因为资历、能力不够，应聘不上，我也爱莫能助。

面试一开始，我们抽了号，我被轮在第五个，跟我说话的小姑娘是第一个，她一脸的轻松自在，完全没有表露因为第一个进去面试而有丝毫沮丧，甚至在进去前，冲我顽皮地摆了个剪刀手姿势。

成墨没有跟我说过面试时会提什么问题，也没有跟我说过这次的通过比例为二比一，我不知道他是真想让我当他助教，还是他早已打点妥当，我只需要来走走过场。或者，他只是为了应我父亲的要求，给我谋份事做罢了。他给了机会，我若抓不住，那也不能归咎于他。

等了近一个小时才轮到我，我本也想像那个小姑娘一样，表现得轻松自在一点，可是我一进入面试厅，里面面色肃然坐的那一排面试官着实将我吓了一跳。我没想到，招聘几个小小的助教，需要出动这么多的人马，而且一看就不是走走过场就行的架势。

所幸的是，成墨是其中的面试官之一，我进来后，他抬头看了我一眼，继而又低下头去，看手中那一沓资料。

"请问你对今天招聘助教的五个专业中，哪个专业较为熟悉和感兴趣呢？"主面试官问。

我想了一会儿，那小姑娘跟我讲的其他四个专业，我一个也想不起来，于是只能回答："生物医学。"

我瞅了一眼成墨，他的嘴角似乎微微扬起。

"又是生物医学？"好几位面试官同时瞅了一眼成墨，成墨头都未抬一下，仿佛即使是在为他招助教，他也未曾上心。

"你本身学的是什么专业？"他们又问。

"法学。"我回答这个问题时，一点底气也没有了，这两字一吐出，上面那几位导师明显对我完全没了兴趣，这专业与他们需要的太不对口。

"你有接触过与生物医学工程相关的吗？"

相关？

我点头。相关，我觉得成墨就是这个相关。

我又瞄了一眼成墨，他刚好抬起头来，眼底一片笑意。

莫非他知道我在想什么？

我抿了抿唇，若是知道招助教需要对应专业或相关知识，我肯定不来了。面对他们七嘴八舌地询问，我的一问三不知，让我快要低到尘埃里去了，遑论之前的轻松自在了。

我瞪了一眼成墨，是他说只需要一个打打杂跑跑腿的，怂恿了我来，现如今面对着这些人的炮轰，他居然一声不吭，难道他是想让我来丢脸的？

"好吧，你最后说说你应聘助教最大的优势是什么？"

我想了想，较之前几位本校毕业生或在读生，这些尚在象牙塔里的学子们，我比他们更有优势的地方，或许就是……我答道："应该是吃苦耐劳吧！"

"你有曾经吃苦耐劳的生活经历？"他们继续持怀疑态度。

我点头，想起我那四年的导购员生活，启唇欲道："我……"

"好了，可以了，我不需要这方面专业知识有多精专、多丰富的，我只需要一个吃苦耐劳，能帮我正正经经做点事的，我的这部分到此为止。"成墨打断了我的回答，站起身来，拿着他那一大摞资料，迈开长腿，打算走人。

我面对着面试我的那些人，指了指自己鼻子，眼神询问，这等于发了 PASS 卡了？

他们中有人耸耸肩，朝我点点头。

已至门口的成墨喊了一声："还不走？"

我快步跟上，从面试厅里出来，外面的雨已停了，路面湿漉漉的，滑得厉害。

"什么情况啊？你一个人就可以定夺了，还面试什么？"我问他。

他将手中的那一摞资料放进我怀里，双手插兜，悠然自得，神色飞扬，一派心情大好的模样，道："走过场是必须的啊，虽然是为我招助教，但不是我给你发工资。"

我顿住脚步："成墨，你不会是故意招我来，然后报复我、打击我、欺负我的吧？"

他半转身，唇角扬起一个好看的弧度，指着我怀里那一摞资料，说："试用一下，你究竟是否真的能吃苦耐劳。学校有一个月的试用期，这期间双方可以因为任意理由，单方面提出终止劳动用工关系。所以你可以先试着做一个月，你若吃不消，或对我有意见，你都可以提出辞职。但是一诺，我得告诉你，这工作确实不轻松！"

我撇了撇嘴，打心底地不想让他看轻了。

"为了庆祝你正式开工，又为了以后还累你帮忙，今天晚上我请你吃饭吧。"

我想起了上次他请我吃饭时去的那家法国餐厅，我可不想再去那种地方了，于是我摇了摇头，抱紧了他的那摞资料，道："去另一个地方吧，有一家小店，蛇汁香干可好吃了！"

"蛇汁？"成墨拧眉。

我一笑，我知道他怕蛇，马上道："不是真的蛇的汁，你去尝尝就知道了。"

我带他去的是我跟泼鸿经常去的一家餐厅，既实惠，又美味。

老板娘见我带了新面孔来，很是热情，频频地看向成墨，笑道："一诺终于也找男朋友了。"

我摇头道："他是我老板。"

老板娘讶然一笑："请你老板吃饭就来我这小店啊？你也太小气了！"

"我老板请客，我帮他省钱。"我将那些资料找个干爽点的地方放下。老板娘就亲自端了茶来，顺手递了一张菜单给我。

我没看菜单，顺口就报菜名："我要蛇汁香干、飘香鱼、凤梨褒，再来一碗青瓜汤。"

我问成墨："你要喝点酒吗？"

成墨摇头："晚上还要做实验。"

老板娘笑吟吟道："稍等，马上就来。"

比起法国餐厅服务员说的"马上"，这家餐馆的"马上"那才是真正的马上。没多久，甚至成墨还未将这间小餐厅打量完，第一道菜就上来了。

成墨拧着眉头，看着裹住香干的那层厚厚的汁液，问："这真是蛇汁？"

他小时候被蛇咬过，而且是五步蛇，若不是血清及时送到，这世界上或许都不再有成墨这个人了。而我之所以知道，是因为那年清明去他老家给他父亲扫墓时，我们遇到了一条刚刚结束冬眠的蛇。那时的他突然大叫起来，大家都被他吓住了，只听他大声地叫道："一诺，一诺，走开，快走开！"

那条蛇距我最近，也是我有生以来第一次见到活的蛇，我的好奇心更甚于成墨的害怕，就在我愣神之际，成墨已举着石头砸向了那条蛇。

蛇没被砸中，飞快地溜入了草丛中，不见了，可是成墨惊慌失措的神色却短时间无法平复。我一边嘲笑着他，一边又总是想起他那担忧害怕的双眼。那时的他，待我是真的好。

"这个不是蛇汁，我问过老板，老板说其实是用骨头高汤代替蛇骨汤熬制出来的，不知道老板为什么要取这个名，可能是想模糊掉这个汁液的配方材料，所以才取了一个这么不相干的名字来，它与蛇没有半毛钱关系。"

我向老板要了两小碗米饭，就着蛇汁香干，十分下饭，味道很是浓郁。成墨见我吃得津津有味，也开始动了筷子。他吃了第一口之后，眼神中透出一抹光亮，看得出来，他也觉得这个味道很好。

飘香鱼和凤梨煲也是这家店的招牌菜，所谓的飘香鱼就是鱼肉细嫩，被片成薄片，配上黄瓜丝蒸熟，加上老板用独家配方的汁液浇淋，好吃到爆。而凤梨煲就是菠萝切块后与排骨一起煲好，再放到掏空的菠萝壳里，风味独特。

成墨添了三次饭，我也吃了两大碗，当喝完最后上的青瓜汤，我们都饱得不想说话了。

虽然我是这家餐馆的常客，但是却不知道为什么，我觉得今天的饭菜较之以往更加地美味，而且我一直在为成墨的表现而沾沾自喜。

我抢先一步埋了单，扬着老板给我的找零，与成墨道："我得请你一百次，才能勉强扯平上次你请我的那一次啊！"

成墨道："不用一百次，这一次便永生难忘！"

我去座位旁搬起那摞资料，成墨正与老板娘客气地攀谈。

"这里的食物很美味。"

"那以后要常来啊！"

"会的。"

"你真是一诺的老板？"

成墨笑了："不是的。"

"哦，那应该就是她很特别的人，你别怪我嘴碎，她第一次带男孩儿来，还点的都是她最爱吃的。"

"是吗？谢谢你。"

我匆匆走近，不想再让他们聊下去，我一手抱着资料，一手推着成墨出了餐馆。成墨的心情似乎十分好，竟拿走了资料，轻揉着肚子，道："这真是我长这么大，吃过最好的第二次饭。"

"有这么夸张吗？那第一次呢？"这几十元的一顿饭，就能让他有这种满足感，他很好打发啊！

"七岁那年第一次到你家吃的那顿饭，那就是最好吃的一顿饭！"成墨看了我一眼，说道。

我突然沉默了。

那太久远了，我一点印象都没有，那顿饭也许是丰盛的，应该是我妈亲自下厨做的，但是那对于我而言，就是吃了这么多年饭当中的一顿而已，我没有想到那顿饭对于成墨来说，会包含了这种意义。

我实在不相信，便问道："那一顿饭吃的是什么？"

"冰糖肘子、猪肉白菜炖粉条、清蒸鱼、香菇火腿汤，还有荷叶蒸排骨。"成墨数道。

不可能！他肯定是瞎编的！谁会记得十几年前的一顿饭菜，还能记得那样清楚？而且就算他信手拈来，我也回忆不出真假。

但是，他哄我这些做什么？博我好感？如果是这样，那他真的博到了我些微好感。

成墨一路抱着资料，将我送回了家，自己又匆匆向学院的实验大楼去了。

我回到家，在书桌前想了好一会儿，突然想了什么，于是一阵翻找，终于找出了我的日记本，竟发现，成墨没有骗我。

成墨来我家的那一年，我五岁，我父母引导我开始写日记，我的日记本一共有七八本，本来可以有更多的，但是自初二那年，因为不忍日记本里记录的全是伤心与抱怨，我便停止了这个习惯。

我找出最早的那本日记，里面的字体十分稚嫩，很多字因为还不会写，便用拼音标注，我翻到"我家来了一个小哥哥"的那一篇时，里面竟神奇地记录了因为"小哥哥"的到来，我家煮了非常好吃的冰糖肘子和用荷叶包起来的排骨。

我看到这些时，心里有种说不出的滋味，不知道是心酸还是动容。改变成墨一生的那一天，于他而言，竟有着这般深刻的记忆，细微到连一顿饭，他都记得，所以，这能说明他是一个心怀感念、懂得感恩的人吧？

事实上，他也一直在回报我家，不是吗？

从他回国，答应娶我、照顾我的父亲、为我安排工作等一系列的举动，都在表明他在竭尽所能地回报我家，回报我的父亲。相对于他的不动声色，我却总将要求他回报我家挂在口头上，时时提醒着他，他能有今天全部都是因为黄家。此时此刻，我才感觉出自己心胸的狭隘来。

成墨，他除了我高三那年做了一件让我对他痛恨不已的事情外，其他的时候，他都是对我极好的，可是我多数时候，却都是对他极坏的。

我又翻了翻日记，却不知不觉地将一整本都翻完了。第一本日记里面，自"小哥哥"来了以后，他在我日记本里出现的频率比我的父母还要多，那里面记载了满满的欢乐，每一页都像是铺洒了细碎的阳光，留在了那一去不返的童稚里。

然而，嘴着笑看完了第一本日记，我便没有勇气再去看第二本、第三本了，那是一个渐渐不愉快的过程，从最开始我的心无城府，到有了小计较，再到发现了大秘密，再到每天想尽一切办法地表达我的愤怒与抗议，似乎伴随着成长，每一页都会增加一些情绪，人便是如此长大，如此变得不再单纯。

两日后，学院方面正式向我下达了通知，一切如同成墨所言，我有一个月的试用期，自接到通知的第二日起开始上班。

我爸妈很是为我高兴，虽然只是一份助教的工作，但是他们却非常满足了。我父亲在这方面，一直带有严重的阶级性。我不明白，他一直声称要成为一名在教育方面集大成者的人，却带着这么浓重的阶级观念，硬是要将工作性质分为三六九等。从事体力劳动者被他列为下等，从事脑力劳动者被他奉为上等，我虽然对于他的这种思想嗤之以鼻，却懒得与他计较。

我妈告诉我，我爸是吃过这方面的亏的，吃的是什么样的亏，她却不肯跟我讲，我猜测，应该就是七十年代的阶级斗争可能曾对他产生过不利的影响。

我在接到通知的第二日，按照约定去了学院的人事处报到，被招入的五人中，没有当天和我说话的那个小姑娘。人事处的工作人员带着我们熟悉了学校办公环境，交代了日常的工作事宜以及各项规章制度之后，便将我们分拨给了需要助教的教授或导师们。

不出意料的，我被拨到了生物医学系，与成墨做起了同事。

一接手工作，便开始了马不停蹄地干活。成墨说得没错，我会知道我的工作有多辛苦，这份工作较之鞋店的工作，要苦要累得多，最可笑的是工资和我在鞋店打工时的收入相差无几，若非那个允许助教旁听授课这个福利实在是吸引我，我真不知道它比鞋店的工作要高贵到哪里去。

"打印这个。"

"核对一下这组数据。"

"将这个实验结果影印三十份，抄送院领导与系里所有导师。"

"去帮我预约三号实验室，要整晚。"

"晚上你组织一下学生对上午的课题进行讨论，并制作好讨论记录。"

我刚打算转身，又顿住，问："啊？我晚上还要上班？"

"要！"成墨不容置喙道。

我肩一垮，这工作真不如鞋店的工作！

这是这么多年来，成墨第一次这样对我呼来唤去，我一度怀疑他是否是在回报这么多年我对他的颐指气使。但是他在指使我做这做那的同时，他自己也未闲着，便又让我打消了那狭隘的想法，不得不承认，他确实很忙。

他甚至忙得连喝口水都没时间，吃饭也会忘记，所谓的废寝忘食，被他体现得淋漓尽致。所以，到此刻我才体会出来，他之前跟我说他每个月有一天的假期，可以在那一天全部用来陪我，是一件多么不容易的事。

跟在成墨身边工作一个星期以后，我渐渐地适应了这种忙碌的节奏，而且总是下意识地揽下更多的活。比如主动帮他记事，比如自己喝水的时候也替他泡上一杯茶，又比如吃饭时一定要记得拉上他，有时我还会将我妈做的糕点捎上一些，带去给他。

有一点很好，就是成墨不会拒绝我的要求和命令，只要是我说到了吃饭的点，他即便工作到很关键的时刻，也不会让我久等，他会以最快的速度将食物解决掉，又一头扎进了他的实验中去。

他在学院的工作重心，比起教学工作，更侧重于研发工作。我实在想象不出一天休息不足八小时的他，怎么能承受得了全天候高运转的脑力工作，一台电脑开上一天，也容易出现死机状态啊。成墨和那一帮跟他合作的教授，总是让我觉得他们验证了"人类的潜能无穷"这个道理，也让我认识到，成墨，早已不是我曾经认识的那个成墨。

成墨在工作时一丝不苟，待人接物也是温文有礼，包括我在内，都未能得到他过多的关注或青睐，这反而让我觉得这样与他相处更容易一些，能让我放下那些戒备与猜测，纯粹地以公事公办的态度对待他以及为他做的这些服务工作。但是在他休息和偶尔的空闲间隙，他又有意或无意地泄露出一些关怀的意味来。

"这是什么？"我看着他将一小叠平整的纸放置我的面前，抬头问。

"你需要的。"成墨捏了捏眉间，趁机休息一会儿。

我低头看，上面是复印的各位法学教授的课程表，与人事处不同的是，成墨给我的授课表中，居然还有这些教授的课程安排，这无疑让我省了太多事了，我能从这些课程表上就知道哪些课可以不必重复听，哪些课可以挑选着听，这太方便了。

"你怎么弄到的？"我都听出了我声音里的愉悦来。

"一个一个问他们要的。"

"就为了替我弄到这个课程表，你找了这些教授们，让他们编写详细的课程安排表？"我觉得不可置信，那些教授多忙哪！

"可能会因为某种原因，有一两堂课的课程安排不一样，不过基本上差不多，如果你要去听课，就事先跟我说一声，我会帮你挤出时间来。"成墨端起我桌上的茶杯，抿了一口，便又匆匆离去。

我瞅着他淡然离去的身姿，一时无语，他似乎丝毫未企盼过我会跟他道声谢，尽管他悄无声息地替我做了这么多。

因为工作的忙碌，我连跟泼鸿聚的时间也少了，她在网上给我发信息，道："黄一诺，你这个重色轻友的家伙，现在有了成墨，居然周末也不来我这里报到了。"

我心中茫然，我哪里是因为成墨了？

"我是忙工作，我真的挤都挤不出时间来，我没想到会这么忙的。"

以前我爸妈说成墨忙，我不相信，现在我说真的忙，泼鸿也不相信。

"那我不管，这个礼拜天，我约了一帮人去郊游，你必须得来，不来就断交！"泼鸿威胁道。

郊游？都秋天的尾巴了，郊游看什么呢？

"我们打算去金山坳里搞露营，那里有满坑满谷的银杏树，现在都金黄一片，十分漂亮。"

"我没有露营设备。"

"租啊！我让于海都联系好了，我帮你租一个双人帐篷吧，你叫上成墨一起。"

"他没有空。"成墨是真的没有空。

"那你就再找一个异性朋友吧，哈哈！"泼鸿发了一堆极狡猾的表情来。

"为什么一定要再捎上一个异性朋友？"

"因为我们都是带异性朋友，混帐的，为了安全起见！"

"那我不去了！"我觉得泼鸿这帮人，纯粹就是抱着不良目的去露营的，什么为了安全起见啊，明摆着就是打着"做浪漫的事"的旗号行"做爱做的事"，猥琐！

"不去就断交！好吧，好吧，你一个人来也行，大不了我们两人一个帐篷，让于海一个人一帐篷。"

"一定要去吗？"我不确定成墨会不会给我假期。

"一诺，说实话，我看你跟成墨那样，我也不知道你们是不是真的要结婚的，我觉得如果你不是真的想和成墨结婚，或者成墨另有打算，你不妨将圈子放宽点儿，多认识一些朋友，让自己和成墨都有一条退路。"

泼鸿突然说了一些让我猝不及防的话。

我的生活圈子很窄，没有太多朋友，因为我不相信陌生人。我的世界里，总是刻意地与人保持着较宽的距离，若非与泼鸿混在一起这么长时间，我也不会有且仅有这么一个知根知底的朋友。

泼鸿这么一说，我原本倾向于不参与的心态便动摇了，竟觉得如果泼鸿都这样说了，我再不去，会伤了她的心。

"我跟成墨请个假吧，尽量争取成功。"

"好耶，如果要去的话，要外宿一晚，你顺便跟叔叔阿姨报备一声啊。其他的东西，我会和于海都准备好的，你只要带上你的私人物品就行。"泼鸿发了一个大大的笑脸来，我不由得笑了起来，能活得跟泼鸿一样没心没肺的，真是好！

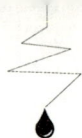

Chapter 8   >>

叶子黄了，
我在树下等你

我一直忙到周五，经泼鸿的再次提醒，才想起要跟成墨请假。

他很快就同意了，临了又附带似的问："请假要出去玩吗？"

"嗯，跟泼鸿约好，去金山坳看银杏。"

"这主意不错，繁忙的工作之余，放松一下心情很好！"他想了想又道，"那你能在明天晚上前帮我把论文整理出来吗？"

"明天上午赶出来给你吧，我们约好下午就要出发。"离金山坳大约有三小时的车程，要露营的话，中餐后就得出发，但是成墨的论文不能耽误，我打算今天晚上加班，尽快帮他整理打印出来。

"要去过夜？"

"是的，去露营。"

"露营？"成墨突然抬起头来，转而看我。

"嗯，虽然没尝试过，但是泼鸿说保证令人难忘！"

"这样啊。"他继续埋头工作。我将摊了一桌子资料收拢，在桌上轻顿了两下，成墨又抬起头来，对我说："你跟泼鸿说一声，看能不能多一个人参加。"

"啊？"

"我也想要有一个难忘的假期。"

"什么？"

他又埋下头来，在电脑屏荧光的反射下，他眼中盛着一片荧蓝色的光芒。

我迟疑地拿着资料，有点儿不大相信，忙得连三餐都会错过的成墨，居然兴起了花一天半的时间去游玩儿。但是看着他一心沉入工作中，我便放弃继续追问，只得将手中的资料归入各类文件夹中，坐在了电脑面前，噼里啪啦地敲起键盘来。

　　第二天上午，我顶着熊猫眼，将校对无误的论文交给成墨时，他接过随意地翻了几页，问我："露营需要准备什么吗？"

　　"你真的想要一起去？"我忙得根本没有时间向泼鸿提及成墨打算要去这件事。

　　"不可以吗？"他眼都未抬，落在论文上。

　　"也不是，可是你明天下午要去学术研究室交论文，而且在医科大附院你还有一场培训课。"他根本没有时间。

　　"这个现在可以替我去交了！"他将论文递还给我，又道，"培训课改期了。我记得最近学院在响应新的号召，倡导全体教职工要'激情工作，快乐生活'，我觉得这口号不错，应该积极配合响应。"

　　我语噎，他平时咋只顾着响应激情工作，而不积极响应快乐生活呢？又或者也可以让我积极响应快乐生活嘛！他每天将自己抽成一个陀螺状，顺带地将我也变成一个围着他转的陀螺，激情是够了，激情的都忘记了啥是快乐。

　　"你替我交了论文后，在校门口等我，我去收拾一下东西。"说完，他便离开了。

　　我回过神来，将论文夹在胳肢窝下，掏出手机来，就拨给了泼鸿。

　　"泼鸿，你让海租双人帐篷吧，另外要多加一个睡袋。"

　　"咦？你终于决定带男人同往了？"

　　"不是男人，是成墨！"

　　"成墨？成墨不是男人？"那一头的声音，带着故作的天真。

　　"问题的重点不是男人，是成墨！"

　　"在我看来，问题的重点就是男人！"

　　"我不去了！"

"好吧，好吧，是成墨，成墨不是男人！"

那边传来泼鸿很夸张的笑声，在她的下一句话将要说出前，我恼怒地挂掉了电话。

走出校门口，未料到成墨竟然行动迅速地已等在校门口，见我一出来，按了两声喇叭，我闻声寻去时，身后有学生起哄吹起了口哨。

坐上他的车，我还是有点儿不太相信成墨会突然想要跟去游玩，于是问："你带了什么？"

"带了件外套，以及一些可能会用得着的小物件。"

他一路将我送回家，提醒我："昼夜温差很大，晚上会很冷，你多带些厚衣服，别嫌麻烦，我可以帮你背。"

尽管如此，我还是只带了一件稍厚点的外套，只在野外待一宿，我觉得要轻装上阵，没必要带太多的东西。

我将扎起的马尾放了下来，让头发温柔地披散在肩上。想到这次是去看黄叶的，于是找出了我母亲早几天为我买的一件大红的羊毛大衣，想着这样的颜色衬着金黄的背景，应当是很好看的，为了不让这火红的颜色衬得我唇色太淡，我抹了一点带着樱红的唇膏。我从家里找了一只小手电筒，装上毛巾牙刷，就打算出发。

我走出家门，就接触到了成墨的目光，他盯着我看了许久，溢上抹笑来，他说："你这样，很好看。"

他说完，未待我不好意思，我便发现他的耳根飘上了一些红意。

我爸听说成墨要和我一起出去玩，要过夜，一点反对的意思也没有，还亲自准备了一袋零食与水果交给成墨，他送我们出家门时，说祝我们玩得愉快。

再次跟成墨出发，我从后视镜里看着我父母在门口盈着一脸的笑，目送良久，不由得心中一阵发慌。

他们，是真的想把我托付给成墨！

与泼鸿会合后，我们四人在我带着成墨去的那家小店匆匆吃了中饭，才与一起去露营的那伙人会合。

一到达会合地点，我不由得与成墨对视了一眼。

我真没想到，去露营的人居然会有那么多：五台休旅车，加上我们，大约有二十来人，多是与我们年纪相仿的，也有一两位大叔级的，背着大挎包，脖子上吊着十分笨重的单反相机。

泼鸿朝我们一晒，笑道："这些都是于海自驾游协会里的，而这个协会里他的同事居多，本来是没有这么多人的，可是我跟于海说成墨会参加时，他在他们协会群里吼了一嗓子，就突然变成了这么多人。"

我又看了成墨一眼，他的视线向我扫来，嘴唇微翕，却无从话起。

"不过这些人中，像我们这样结对出游的约占半数，另外有七八个闲散单着的，估计想借这机会顺便找找对象。"泼鸿说道。

"那是，那么浪漫美丽的地方，心情都会因为环境而变得柔软，很容易发生点什么啊！"于海附和。

我再次看了成墨一眼，他定定地瞧我。

能发生什么啊？

我们一融入到人群中，便吸引了一大帮人的围拢，被包围住的中心，便是成墨。

"成老师，真没想到你会来！"

"成老师，你记得我吗？我也算是你的学生哦！"

"成老师，我能跟你合照吗？"

"你等会儿跟我们坐同一辆车吧！"

"你是和女朋友来的吗？"

这回，我和泼鸿面面相觑了，我这才发现，原来泼鸿说的那七八个单独出来找艳遇的，几乎全是女的，而且她们期盼的艳遇目标，似乎只是成墨一人。

也好，就像泼鸿说的，我们可以尝试拓宽圈子，以便将来各自都有退路，只是，我突然很酸地发现，成墨的退路十分地宽敞。

前往金山坳，有一段较长的盘山公路，时值深秋，山路两旁的景色却不显萧索，一路虽不是繁花相送，但是遍布两旁的野菊花正争相开得热闹。山林苍翠间偶有红的缤纷的枫树，也有黄的灿烂的落叶乔木零星其中，天空蓝紫，瓦当青灰，不知道是不是因为心情很好的原因，我觉得深秋季节的景色依然十分迷人。

到达目的地的时候已值傍晚，当我发现窗外的景色越来越不一样时，还以为那是因为夕阳的染照，可是车子停在村口的某棵百年老龄的大银杏树下时，我才知道什么才是深秋真正的魅力。眼前的景色不只是迷人，已经到了蔚为壮观的程度了，泼鸿说这里黄了满坑满谷的银杏一点也不夸张，那些树龄至少几十年甚至几百年的大银杏树，张开着巨大的树冠，将整个山谷里的民居都笼在了它那黄的耀眼的色彩中，令人叹为观止。

我与成墨从于海的车上下来，在那画卷般美丽的地方，驻足良久，似乎一时难以从这样炫目的美丽中拔足清醒。我想我会忘不了这幕景色，我似乎能联想出很多的故事来，发生在这个美丽的地方，在某一棵树下，在铺天盖地的金黄里。

"炊烟起了，我在门口等你；夕阳下了，我在山边等你；叶子黄了，我在树下等你……"

我心中为之一颤，扭头看成墨，他十分有默契地回望我。

他刚刚所念的诗，却正是我心中所想的，我刹那觉得，我跟成墨之间，有了一种心有灵犀的感应。那种令人难以捉摸的灵犀，又在瞬间扬起的风中，伴随着飞卷的落叶，混在弥漫着叶香的空气中，沉在脚下的泥土里，渗进我的心中。

"太漂亮了，这一趟果然来得太值了！"泼鸿偎在于海的身边，望着眼前的景色，发表着感叹。

那些扛"大炮"的摄影发烧友们，举着相机不停地在取景，快门声此起彼伏。而那些特意为成墨而来的年轻女孩儿们，此刻也顾不上围着成墨，她们飞快地融入进这幅画卷中，不断地寻找着能将她们衬得更加美丽的背景，对着相机镜头为自己的人生留下"到此一游"的痕迹。

"我给你们也拍张照吧！"于海举着相机对我跟成墨道。

"拍照？"我看向成墨，上一次跟他一起拍照，是我十岁生日那天，我爸爸带着全家一起去照全家福。

还未待我反应过来，成墨轻移了一小步，与我靠得更近，一只手已经绕上我的后背，搭上了我另一侧的肩膀。

我扫了一眼他握住我肩膀的那只手，回转视线时，于海已经"咔嚓"一声按好了快门。我一脸茫然，于海尚不满地朝我们摆手示意："再靠近点儿，靠近点儿，一诺，笑一个。"

我未来得及笑，突然感觉肩头一紧，扭头看向成墨，他正低头看我，快门声便在此时响起。

"哎呀，真好！这个深情对望抓拍得太好了，我回去得拿它去参加摄影大赛！"于海低下头看着他的相机赞叹着。

我走近凑过去看，照片中我跟成墨两人在银杏树下近距离地对视而立，夕阳落在他的发梢与我的脸庞上，而成墨被定格的那一眼深情，就这么无所遁形地显露了出来。

是深情？

不对，不对，当时我离他那么近，我怎么没感觉出来呢？是角度问题，于海抓拍的角度很好，而且我才及成墨下巴，所以当成墨看向我时低垂的眼眸，就状似深情，就是这样！

我压下稍显紊乱的心跳，拿过于海的相机，道："我来帮你和泼鸿拍。"

泼鸿跟于海变换着地点，摆着不同的姿势，让我左拍右拍，正拍得不亦乐乎，我忽见不远处，成墨像块会散发香味的糕点，已招去了不少的蝴蝶。

"成墨哥，我们合个影吧！"声音娇嗔的女生自来熟地已经称成墨为"哥"了。

"我也要！"

"我也要……"

很多的声音附和着。

"不好意思啊，我不太喜欢拍照。"成墨斯文有礼的声音让人感觉有些违和。

我心中忽然因为成墨的这句话，而有些小得意。

有人在喊于海，我放下相机，于海应了一声，朝成墨喊了一声，又招了招手，成墨便从那一堆蝴蝶中脱身出来。

男士们开始进行他们今天的主要工作——扎帐篷。

驻营的地方选在一块十分空旷的空地上，地上绵绵密密地落满了叶子，而我们就四处寻找干枝枯柴，将这些堆放在离帐篷不远的晒谷坪旁，用以在晚上时燃起篝火，驱寒照明。一些村民看热闹般，背着手，乐呵着，看我们忙活，仿佛想从这些寻求返璞归真的外来客身上，看出一些他们鲜少感受到的城市气息来。

帐篷很快就扎好了，一个个五颜六色的帐篷包，虽然打破了这里的安详与和谐，却又为这块一直静默的土地增添了一些闹意。我跟泼鸿都感觉出一股新鲜劲儿来，这样的出游方式，以前只限于电视里瞧别人折腾，没想到我们也会在一个如此美丽的地方，睡这种仅能容身的方寸之地。

扎完帐篷，男士们也没有闲着，他们开始挖坑烧火，找井取水，着手准备晚餐。

我跟泼鸿以及一些年长的阿姨大嫂们，帮忙清理食物，那些穿得花枝招展的"蝴蝶"小姐们，仍然兴趣未减地趁着夕照余光疯狂地留影拍照。

泼鸿不太待见她们，与我凑在一块儿串鸡翅时，嘴里不停地咕哝抱怨。

"都怪于海那个大喇叭，招来了一堆等着吃现成的花痴。"

我一笑："那你还不如怪成墨，她们都是冲着成墨来的。"

泼鸿皱着眉头，瞅了我一眼，道："一诺，你别介意那帮女人啊，她们可没有你好。"

"你说什么胡话？她们长得各有千秋，有可爱的、娇贵的、大方的、明朗的，也有内秀安静型的，哪一款不比我好？"我知道泼鸿在担心什么，我也知道她本意是想撮合我跟成墨。只是，我跟成墨真不是她心中所想的那样，所以即便他的身边蜂蝶环绕，我也不会因此而自惭形秽。

可是，我却骗不了自己，我心底有些酸，那种想压抑都压抑不了的感觉，总是敏感地在有花蝴蝶靠近他，与他谈笑风生时，咕噜噜地冒出来。

就像这会儿，他弄脏了手，有人在向他递纸巾。

我看着自己油腻腻的双手，对泼鸿道："给我一张纸巾擦擦手。"

"用啥纸啊，擦了还得扔这里，制造白色垃圾，你自己去溪边洗去。"

"泼鸿，你知道女屌丝与白富美的区别吗？"

"啥区别？"

"白富美都会随身携带纸巾，而屌丝们通常都是满大街地找水龙头。"

泼鸿顿住，莫名其妙地瞅我。

"所以，我也是屌丝级别的。"我朝溪水处走去。

"啊？"身后泼鸿仍然发出莫名其妙地疑问。

我在溪边蹲下，天色已暮，溪水沁凉，我细细地将手洗干净，又看泡在水中的手被偶尔飘过的落叶轻轻地抚过，丝绸般的触感让我玩性大起，直到身边光影一暗，我一侧目，发现身旁多了一个人。

成墨蹲在我的身旁，低着头，在溪水里清洗着双手。

我低头看他浸在溪里的双手，却在心底否定了我刚刚与泼鸿说的那个区别。

他慢条斯理地将手洗干净，出其不意地握住我的手，然后他皱起眉头来，道："别玩水了，这水太凉。"

"你的手也很凉。"我斜着眼看他。

他站起身来，顺带地将我也一把拉了起来，又拉着我，朝已点燃的火堆走去。还未靠近人群，我便已经瞧见那几个小姑娘望着我们，交头接耳。

我心中忽生疑窦，难道成墨在拿我做挡箭牌，挡掉他不想要的那些桃花?

我们在泼鸿和于海旁边席地坐下,泼鸿殷勤地递给我们一些食物,然后大家一起围着火光,一边进食,一边谈天说地,偶尔还有几个特别会耍宝的同伴极尽搞笑之能事地表演着脱口秀或个人秀,笑声时而轰然响起。

成墨之前的行为显然收到了良好的效果,在这段时间,他的身边已少有异性打扰。

"大家既然出来玩儿,就要玩得尽兴啊,要放开来玩儿,不能都拘着,所以接下来,每个人都必须出一个节目,想不出节目的也可以,但是得罚酒三杯,或者学小狗叫三声……"一直充当主持人的自驾游协会李会长站在篝火旁,发起了新一轮的活动。

我一边啃着鸡腿,一边拧眉头,我还真不知道表演什么。不过我侧头看向成墨时,便平衡了,他的眉头锁得比我的还紧。说起来,他除了后来读书厉害,其他方面,我还真没见他能强过我。唱歌完全不能听,跳舞更加不行,当然,不要期待他讲笑话,他从来没有讲过能让别人笑的笑话。

我猜若真要他表演,他会选择自罚三杯。

如果是我呢?汪汪汪?

"噗!"坐我旁边的泼鸿喷笑,揪着我的腮帮子,道:"你这个没出息的,居然现在就开始偷偷练习学狗叫了。"

于海闻言,乐不可支。

我垮下脸,任他们嘲笑。

"要不我们合作表演吧?"泼鸿建议道。

我心中一亮,与泼鸿很有默契地想到了题材,于是相视一笑,心中已有了主意。

相较于我们的纠结,早先那些围着成墨的姑娘们完全没有这些顾虑,一个个主动大方得很,又唱又跳的,而且这些方面她们确实很出色,伦巴、恰恰、爵士、探戈,民族、美声、流行、经典,场面被她们带动得越来越热烈。很多村民都围了过来，在我们的外围又围上了一圈，一边看一边笑着鼓掌，有女孩儿跳到成墨面前，硬拽着成墨一起跳舞，成墨摆着手，眉头越锁越深。

"成墨哥，出来玩儿就放开来玩儿嘛！"泼鸿怂恿着。

"可是我对这个真的不在行。"

"那你待会儿表演什么呢？"泼鸿问。

成墨敛下眼来，似是在思考着接下来他要如何应付。我觉得照这架势，成墨即使表现得再低调，这些人也不会放过他的，谁让他就算不说话，也会成为焦点呢。

我跟泼鸿表演的是我们高中时一起表演过的一出脱口秀，两人一附一和的，也没太按照几年前的那台词走，不过我们胜在默契，配合得很好，段子也有不少笑点，所以也能过关，至少那些围观的村民，都被我们逗地笑得前仰后合的。

按顺时针方向，我们表演完了，便轮到一直坐在我旁边的成墨了，我从场地中间走向我的位置时，看了成墨好几眼，他的手搁在膝上，低着头，不知道在想什么。

"接下来，是今天在场最英俊、最出色、最优秀的成老师表演，大家鼓掌欢迎！"

我突然就替成墨紧张了。

我记得上小学那会儿，有次搞班会，老师要求所有同学都要上台表演一个小节目，全班同学都上台说了几句或唱上一段，唯独成墨，站在讲台上一声不吭，最后引起一片嘘声，那时我虽未嘘他，但是却也没有帮他。

我看着成墨静静地坐在我旁边，额前的发覆住了双眸，沉吟良久，都未响应，心中渐渐发沉。

"成墨。"我轻轻地唤了一声。

他侧头看我，眼眸映着火光，他突然冲我微微一笑，然后站了起来。

他缓缓走向空地中央，有小姑娘尖叫道："成老师，你好帅！"

当他站定时，那些喧哗声便渐渐安静了，没有人说话，只有火堆燃烧时的哔剥声。

"我不会才艺，我站在这里也不是为了表演，以前在英国留学时，我兼职在一家权威性生物科学的杂志社工作，每天要校对这家报纸文章是否存在专业性错误，就在我快要完成我的学业，正在犹疑是否要接受校方建议，参与仅英国国籍的科学家才能参与的某项重大研发时，我读到了随意刊登在这家杂志上某个小角落的一首小诗，念完之后，我忽然就有一种很强烈的冲动，我得回国，我想要陪在她的身边，我想要在她的面前朗诵这首小诗，我想要在有她的地方变得白发苍苍，然后一起在火堆旁安逸地打着盹儿。或许人生应该要有最高目标的追求，觉得我不能仅甘于此，但是，人生有很多的内涵，却只有一项关乎自己最深的意愿，我觉得今生若能与她为伴，那便是今生意义所在。"

四周一片寂静，安静得我突然听见了自己的心跳声。

When you are old and grey and full of sleep,

And nodding by the fire, take down this book,

And slowly read and dream of the soft look,

Your eyes had once, and of their shadows deep,

How many loved your moments of glad grace,

And loved your beauty with love false or true,

But one man loved the pilgrim soul in you,

And loved the sorrows of your changing face,

And bending down beside the glowing bars,

Murmur, a little sadly, how love fled

And paced upon the mountains overhead,

And hid his face amid a crowd of stars.

成墨的英语说得十分流利，而且缓慢，缓慢到似乎想让每一个人都听懂他在念什么，我也在努力地听，可是英文水平有限，只能听懂些许意思，我觉得我从来没有如此认真辨听过英文朗诵。

　　上学时考听力那会儿的用心也不及现在，我多么想逐字逐句地弄懂成墨口中念的每个单词的意思，下意识的，我觉得它们很重要，它们包含了很多的内容，包含了成墨的真实意图，甚至有可能隐藏着一项我从未发觉的秘密，我想弄懂它。

　　当他念完了英文诗，忽而缓缓转身，朝着我的方向，继续念道：

当你老了，头发白了，睡意昏沉，
炉火旁打盹儿，请取下这首诗歌，
慢慢读，回想你过去眼神的柔和，
回想它们昔日浓重的阴影；
多少人爱你青春欢畅的时辰，
爱慕你的美丽，假意或真心，
只有一个人爱你那朝圣者的灵魂，
爱你衰老了的脸上痛苦的皱纹；
垂下头来，在红光闪耀的炉子旁，
凄然地轻轻诉说那爱情的消逝，
在头顶的山上它缓缓踱着步子，
在一群星星中间隐藏着脸庞。

　　在他念完时，泼鸿小声咕哝道："我的天啊，太浪漫了！"

　　我看着火光下他的身形，因为背着光，看不清他脸上的表情，可是我却觉得他在看我。

　　我感觉到我的心"怦怦"跳得厉害，血管振荡着脆弱的神经，怎么办？怎么办？我好像心动了！

　　"一诺，成墨是念给你听的吗？"泼鸿凑在我的耳边问。

我不知道，我不知道他是念给谁听的，但是我却很清楚地明白了一个事实，他之前说回国来结婚，这个结婚的对象，竟然不是孙小姐！

是谁呢？

一个答案在我心中渐渐清晰，我的眼神也因为心中猜想而越来越游移，直到成墨在我身边坐下，我才忽然吓了一大跳般站了起来，站起后又觉得自己的行为似乎十分地突兀。或许因为刚刚成墨念的那首诗的原因，很多人都在朝我们这边看，我又坐了下来，泼鸿奇怪地看着我，问："你在干吗？"

"我，我想上厕所，可是不知道厕所在哪儿。"我扯谎道。

"我陪你去！"说这话的，不是泼鸿，居然是成墨。

我更加慌了，一时间都不敢去面对成墨，只摇着泼鸿的手臂道："不好，不好，泼鸿你陪我去。"

"我……怕黑！"泼鸿往我后方瞥了一眼，我顺着她的方向一回头，正好对上成墨的双眼，我像是触电般又飞快地回过头来。

我继续央求泼鸿："我有手电。"

"那我也怕，让成墨哥陪你去。"泼鸿极不配合。

我觉得泼鸿作为好友，关键时候就会临阵倒戈，死也不配合，可以狠心地将我置于尴尬的境地，为的都是成墨！

我一气恼，将她的手臂一甩，站了起来，不管不顾地就离开了篝火。

一离开篝火的光照范围，就发现四周果然黑的可怕，地面高低不平，让人走起来深一脚浅一脚，十分没有安全感。

身后有光亮起，我侧了侧身，看着持着手电的身形，不是成墨，又是谁呢？

"你把手电给我就好了，我自己去找。"我低着头，向成墨伸着手。

"一诺，不要怕。"他说。

"我不怕，我自己去就可以了。"

"不是，不要怕我。"

我一愣，想了想，觉得是啊，我宁愿去面对黑暗中的各种不可预知，也不敢面对成墨。我确实在怕，我觉得这段时间与成墨的相处模式很好，两人以纯粹的同事关系相处时，似乎少了很多的矛盾，我也没有太多的不平情绪，所以，我很是害怕，如果这种相处模式被推倒，我跟他之间，又会因为各种问题而大争大吵。我跟他之间就像是有一颗不定时的炸弹存在般，不知道什么时候就会被引爆，将我们炸得体无完肤。

他走上前来，与我相近，手抚着我的头发，道："你相信我，没有什么结是解不开的。"

我内心纠结万分。

"可是，现在还没有解开不是吗？"

解开的过程，可能会是一个或漫长或痛苦无比的过程，也许我真正怕的，是这个。所以我宁愿放弃成墨，拒绝他一切的示好，也不敢去涉足解开心结的那个过程。

"我们一起，我陪着你，到哪里，走到哪一步，我都陪着你。有任何的痛苦或不堪，你都可以把我拉到你的前面，替你挡下所有。"他握着我的肩，与我平视，远处的火光只能映出他模糊的面孔，但是从我能看清的程度，已能体会到他的坚定来。

我觉得他真的早已不是从前的成墨了，以前的他笨嘴笨舌，在我生气、在我对他任性时，他只会跟个受气包似的用眼神哀求。而现在，他会念动人的诗，他会说好听的话，他说得让我对他没有办法生气，也让我一点一点地动心。

我抬起头来，无比认真地问："孙小姐是你的女朋友吗？"

他似乎愣了一下，像是没有料到我突然问这个："哪个孙小姐？"

"跟你一块回英国看导师的那个孙小姐。"

他恍然大悟，然后道："所以我从英国回来之后，你的态度转变得判若两人，是因为这么一回事？"

我抿着唇，不想理他，我的心结何其多，这只是其中一个。

"我不是跟她一块儿去的，只是先后去了而已。一诺，你会因为孙小姐的关系而觉得不开心、不高兴吗？"

我觉得有些恼怒，因为成墨在问这话的时候，语气中夹带着一些喜悦的意味。

"我之前以为，她是你的女朋友，你要回来结婚的对象是她。"

"没有，我没有女朋友，一直以来，我想要结婚的对象，就只是你。"

虽然隐隐地猜到可能如此，但是当他这样说的时候，我仍然吃惊不小。

也许是实在不习惯这信息来得让我过于惊讶，又或者一直以来对成墨所抱有的态度让我对他产生习惯性怀疑，我总觉得，他说的这话，我不敢去相信。

"好吧，你可以慢慢去相信，我不着急，我不给你压力。还需要去找厕所吗？"

我差点忘了："我自己去就好了。"我继续跟他要手电。

"你还是……"

"我会觉得不好意思。"我打断他，然后突然就脸红了，成墨有的时候很木，跟个榆木疙瘩似的。

"我……我站远一点儿。"他拉着我，朝着某个方向步去，我却在庆幸，庆幸这黑暗正好掩饰了我的脸红。

再次围坐在篝火旁时，发现同伴们都有些意兴阑珊，有些使坏的男生正在讲一些让人毛骨悚然的灵异故事，那些姑娘们都害怕得缩做一团，却又忍不住一脸的好奇，仍旧坚持着要听。泼鸿打着哈欠，偏头问我："一诺，我们怎么睡？"

怎么睡？当然是我跟泼鸿一块儿睡啊！

泼鸿瞥了一眼于海，于海一脸的不情愿，我顿时了悟，他们这对未婚男女，居然连一夜的外宿都舍不得分开，简直就是——太无耻了！

我一把搂住泼鸿，冲着于海道："今晚她是我的！"

于海在泼鸿古怪的笑声中翻了一个白眼，万般无奈地冲成墨道："成大哥，你晚上打不打呼啊？"

"你才打呼！"泼鸿不客气地揭露，又道，"你还磨牙，还脚臭……"

我忍不住大笑起来，冲泼鸿道："你自己也磨牙，还说梦话。"

我们高中那会儿，她就与我头挨头地睡在邻铺，晚上磨牙和说梦话，那是常事。

"你嫌弃我？"泼鸿收起笑来，眯着眼瞅我，"你要嫌弃我的话，你就和成墨哥睡去好了！"

我笑容一顿，脸又发烫起来，伸手就去捶泼鸿，泼鸿一边笑着一边倒向于海，避开我的捶打，嘴里仍不老实地大喊道："成墨哥，管管你家女人。"

泼鸿这话听得我心惊肉跳的，我看向成墨，成墨脸上面含微笑，火光在他眼眸中跃动，看着我们的笑闹，一脸的包容。

我突然就被打上了"成墨女人"的标签，不但是泼鸿、于海，还有其他那些一同出游的同伴，似乎都在成墨当众念了那一首诗歌以后，认定了我是成墨的恋人。

黑暗中，我与泼鸿静静地听着不远的某个帐篷里，姑娘们小声地聊着八卦。

"其实她就是脸蛋儿长得好，身材好，其他有什么呀？她跟成墨一点儿都不相配。"

"是啊，是啊，完全没有内涵，举手投足一点儿都不优雅。"有人附和。

"噗！"泼鸿笑得浑身发抖。

我问："我的举止真的很粗鲁吗？"

泼鸿摇头。

"其实我以前认识她的，她在我们学校也是出了名的，出了名的成绩差。你想一下啊，我们那样的高中，考个二本都嫌丢人了，考个三本那就是耻辱了，可是她连个三本都没考上。"

"这么差劲？我的天，成墨看上她什么啊？"音量突然拔高，声音十分清晰地传了过来。

"因为她爸爸呗，据说还挺复杂的，听人说可能是订的娃娃亲。"

"这年头，还有娃娃亲？哎哟，我可怜的成墨！"

泼鸿停住了笑，突然就坐了起来，我一把拉住了她，她在黑暗中瞅了我一眼，又愤愤然躺了下来。

"她上高中那会儿，还因为跟她一起的那个朋友为了成墨争风吃醋而大吵过。"

我与泼鸿对视一眼，她们居然连这个也知道，可是，我们哪里是为了争风吃醋？

"成墨居然会宿命感地认同这种女人！这人简直就是一个花瓶，摆在那里好看，其实一无是处嘛！"

我沉下唇角，她们再说下去，我都要恼火了。

"我隔了很多年没有看见她了，曾经听人讲，他们班上就她混得最差，好像就是在鞋店打工的。"

"哎呀！这简直就是一朵鲜花插在那什么上了嘛！"

一连串细碎的笑声传来，我要捶胸吐出几升血了。

我觉得我应该出声提醒一下，让她们不要在这么寂静的夜晚，这么大声地诋毁我。可是我还未来得及吭声，就有一个人先开了口："我们没有订过娃娃亲，她是我求之不得的人！"

黑暗中，成墨的声音突兀地响起，打断了之前细碎的笑声。

一阵风吹过，帐篷微微颤抖，有落叶扑簌落地，万籁俱寂。

泼鸿在一旁又抖得厉害，我觉得我受她感染，唇角竟扬了起来。

"哎哟，我太爱成墨了！"泼鸿抽风一样地笑。

其实，似乎，我也是！

第二天，那些姑娘们始终与我们保持着距离，也与成墨保持着距离。若说这次出行是令人难忘的，而她们的行为成了这趟行程中唯一不那么让人愉快的经历，但瑕不掩瑜，我、成墨、泼鸿、于海，都一致认为，放下手头繁忙的工作，到此一游是绝对值得的。

"我们以后每年都要来，就我们四个，好不好？"泼鸿提议。

于海积极响应，而我与成墨的第一反应，则是对看了一眼，说实话，我们对于未来，真的没有任何把握。

泼鸿摇晃着我的手，问："好吗？好吗？好吗？"

我点头，说："好。"

成墨扬着嘴唇，也说："好。"

"好，就这么说定了，今天是 11 月 20 号，以后每年这天都在这里聚会啊！谁都不许忘了。"

11 月 20 号，属于我们四个人的纪念日。

Chapter 9 >>

一个人的纪念日

事情到了这里，本以为是朝着某个美好的方向发展的，可是，今年的 11 月 20 号，我从清晨站到黄昏，看着头顶上的树叶落满我的肩头，我却再也等不到他们的出现，他们一个一个都走了，再也不会来到这里，除了我，他们都放弃了这个纪念日。

"姑娘，你在这里干什么呢？"有个老人带着孙子在我的周围来来回回地走了许多次，在黄昏时，她凑了过来，问我。

"我在等人。"一整天都未出声，我的声音生涩。

"哟，等了一天都没来，可能不会来了。"她如此道。

我垂下头来，是的，不会来了。

"去年也有人在这里等人，等了两天，从早站到晚，最后村里人都觉得那人很奇怪，让村长把他赶走了。"

我看向老婆婆，去年此时？那个人是谁？是泼鸿？是于海？还是成墨？

"是女的，还是男的？"我问那婆婆。

"男的，高高瘦瘦，看上去挺斯文，模样很帅气，在这里不吃不喝的，等了两天。要不是他看上去那么斯斯文文的，村长早就当他是疯子把他赶走了。"

我一垂眸，眼泪都快出来了。

这个约定的纪念日，已经变得没有意义，早在去年，仅他一人来这里应约时，便已经没有了意义。

他说，叶子黄了，我在树下等你；生命累了，我在天堂等你；我们老了，我在来生等你。

"你别等了，一个女孩子家，可不比男孩子，这年头，坏人也不少，赶紧回家去吧。"老人说。

我将一直揣在口袋里的那块手表掏出来，蹲下身来，递给婆婆的小孙子，道："这个送给你。"

"不要，不要，这个贵，娃娃不能要。"

小孩十分听婆婆的话，左躲右躲，不接受。

"那您帮我把它扔了吧。"我觉得落寞不已，到了这个境地，任何的纪念都没了意义。

"这么好的东西，怎么可以扔掉呢？你们年轻人，太不懂得珍惜了！"

她一说，我的泪水就落了下来，我是太不懂得珍惜了。我这一生，丢了很多东西，把最最宝贵的，也弄丢了。

"你别哭啊，我不是骂你，我就是觉得这手表是个好东西，别胡乱送人了。"

我抹了抹脸，跟她道："这个是我先生送给我的，但是现在他不在了，我把它带在身上，只会伤心。"

那婆婆皱起已满是褶子的脸，一脸可惜的模样，道："哎哟，这可怜了，还这么年轻。"

老人家带着她的孙子走了，我朝成墨留给我的邮件中的那棵树走了去，他说在那棵最大的银杏树的正南面，十米的地方，他埋下了视若生命的东西。

我用我一路带来的小铁锹，一铁锹一铁锹地铲着地面的泥土，被我挖开的坑洞越来越大，直到我挖到双眼有些发晕，我的铁锹终于触到了一个铁盒。我将铁盒从泥地里挖了出来，经过两年的掩埋，铁盒外的漆皮已脱落得斑驳，铁盒外表锈迹斑斑。

我心中一片疼痛，抱着那个铁皮盒，没有了打开来的勇气。

良久之后，我颤抖着打开盒盖，看到一封封折好的信上那一串熟悉的字迹时，我又忍不住落下了眼泪，泣不成声。

我木然地抱着盒子，朝村外走去。

坐在班车上，我拆阅那些信件，信件的落款日期比我想象的还早，而每一封信的开头，都是"我亲爱的诺诺"。

我亲爱的诺诺：

今天这里终于能看到天空了，阴霾了这么久，天空沉得就像我的心情一样，沉重而压抑，但是每当想起你的时候，就会感觉到身体里充满了能量。很多时候，我都在想，我为什么要离你那么远呢？远到能看你一眼都是奢望。很多次，半夜醒来，我觉得我一定要去买机票，我一定要尽最快的速度回去，就为了看你是否如梦中那般好好的。可是我坐到天亮时，当光线照亮了现实，我却又胆怯了。你知道我最害怕的是什么吗？是那天，你用仇恨的目光看我，对我说让我离你远一点儿，离你家远一点儿……

亲爱的诺诺：

昨天给叔父打了电话，他提及你，既生气又无奈，你又惹他不高兴了，但是尽管这样，我还是因从叔父那里了解到你的近况而感到高兴。叔父谈论起你一直让自己过得很辛苦，这让我很心疼，我们很多时候都对你束手无策了，包括我的母亲，她时常叹息，觉得带着我进入黄家，是做错了。可是，若非如此，我怎么能遇见你呢？

我又翻了翻，找到了更久之前的，大约是我高考的那段时间。我不知道连那个时候，他也曾给我写过信，只是这些信件，他似乎一直未打算寄给我。

诺诺：

我真的想知道这是为什么，就在昨天，我们还好好的，我抱着你的时候，感觉这个世界都令人如此地满足。可是今天，我突然感觉到一切

132

都因为你的疏远而空荡荡的，我在我们常去的河边坐了整整一个下午，看着河水湍急而去，就像你对我的决绝。我太乱了，我感觉自己从未这般混乱，为什么一切都成了这样？我回去问我母亲，问她干了什么，可是我母亲却一口否定，她坚持称她什么也没做，可是，除了我母亲的原因，还有什么能让你如此伤心、如此决绝呢？

我捧着那张信纸，捂着脸痛哭。那个时候，我以为我被他欺骗了，在我好不容易打算向他敞开心扉的时候，我听到了关于他的绯闻。处于全民皆兵紧张备考的我翘掉了下午的课，跑到了他的学校，本想找他证实我是不是在捕风捉影，可是我却看到他亲昵地背着绯闻中的女主角，从长长的林荫道下走过。

现在回想起来，当时我更多的是被妒忌蒙蔽了双眼，我的第一直觉是我被成墨骗了。那段时间，我们背着所有的人，偷偷地早恋，我甚至已经愿意因为成墨，对我父亲和他母亲放下成见，我也打算努力备考，奋力一搏。若不能挤进与他同一所大学，也至少能留在本市，与他不那么远。可是那天下午的那一幕，不但刺痛了我的眼，也蒙蔽了我的心，我再也看不到成墨的真心实意。偏偏那时，我回到家发现我父母以及成阿姨都是一脸兴奋地围着家中突然多出来的新电脑，成阿姨掩不住高兴地说："就为了鼓励他，送这么贵的东西，太不合适了。"

我觉得这一幕瞬间就激狂了我心中正无处宣泄的怒火，我父母居然还买了一台电脑鼓励他，鼓励他什么呢？鼓励他欺骗自己的女儿，还是方便他利用新电脑去跟别人家的女儿谈恋爱？

我觉得一切都讽刺极了，成阿姨满足的笑容与成墨的背叛，像根刺一样扎得我难以忍受，于是，我做了一件当时我认为很解恨却又很疯狂的事。我将那台崭新的电脑从桌面上推到了地上，我看着那个笨重的大家伙滚在地上，担心它未坏，又补上了几脚。

因为这件事，我与我的父亲、成墨母亲之间的矛盾被激化到了最为尖锐的程度，我的父亲扬起巴掌想打我，被我母亲挡了下来。而成墨的母亲就站在旁边，一声不吭地看着。

我恨极了，我满腔的愤恨在成墨来时，将他和他妈妈推出了我家，让他们有多远滚多远。

我父亲气极，拿着鸡毛掸子要将我扫地出门。我们一家将那片原本安静的住宅区吵沸了天，我也在那一场殚精竭虑的争吵过后，送了我父亲零分的高考成绩作为我的最终胜利而收场。

信纸被我的泪水打湿，我将它重新折好，放进信封。

我从来没问过成墨，他为什么要背别的女生在林荫道下漫步，但是从他这封原本就未打算寄出的信上可以看出，那定是我误会了，因为连成墨自己也不知道，不知道为什么一夕之间，我从天使变回了恶魔。

从十岁起，我心中就住了一个恶魔，成墨曾努力地想将那只恶魔驱走，我却固执地将它留在了心中，最终这只恶魔毁掉了我周围所有人的快乐，也让他们一个一个地离我远去。

我多想时光能够倒流，若是不能倒流回我十岁那一年，那么至少请倒流回我高考前夕，或者，哪怕是倒流回那年我们在树下约定纪念日时也好啊。那么，至少很多事情我还可以重新来过，我可以挽留住很多人，我不会像现在这般后悔，后悔当初没有对他们好，没有站在他们的角度和立场去关心他们。

我回到城里时，已经快近深夜，我一路走一路哭，引来路人频频侧目。我在一处路灯下的长椅上坐下，摩挲着那个漆面已经脱落生了锈迹的铁皮盒，抽噎不已。我不敢再拆开任何一封信，因为每看一封，心里就会痛得无法呼吸。

我掏出手机，开了锁，手指按在"3"号键上长按，好一会儿，里面有声音提示："你所拨打的电话已停机……"

我似是不甘心般，又继续长按，不断重复着按，可是电话里却没有任何惊喜地重复着那句话。

他不是说过吗？只要我给他打电话，他会第一时间任我使唤，他怎么能说话不算话呢？然后我的电话响了起来，我心中一惊，却在看到来电显示时又缓了过来。

"喂，妈妈。"

"你还不回家呢？"

"我在路上了。"其实，我迷路了，我在自己生活了二十多年的城市里，迷路了。我找不到回家的路，也找不到可以领我回家的人。

"你怎么这么久呢？"那天，他看我出现，松了一口气。

我背着双手，慢慢吞吞地说："我迷路了。"

他伸出手来，揉我的头顶，道："真笨，迷路了也不知道打我电话。"

"我担心你有客人啊！"我往他的身后望去。

"只有你这一个客人。"他一笑，神采飞扬。

我从背后拿出包好的礼物来递给他，道："祝你生日快乐。"

他眼中盛满惊喜，问："我的礼物？"

真是傻话，我抿着唇笑。

他开心地接过，侧着身让我进了他的房子。

这是我第一次踏进他的公寓，是学校分给他居住的老房子，虽然年代有些久远，但是好在独门独户。正如他所说的，旁边可以种些喜爱的花花草草，而且得益于学校对绿化的重视，这排公寓前后都种了不少的玉兰花，花开时，景色迷人。

他的屋子收拾得十分干净，家具都很简单，客厅的摆设也很简单。

成墨让我坐在带点田园风的布艺沙发上，又给我沏了一杯茶，然后他坐在我身边开始拆我送给他的礼物。

他笨手笨脚地拆着，似乎想尽量不将外包装扯坏，我瞧他拆得费劲，忍不住想替他动手。

"不用，我想自己拆，你要知道，我拆礼物的机会真不多，这种感受，我要慢慢地细细地体会，这太难得了。"他心情很好，唇角一直扬着。他每每扬起唇角的模样，都十分的迷人，只是他不常常有这样的好心情。

"真漂亮……"他终于将礼物拆了开来，是摆在汽车里的茉莉花外形的空气清新摆件。我实在不知道要买什么送给他好，这个问题困扰了我好几天，自他邀请我时起。

"你会喜欢吗？"我有点儿羞涩。

"我很喜欢，你是我的生命。"成墨的唇角扬起更大的弧度。

我们都知道，茉莉花除了"莫离"与"尊敬"的意思外，还隐含了"你是我的生命"这样的寓意。我送他这个摆件，其实是想着能让他重视生命，岁岁平安。

"这是我收到过的最好的礼物！"成墨摩挲着手中晶莹剔透的水晶茉莉，眸如星点。

"那是，你刚刚说了，你拆礼物的机会并不多，你根本没收过几件礼物。"我打趣他。

他一笑，点点头，又道："你以后可以多给我送礼物。"

"那可送不起，我工资太低了。"我瘪着嘴道，这个摆件虽然不太贵，可是也花掉了我不少钱。

"礼物也不是以价格来衡量轻重的，只要是你送的，就是地上捡的一片叶子，我也会很高兴。"成墨给我的茶杯里续上热水。

"你早说啊，我就不用费尽心神地买东西，去捡一篮子的叶子送你好了。"我大笑起来。

他也笑了，伸手来揉我头顶，道："其实你不送任何东西，只要你愿意来为我庆祝生日，便已经是最好的礼物了。"

他这样说的时候，我收起了调皮的笑容。

他平时在学校时，在对他的同事和学生都是一副生疏温和的模样，可是私底下面对我时，他又总是将自己摆在很卑微的位置。我知道，这都是源于那么多年以来，我对他的恶劣态度，只是虽然如此，他却从来没有讨厌我。

如果他单单只是我的哥哥，他已经做得极好了，但是换成另一种身份，我心里却总是有一根刺，梗在心间，时时提醒着我，跃过去，便会被扎得鲜血淋漓。

我始终没有问过他，他在大学期间是不是真的如绯闻所言，在一边与我偷偷早恋的同时，还与他的一个女同学交往甚密。

那是我与他之间不能也不敢碰触的话题，它曾经将美好撕碎，迫使他远走他乡，逼我陷入极端境地，那是我不敢重蹈的覆辙，是我与他之间的禁忌。可是却因为这个疑问的存在，即便他现在对我如何不计结果地付出，我却始终想尽我所能地与他保持一段距离，以求自保。

他的生日过得很简单，仿佛不像他在过生日，而是像我在过生日，他的茶几上摆的都是我最爱吃的食物。他让我坐在他家洒满冬日阳光的沙发上，一边吃着零食，一边翻看着他为我准备的小说。而他系上了围裙，在小厨房里开始准备午餐。

这太惬意了，我在自己家中都没有感觉到如此惬意过，这安逸舒服的，让我都想将这里霸占了。

我趿着他为我买的拖鞋，走到厨房门口，看他挽着袖子有模有样地切着青椒，问他："你都是自己做饭的吗？"

很多时候，我都以为是他母亲在照顾他的生活起居。

"当然，我在国外都是自己做的，不过有时太忙了，也会随便买点儿吃。"

"你妈妈，她不帮你？"我想问这个。

他切菜的动作微微一顿，又继续飞快地将食物切成丝，一边说："很少。"

我跟他之间有太多的禁忌话题，所以一旦提及他母亲，我们之间刚刚出现的那一点小美好的气氛，又被破坏掉了。

"你要来帮我吗？"他突然扬起唇来问我。

"你需要我做什么？"

"嗯，比如，把这青菜洗了。"

"是，乐意为您效劳。"

我们相视一笑，在这狭小的空间里，一边忙活，一边闲散地聊天。

成墨做实验时认真的模样很迷人，讲课时是神采飞扬，有条不紊，他做饭的时候更是兼具了这两种优点，既细致认真，又利落干脆，颠勺都颠得十分漂亮。

我时常会将烂菜叶放进盘子里，将鲜嫩的菜心扔进垃圾桶里，等到发现自己因为他而频频走神时，便羞赧地趁他未发现，将错误纠正过来。

待洗好了青菜，又摆好了碗筷，成墨将最后一盘青菜端上了桌，从柜子里拿出一瓶未启封的红酒，提了两个高脚杯，将其中一只轻轻地搁在我面前。

"会喝醉吗？"我看着他开启瓶塞，问道。

"不会，我们只小酌，增加点气氛。"他将葡萄酒缓缓倒入我面前的杯中，我看着那一杯艳红泛着琥珀光，便举至唇边，轻轻地小抿了一下。

他举着杯，道："来，为了这一刻。"

我举杯与他的轻碰："祝你生日快乐。"

他闻言，眼中浮现动容的闪烁。在我收回手臂，打算再尝试抿上一小口时，他突然隔桌越过上身，在我的额间落下一吻。

这让我始料未及，感觉到额间如蝶翅煽过时，便浑身一僵，气血马上涌到脸上。我的天，我该怎么反应？

我仰头将杯中之物一口吞下，却在酒至喉头时，才发现我又干了件蠢事，可是想吐出来时已是来不及，于是剩下的酒液便呛进了鼻腔气管，我被呛得面红耳赤，酒气从五观六感汹涌而出。成墨扶着我的肩替我拍背时，我真想找个地洞钻进去算了。

午餐在愉快又带着点小暧昧的气氛中完毕，午餐过后，我们闲适地窝在沙发上，一边品茗，一边看书。他看的是《脑磁共振波谱成像》，我看的是《国际私法》。

我们偶尔说上一两句话，不刻意，不牵强。我跟他靠得很近，隔着沙发的扶手，他的后脑勺不经意常会碰到我的。我们不用看着对方的脸，却祥和安静地觉得无比安心。

我在看书开小差时，会思考，即使我不会因为成墨这个人，我也会因为这样平和美好的相处模式而爱上他。更何况，成墨他本身便是缔造这种美好的根本。

我想我爱上他了，我在沦陷进他家沙发中时，我也同时沦陷在他编织的美好的爱情中。

从那以后，我常和成墨在我们都不太忙的时候，在他的公寓里度过平和美好的时光。有的时候，他会让我将一些工作和他的工作一并带到他家去忙碌。然后，我们在忙碌间隙一起做饭。

　　我对他的公寓越来越熟悉，我们会在某个人有空时，给对方泡上一杯茶或饮品。他每次在将茶饮递给我时，总是忍不住及时索取一点回报，吻一吻我的额头或脸颊。起初，我还会不好意思，可是次数多了，便也习惯了。

　　我常常想起他念的那首《当你老去》，我甚至憧憬着，当我们老去，也是这般，充实而惬意，那是多么美好的一件事情。

　　如果一切都按照这样的状态美好下去，我想我真的会在第二年的春天跟成墨结婚。

　　美好的时光，过得极快，极寒的冬天来临了，下第一场雪时，我跟成墨在实验室里忙到天昏地暗，连晚餐都是叫的外卖。直到十一点，工作告一段落，我们从暖气十足的室内出来时，被室外已经覆了厚厚一层雪的模样给震撼住了。天空仍然飘着细雪，纷纷扬扬的，落地细无声。

　　我跟成墨相视一笑，他道："我们走路回去吧，顺便赏一下雪景吧。"

　　虽已夜深，但是我却觉得他这建议不错。

　　他牵住了我的手，我们小心翼翼地走下已然覆了一层薄冰的楼梯，再走上铺了一层积雪的小道。走出一段路时，我回头看，那羊肠小道上留下了我跟成墨两串长长的足迹，倒是给这雪夜增加了一些别样情调。

　　成墨见我回头，也别过头看了一眼，然后侧头望着我笑，握着我的手紧了紧，问："冷吗？"

　　"不冷，我喜欢下雪。"

　　他是知道的，我从小就很喜欢下雪天。他来我家的那一年，每到下雪，我们都可以在室外玩上一整天，最后冻得鼻涕直流，回家再被父母骂。骂完了，我们还是很开心，趁着父母不注意，跑出去看我们堆的小雪人。

　　"我也喜欢，以前上学时，每年冬天的第一场雪，我都觉得老师应该放假让我们出去玩，看着外面纷纷扬扬的雪景，我觉得坐在教室里完全没有心思学习。"

"那你以后每年冬天第一场雪，你也应该放你学生的假。"我笑着说。

"嗯，我以前就是这么想的。"他认真地应着。

我侧头看他，做他的学生可真幸福。

在一处斜坡，地面突然变得很滑，我一个不稳就滑倒在地，然而我屁股一着地，也拉得他摔在我身边。我们坐在地上，在无人的深夜哈哈大笑，然后又相互扶持着站起来，再摔倒，到最后连站起的勇气都没了。我要赖地坐着溜下了坡，成墨半弓着身子，看着我率先溜到了坡下，他便在半坡中央苦笑着摇头。

我实在想看极受人追捧的成老师如我这般用屁股着地地滑下来，便在坡下不断地怂恿着他。他不理会我的各种教唆引诱，弓着步子滑了下来，只是下来时因为一时收不住脚，竟朝着我的方向撞了过来。

我先前还笑闹的心情，在他撞来那一刻顿时飞散，被他的速度与重量撞击倒地时，后脑勺磕在了雪地上，也幸而积雪够厚，因此也不太疼，不过压在我身上的人却立马伸手抚上了我的后脑勺，我掀起眼皮子看他，他一脸担忧地问："撞疼了没？"

我摸着后脑勺，矫情地道："痛死了！"

他盯着我，夜里的双眸显得更亮，他慢慢地靠近，在离我的唇不到一厘米的距离时，他突然重重地压了下来。窒息感扑面而来，我想张口呼吸，却被他的舌头钻了空子。之后便是一阵天旋地转，我脑中一片空白，不知怎么的，我居然像着了魔似的热烈地回应了他，而他在微微一愣过后，更加激烈地吻我，似要将我揉进他的身体里去。直到我们都喘不上气来，他才离开了我的唇。

他扶着我坐起，轻拍着我头发上沾的雪。我挣开他，从地上抓了一把雪，扔向了他，开心地跑了开。

我们曾经也是这般笑闹着玩儿，打雪仗打得不亦乐乎，总是你追我赶。他每每都在我的雪团子还未捏好时，便捧上一大捧的雪扔向我，而我总是向他扔雪团子。后来某一次，我被邻居的小胖子用雪团子砸中时，才知道原来被雪球砸中是很疼的！也突然明白过来，为什么成墨每次都只是向我扔散雪，从不砸雪团子。

"一诺，你这个坏蛋！"成老师终于抛开了他为人师表的形象，在雪地里与我追逐了起来。我们肆无忌惮地打破着这雪夜的宁静，也不管是否会吵扰到深夜里他人的冬眠，抛开了所有的成见杂念，追逐着最简单的快乐。也不知道是在跌了第几跤后，成墨拉起我，道："我背你回家吧，早知道地这么滑，我就不提议走路了。"

我侧头反驳："地都这么滑了，开车更危险。"

成墨也不和我较真，蹲下来。我见他蹲在我面前，心底升起了一股暖意，便不客气地爬到了他的背上。

他站起身来时，明显有一些吃力。我最近似乎胖了一些，工作较之在鞋店时虽然更累，但是心情却好很多，而且隔三岔五地有成墨这个大厨变着法子做好吃的，体重不上升反而是不正常了。

"我重吗？"

"比起你小时候，重了许多！"成墨用开玩笑似的语气道。

"那不废话，都过了许多年了，上次你背我时，那是什么时候？我八岁？九岁？"

"十二岁。"

"我那么大怎么可能还让你背过？"我记不得了。

"你上体育课跑八百米，晕倒了。"

他这么一说，我一下就想起来了，不是我不记得，是我根本就不知道。

那一年，我来初潮，正是最最害羞的年纪，发现自己每月都来一次大姨妈时，心情抑郁得都讨厌自己为什么要投胎做女生了。我妈当时升上主编，每天都很忙碌，便也没怎么给我进行心理建设。而我觉得这是件十分让人羞窘的事情，也不怎么跟同学讲那方面的事情，于是碰到大姨妈造访时仍然坚持上体育课。可是当大姨妈遇上体育课再碰上八百米，我就壮烈地倒在了跑道上。

那时的成墨已高我一届，当天我是知道他们班也在上体育课的，只是我不知道自己晕倒时，竟是他背着送我去医护室。我曾记得因为那次晕倒，我出血过多，裤裆处染红了一大片。事情过去了很多年，他不提及，我都已经忘记了，只是这会儿我却突然很好奇，他当时背着屁股开花的我，是怎样一种心情啊？

"你当时就不怕你同学笑话你？"

"嗯？"他一时未反应过来，过了一会儿，才恍然道，"那能笑话什么？有人笑话你？"

"嗯！"我的下巴搁在他的肩膀上，低沉地应着。

他背着我，沉默地走了一段路，忽又道："一诺，当时我真的不知道，应该怎样去关心你，对不起。"

我没回应，但是我知道，他那个时候是有在关心我的，至少在我晕倒时，他发现了，他将我背到了医护室。

"你背我那天，怎么发现我晕倒的？"在他看不到的地方，我悄悄地扬起唇角，套他的话。

"那个学期每个礼拜的那一节课，你和我们班都在上体育课，可能这是我初中阶段记得最清楚的事了，因为我总是期待着那一节课的到来，你体育不好，扔铅球是你们班上扔得最近的，跑步最慢的，齐步走时你老是迈错脚。"

虽然他说的尽是一些糗事，但是我心里仍然得意，他得偷偷关注我多久，才能知道这么多的小细节啊？

渐渐地，他的气息有一些喘了，大冬天的，浑身冒着腾腾热气。他平时的话不多，也许这会儿正到了话匣上，于是倒豆子般将一些陈年往事一股脑儿地倒了出来，讲了许许多多能勾起我回忆的事情来。

在某个路灯下，他停了下来，也许是想歇息一下。我见状，问他："累了吗？放我下来吧。"

我一边说着，一边就从他背上滑了下来。

他扭身见我双腿已着地，于是便撑着膝盖，打趣我道："你要是再重点儿，都不知道能不能穿进 S 号的婚纱了。"

他一说完，我们同时沉默了。

Chapter 10

雪融化之后是春天

　　这段时间我跟成墨相处时，都会避开很多的人和事物不谈，而关于我跟他的婚礼便是其中之一。我还没有想好，他似乎也知道我还没有想好。可是，冬天来了，春天还会远吗？

　　成墨拉起我的手，继续牵着，在雪地上缓缓前行，一路上安静极了，只有我们脚下踩着积雪的"咯吱"声。行至我家门外时，他才僵硬地定住了，我这才从自己的思绪中回过神来，抬头看他。

　　"一诺，等雪融化了，春天就要来了。"他说。

　　"我知道。"

　　"可是，我们还什么都没开始准备。"

　　我不语。

　　"你也还没有接受我母亲。"他一声叹息。

　　我拧起了眉头，不想再听他说下去。

　　"若我们结婚，这是必须要去面对的事实，她是我的妈妈。"

　　是的，这是一个很严重的问题，也是我一直不想面对的问题。

　　我与他道："我们能先不结婚吗？就这样也挺好的啊！"

　　我真的觉得，如果一辈子就这样多好，就我跟他过着无忧无虑的生活，不需要去烦恼我的父亲、他的母亲，不需要提及那些不堪的记忆，我跟他没有芥蒂没有争吵，就这样躲在他的公寓里什么都不想。

　　成墨的眉峰也渐渐堆起，我的心也随着他眉峰的堆叠而收拢。

　　"我们不能一直这样下去，如果我们在一起，就要有更多的打算，比如布置房子、计划未来、考虑要一个孩子……"

我瞪了他一眼："谁想跟你生孩子！"

他眉间的皱褶散去，微微一笑，道："可是有一个孩子，也挺美好的，不是吗？"

"那也是以后的事，现在就这样，挺好的。"我拒绝跟他继续探讨这个问题，甩开了他的手，掏出钥匙开家门。

"诺诺……"

他在我身后低低地喊了一声。他第一次这样叫我，这样亲昵的称呼似一道电流，冲撞进我心里，随之融进我的心头，但我仍是头也不回地进了家门，又匆匆将房门合上。

我觉得我真的是太坏了，我一方面贪恋着成墨带给我前所未有的心动与安逸，另一方面又排斥着真正融入他的生活、他的所有，我只从他身上汲取我想要的，将一切我不喜的事物、人物及问题全抛给他去担当。我这样自私，这样可恶，我实在不知道，我能在成墨心中住多久。

"你怎么这么晚才回来？"我妈披着厚厚的家居服，从卧室里出来问我。

"在学校加班，外面下大雪呢，你赶紧回房睡吧。"我催着我妈。

"知道这么冷，还加什么班啊，成墨送你回来的吗？"我妈在我换好鞋后，为我递上了一杯热气腾腾的茶水。

"嗯，他送我回来的。"

"我本以为跟着成墨工作会轻松一些，没想到反而更忙，天天都要加班加点，你们哪里还有工夫考虑婚事啊？"

我"咕咚"一声吞下茶水，在短短的几分钟之内，就听到两次提及婚事，大概是因为离春天不远了，他们都开始考虑这事了。

"你爸和我说了好几次，让我问问你这事，你天天忙得不见人影，我一天都见不着你的面。今天我可是等了半宿，想着怎么也得等你回来，跟你好好说说。"

我看我妈这架势，觉得她肯定不像成墨那么好打发了，我妈这是不得出个结果来，都不打算睡觉了。

见我不语，我妈急了，催促道："你到底怎么打算的？成墨又是怎么和你说的？"

"我没有打算啊，我觉得这事还不着急。"我才二十三而已。

"还不急呢，过完年，你就二十四了，你看你表妹，小孩儿都有了。"

"二十四也还年轻啊，这年头，多的是三十未嫁的剩女呢。"

"别东拉西扯的，就说你跟成墨。成墨可是个好孩子，他做我女婿，我最满意了，你现在也不是小孩子了，可不能老是使性子耍脾气。"我妈开始数落我。

"妈，都一点了，我明天还要上班呢，这事明天再说啊！"我妈现在越来越能数落人了，一数落起来，可以说上一两个小时。

"行，那我长话短说，你明天去问问成墨，看成墨是怎么打算的，到时候我们就开始订日子了。"

"订日子？"我愕然了，仿佛头一次意识到，这真不是开玩笑，他们在跟我说的，是我的终身大事！

"事情可多着呢，订日子、订婚纱、订酒席、拍婚纱照、请宾客、过礼，时间不多，也不知道忙不忙得过来，不过还好，反正我们三个老的平时也没什么事，这些也不用你跟成墨操心，我们来操持就行了。"

我一阵发晕，事情怎么一下就发展到这程度上来了？虽然从那时成墨说将婚礼定在明年春天时，我就已经对这个所谓的婚期有了一个概念，但是却从未真正考虑过这个婚礼的真实可行性。

我在我妈絮絮叨叨的臆想中，逃回了房间，一番洗漱后躺在床上，却翻来覆去地怎么也睡不着，这事太扰心了。他们一个两个都将这件事正儿八经地排上了期，逼着我无法不去思考。

可是，我真的要嫁给成墨吗？我真的要和成阿姨成为一家人吗？我能忍受跟成阿姨共同生活，在她老了的时候伺候她，为她家延续香火生儿育女，做她的好儿媳吗？还有，我能让她和我父亲成为亲家吗？

第二天上班，我没有迟到，可是精神却恍惚得厉害。成墨在我一次又一次出错时，捏了捏我的后颈，浅笑着问："一诺，你回去有好好想了，对不对？"

我抬头看他，他的精神状况尚好，只不过却也不如平时那般好，我道："想是想了，只不过想出来的结果不一定如你所想。"

他道："你说'不一定'就是留有了余地，已经比我所希望的好了很多。"

我瞥他一眼，他越来越会拿捏我的性格了，也能轻易地就读出我内心的想法，他看出了我的松动。是的，我松动了。我想，也许我会愿意试着克服这些年来对于成阿姨的心结，为了成墨，不再对他母亲树起樊篱。

为了成墨，因为成墨，那些仇恨愤怒的情绪都淡化了，变得没有那么重要了。

成墨揉揉我的发顶，将所有意会的一切都泯于一笑之中，附带的，我竟不由自主地也笑了起来。前一晚上因为辗转反侧难以入眠而导致的精神不济，瞬间消弭不少，觉得以前钉在自己心中的那一根刺，正在被成墨一点一点地往外拔，以前自己纠结的那些纷扰，统统都变得不如他那一笑的分量来得重。

可是，就在我打算抛开过去一切计较，接受成阿姨，并开始设想未来生活时，我的一切想法又都被推翻了。

那是不久后的一个清晨，因为出了几日的太阳，雪已化得不见踪影，只不过温度仍然升不上来，尤其是早晨，室外冷得让人不忍出门。

成阿姨在我出门上班时，穿着一身厚厚的棉袄，跺着脚，等在了半道上，我一看见她，心中那些不适感就顿时涌了上来。克制了好一会儿，思及这些天来自己在心中的反复建设，决定先用较为平和的相处方式开始。

可是成阿姨的那一脸凝重，让我行至她的面前却不知道要如何开口。

"我在这里等了好久，我有话想要和你说。"成阿姨开先口道。

小道的旁边有一排座椅，我引着她到那处坐下来。很长时间以来，我们都没有单独相处过，如今这般坐在这安静的环境里，一时尴尬丛生，两人都显得极不自然。

良久后，她还是忍不住开腔道："前两天，成墨跟我提起了和你的事情，他说想在天气暖和点儿的时候，跟你结婚。"

我敛下眼睑，默不作声。成墨向来是个认真的人，他既然跟他母亲都提及了这件事情，那么他是坚定了要与我结婚的想法。经过这些天来的仔细思考，我对于将结婚一事提上议程，已经没有了那种难以适应的感觉，成阿姨主动来找我说这件事，好过于我去主动找她说。

"我是这样想的，当然阿姨也许说得不对，可是这么多年来，从我带着成墨进入你家，再到成墨被迫出国，我不得已又搬出你家，我是真的觉得，我们之间的结，这辈子是难以解开了。阿姨其实知道，你那天当着大家的面，说要和成墨结婚，其实说的是赌气话，无非就是想让我们母子难堪，又或者想破坏一些什么，来气气我们，我想也许等你气消了，就算过去了。

"可是成墨这孩子死心眼儿，这些年来总是想着要报答你父亲对他的养育与栽培之恩，所以答应了你父亲要好好照顾你的要求。可是……可是，一诺啊，如果你们真的结婚，你不但毁了成墨，也是毁了你自己啊，你有没有想过啊？这些年来，你对我的态度怎么样都没有关系，可是你不能抱着毁了成墨的决心，把自己也毁了啊！

"阿姨是做错了，阿姨给你赔不是，给你跪下都可以，可是，你不能毁掉成墨啊。他本来在国外有很好的发展，却因为应你父亲的要求，回国来和你结婚，又为了你，连相好的女朋友也不要了。

"小米是个好姑娘，觉得成墨忙，对我这个孤寡老太婆体贴照顾。她听说成墨要和你结婚，坐在我家里哭了一宿，可是成墨偏偏钻牛角尖地坚持毁掉自己的幸福来向你家报恩。他向来是一个很乖、很听话的孩子，也是我的命根子，我实在不忍心，让他连下半辈子都要活在这些羁绊中。一诺，我求你，你怎么样对我都行，求求你不要拿成墨一生的幸福来报复我，我……我……"

待她泣不成声时，我已觉得这天气快把我冻僵了。她不提，我倒是忘了，忘了那个孙小姐。

当成墨在念那首《当你老了》的时候，我一直以为他是为了我才回来，他跟那个孙小姐也就只是单纯的同学情谊。但是我却不知道，成墨竟是为了应诺我父亲的要求才回来的，又应诺我父亲的要求才不断与我接近，还应诺我父亲的要求狠心地抛下了那个为他哭了一宿的女孩儿。

可是，现在要怎么办？在成阿姨找上我之前，我还一直对把自己交到成墨手中有些疑虑，可是在她说完这一番话，我意识到我跟成墨的关系可能会因此无疾而终时，我感觉到了刺骨的冷，钻心的疼。我这才发现，我已经对成墨瓦解了所有的心防。没了心防的我，在他母亲跟我说了这一番话后，轻易地就被击溃了。

此刻，我完全不知道接下来要怎么办了。以前面对成阿姨时的那种尖牙利嘴，一句话便能将她吃定的本事，突然间就丧失了。我哑口无言地看着她一把眼泪一把鼻涕地哭诉着，觉得她似乎又一次地将我推进了一个深渊。

可能是因为一直无法得到我的回应，待我反应过来时，成阿姨竟真的跪在了我的面前。

我倏地站了起来，我以前虽然讨厌她、恨她，却从没想过要逼得她如此。此时有三三两两的路人已经驻足往这边望来，我手足无措，不知道是该拉她起来，还是要急走避开。她与我说这些显得那么突然，我甚至都来不及细想我该怎么办，是不是要答应她的要求。

"成阿姨，是成墨自己愿意的……"虽然到现在，我已经变得不确定了。

"他怎么会愿意呢？他有一个那么好的女朋友，他若非出于报恩，他怎么可能会愿意呢？"

我想起了那个孙小姐，虽然只有一面之缘，可是却能看得出，她比起我来要优秀多了。

"可是，他这段时间，主动提出要……"

"是因为长玥，他自从上次身体出现问题后，就一直担心自己哪天会不在了，所以多次跟成墨提及这事，成墨太听话了。"

我想起在医院时，偶然听到我父亲对成墨的托付，心中对于成阿姨的话已清楚了然。起先，我以为只是托付成墨替我谋一份工作，未料到连我的终身也一并说清楚了。是的，是因为我的父亲，也只有他，才能让成墨死心塌地地要娶我！

我突然觉得很可笑，是我自己可笑，之前我居然还一味地从心底去抗拒着跟成墨结婚。天知道，其实与成墨结婚这件事情一直就是一种施舍，是老天对我的施舍，现在老天看不惯我拿乔的惺惺之态，所以要收回这份施舍，让我变成一个可笑之人。

"成阿姨，既然是我父亲的原因，你不必来求我，你跟我父亲说一说，成墨会更听他的话，不是吗？"何必让我知道呢？这多打击人啊！现在想哭的何止是她，可是我连哭都不敢哭出来。

"我怕你父亲会生气，会不高兴，医生说……"

"好了，我明白了。"所以最终的结果，仍然是由我承担。

我从成阿姨身边跨开，沿着小道匆匆离开，地面仍有少量结冰，我脚下飘忽，时常会被结冰的路面滑一下。有一跤滑得厉害些，我单膝狠狠地跪向了地面，膝盖处又疼又冷。我想成阿姨那双膝盖跪在地上那么久，那得多冷啊！成墨要是知道我让她母亲在这大冬天的跪在我面前，那得多恨我啊！那时候什么恩也没了，什么情也散了，他怎么还会跟我再提结婚？

我走进暖气四溢的实验室，突然就狠狠地哆嗦了一下，成墨转过身子看着是我，微微一笑，问："冷吗？"

"嗯。"我低下头，解开围巾，拿着桌上的各类材料，走向一隅的电脑桌，噼里啪啦地敲字。敲了一会儿，又按退格键删掉错处，过了一会儿再删，如此反复不断，一个上午的工作进度竟连平时的一半都不到。

成墨自我进入实验室后，便埋头忙碌着，与他那些同事说一堆我听不懂的术语，可是虽然听不懂，但是我却能灵敏地捕捉着他的任何一抹声音，哪怕只是"呃""嗯""NO"这样又短又轻的音节，我都未曾放过。仿佛他的声音便是支撑着我仍然坐在这里的动力，却也是我频频出错的原因。

我向来就是那种容易被外在因素影响集中力的人，比如我在鞋店的时候因为成墨的回归而拿错了鞋码，我会在考试的时候因为父亲入院而忘光所有的知识点，现在，我因为成墨和成阿姨，觉得这份工作也干不下去了。

我在网上跟泼鸿说，让泼鸿帮我留心一下有没有合适的工作。

泼鸿的第一个反应便是"你跟成墨又怎么了？"

"没怎么。"

"没怎么，你会想换工作？你别老折腾成墨啊，我老感觉你在欺负他！"泼鸿护犊般的护着她心中的偶像。

"我不能老在这里当助教啊，反正本来就是一个临时性的工作。"

"那你要换工作，跟成墨说了没？他同意？"

"还没说，他忙。"我瞥了眼成墨，他确实忙。

"那你先跟他说了之后再想别的吧，姐可没工夫陪你瞎折腾，最近事多。"泼鸿甩下一句话后，头像便灰了，我的心情也随之灰了。

下班时，我趁成墨跟其他的教授还在开会之际，一个人先开溜了。这么久以来，我们都习惯了跟对方一起下班，同事们都见惯不惯了，因为成墨从来没有正常上下班过，所以对于我天天跟成墨一块儿下班，都未察觉出异常来。但是，成墨却在第一时间察觉出了异常。

我接通了他打来的电话，他问："你今天有别的事吗？怎么先走了？"

"嗯。"我应道，本来，我想再说点什么理由的，但是一想到成墨跟那个孙小姐，我所有的话就都堵在了嗓子眼儿，连听到他的声音都觉得难受。

"晚上我约了几个朋友，他们说想见见你，我们……"

"我晚上有事！"我打断他的话。

"什么事呢？"那边继续温言细语地问，"如果不是太急的话，能不能……"

"不能！"我觉得心里一直烧着一把火，将我的心翻来覆去地煎着。

"一诺？"

"我……我真的有事，先不和你说了，我得挂了。"不待成墨响应，我就将电话挂掉了。可是挂掉了，仍然觉得堵得慌。我觉得我得跟成墨分开一段时间，我要让自己冷静冷静，好好想想，我到底应该怎么办。

但是如果天天在学校里上班，那就绝对是做不到的。于是我在网上登录了本地一家网站，通过网站，找到了几家正在招聘的用人单位，胡乱整了一个简历，投向了对方的电子邮箱。

第二天上班时，等在路上的是成墨。

我远远地看见他站在青松旁，低着头拧着眉，不知道在想什么。我顿住脚步，忽生怯意。

我觉得我还没有做好正面与成墨起冲突的准备，关于他母亲找我说的那些话，已经让我觉得我跟成墨之间生起了一道隔阂。我那些好不容易积攒下来的不顾一切，被轻而易举打击地消散殆尽。所以，再面对成墨，便只剩下了诸多的猜疑与不确定。我宁愿不去面对他，也好过面对他时，内心须承受着反复煎熬。

就在我准备悄无声息地撤退时，成墨已抬头看见了我，唤道："一诺！"

我扯出一抹生涩的笑容，双手插入厚厚的棉衣口袋中，缓步走向他，道："怎么这么早？"

他三步并作两步走到我面前，伸手拉过我插在口袋中的一只手："昨天晚上在做什么呢？"

"哦，我爸不太舒服。"原谅我扯这个谎，但是我实在不怎么会撒谎，我想不出来能够比正式去见成墨那些朋友更为重要的理由来。

"叔父怎么了？"他顿住脚步，拧着眉头问。

我觉得我可能又扯错谎了，向来只要是涉及我父亲的，他都特别上心。

我于是又急忙道："没事，没事，血压有点儿高，用药物调了一下，今天恢复正常了。"

"等下班了，我就去看看他。"他携我前行。

几个学生三三两两地迎面而来，我倏地将手从他手中抽离，他飞快地扭头，瞪视我的眼神中有着极浓重的审视意味。

"那个……你先去，我的手机落家里了，我回家拿一下。"

我扭头便跑，跑了几步我回头去看，成墨仍站在原地，看着我慌不择路地快步离开。我触及他的眼神，却似被火灼过般，那些翻滚在他眼中的情绪已经波涛汹涌。他发现了，他发现我在对他说谎了。

手机在口袋里响了几声，我见已拐过了弯儿，在成墨视线无法触及的范围内便掏出手机来。手机里有一条短信，发送者是成墨，短信内容仅三个字：为什么？

我握紧了手机，因呼吸急促喷出的雾气氤氲在手机屏幕上，那三个字被蒙上了水汽，渐渐地模糊。

我绕过人工池塘，又穿过那一排落光叶子的银杏小道，步上层层阶梯，进入了教职工办公楼，在人事部，我递上了辞呈。

人事部主任看完我的辞呈，推着眼镜问："你有跟成老师知会过吗？"

"没有，我有特殊的私人原因，所以才会这么仓促，这个月的工资可以不算给我，当作我的仓促离职带给学校麻烦的补偿。"

"其实你是黄校长的千金，当初招你进来时，虽然是成老师拍板定下的，但是校领导多数看的也是你父亲的面子，你这几个月在学校的表现也很好，一过试用期我们也给了你加薪待遇，加班补贴与福利也都不少你一份，现在你这样急着离职，怕是不大好吧？"

"是这样的，主任，其实，我打算离职结婚。"面对着一脸不快的人事部主任，我不得又扯一谎。

"哦，是这样啊！打算做全职太太？"不管如何，他那绷着的脸因为我的这个谎言松懈了下来。

"因为结婚事情太多了，所以怕耽误工作，索性请辞了，主任也好另聘他人，不会耽误工作。"

至此，主任才点头，将我的辞呈放入了他的抽屉，说经主管、校长批示后，再通知我。但是在未批示前，我仍然需要在这里继续上班。

我拧眉道："我能请几天假吗？"

"允你半天，你自己安排。"扔下一句话，人事部主任便又忙活去了。

而我将这半天的假，用在一场面试上。

招人的是一家药品公司，应聘的有三四十来人，多数是刚从学校毕业的学生，也有一部分是从乡下来城里找工作的闲散青年。

我与这些人被集合在一个场地颇大、可容纳百人左右的场馆，馆内可以看出似乎是用作瑜伽学习之类的会所，有些破旧，厚厚的窗帘全部拉上，仅开了一些日光灯管。室内显得十分的暗，封闭的空间中，那些和我一起等着面试的小青年们，不顾环境的封闭状态，自顾自地吸着烟。

等了好一会儿，才有一行穿着打扮像模像样的人进了场馆，最后进来的人，将场馆的铁门，费力地关上，落了锁。

我的心便也在瞥见他那落锁的动作时也"咯噔"起来。这是什么样的一场面试？我从网上了解到他们是一家药业公司，招行政公关若干名，可是却没有任何的条件限制，门槛的宽松导致报名来参加面试的人如过江之鲫。

而他们未在自己的公司办公地点进行面试，却找来了一个明显是临时租来的场馆面试，单单是这场景，便让我想起了之前不久电视上看到的一起案例。我的心中疑窦丛生，继而从那一行人不断互相传递的眼神中，一点一点地加深了我的猜疑。

我悄悄地将我的手机调成了静音模式，放在了棉衣的内袋里。

组织者中有一个四十多岁模样的随行者拿着话筒，开腔发言道："为了面试的公平公正，请今天所有参加面试的人员在登记个人情况表时，一并将你们的手机等通信工具用信封袋装好，写上名字，然后统一交到陈总那里暂时保管。等面试一结束，就退还给大家。所有人的手机必须上交，若是发现有未上交的，届时为了防止面试情况无法保密，需要对不配合人员进行暂时隔离，并取消面试资格。"

意思就是不配合的话会被软禁？这是犯法的啊，是非法拘禁。从他们的这段话开始，我彻底地发现了我正在陷入一个不法组织挖好的陷阱中。

其他参与面试的人，竟没有人觉得这么做是不妥的，十分配合工作人员登记着自己的姓名与基本情况，同时上交了自己的手机。

我随着长长的队伍，排至登记处时，在登记册上登记了自己的姓名等情况，那个长相精瘦的工作人员伸手问我要手机，我摇头道："我没有手机。"

"怎么会？这年头谁没手机，你可别逼我把你隔离起来啊！"那人眯着眼睛恐吓道。

"真的没有，因为很久没有找到工作，为了省话费，把手机都停了，你们通知我面试时，打的还是我朋友的电话。"

那人让人拿了份名册来，从名册上找到了我的电话和信息，掏出自己的手机拨打了起来。我状似淡定地看着他，心中却紧张不已，在这寒冷的天气里，我竟觉得自己的鼻尖似乎正在微微冒汗。

我只能庆幸，我的手机在他拨打时没有发出任何的声音，甚至也没有振动，他将手机贴在耳边听了好一会儿，对我说："没人接！"

我努力保持平静，道："我朋友可能在上班，他们上班时一般是不能接电话的。"

那人似乎有点儿相信了，却又敲着桌子，道："拿你的身份证给我核对一下。"

我迟疑了一下，掏出了身份证来递给对方，心中再次暗暗庆幸，在刚刚填表时本来还想随意地乱填一些信息，但是担心对方会进行信息核对，才填了真实情况，这一招还真是防范住了对方的探查，将他最后一丝疑虑都打消了。

他朝我挥了挥手，表示我过关了。我随着其他的人落座在场地中央排好的椅子上，心中不断地盘算着，要趁什么时机与外界联系。

待所有人核对完毕落座后，组织者将室内的灯光又灭掉了许多，只剩下台上几盏灯。一个脖子上挂着粗金项链，挺着大啤酒肚的中年男人拿着话筒开始自我介绍。

"各位朋友，大家好！我是 XX 药业公司的董事王小平。"

我周围有人已经开始唏嘘，他们多数被那"董事"两字就给镇住了，倒不觉得这个王董事的人与名字一样，扔人海里平凡普通得激不起一丁点儿的感叹。

"欢迎大家的到来与报名，我们公司此次举办的特大招聘活动，门槛低，数量多，任人唯贤，而且我可以保证，一旦被聘用上，工资福利丰厚，只要能通过公司对你们的考验，成功指日可待。你们别看我现在穿金戴银派头十足，我在你们这年纪的时候，混得比你们可惨多了，我曾经……"

大肚王董花了近一个小时来诉说自己在年轻时曾遭遇的种种不幸，我周围这些应聘者都满脸的动容，有些人甚至感同身受，许是与他们的经历相仿，一听闻到这些辛酸，竟落下泪来。

这是传销，对于那些涉世未深或急于求成的人来说，他们仍未发觉他们陷入了传销组织的陷阱中，他们在这个自称是董事的成功人士洗脑下，开始泥足深陷，眼中露出了不自觉的痴狂。

我在这个漫长的洗脑过程中，偷偷地观察注意着那些组织者，他们坐在暗处，带着审视的目光盯着所有应聘者，但是他们的审视，在洗脑将近尾声时开始松懈了，许是凭他们的经验，认为这次洗脑的效果是成功的。

"……我用了这么长的时间讲了我从一贫如洗到今天成功的经历，为的是什么？不是为了浪费在座各位挣钱的时间，而是为了教会大家怎么选择人生，怎么样用最小的本钱，获取到最大的利益，我的今天就是你们的明天。今天你们睡地板，明天翻身当老板，只要有信心，只要你肯干，车子、房子、票子，你们统统都会有！对不对？"

"对！"底下参差不齐地回答。

"对不对？"王小平挥舞着手臂，气势强悍地又问。

"对！"此次的回答整齐而有力量，我侧头去看坐我旁边的人，他已满脸激奋，充分地投入到了王小平为他勾画好的想象中。

"有没有信心？"台上的人还在激情吆喝。

"有！"底下的人越来越配合，他们似乎已坚定地认为，跟着台上这个胖子就一定会有肉吃。

"好，我喜欢你们！在这里，我要做出一个重大决定，我决定只要你们愿意，我将无条件地将所有人全部录取，我要见证你们从一个小兵小卒成长为富甲一方的商人，我要创造一个财富累积的奇迹，对我说，你们愿意吗？"

"愿意！"台下的人各个面露喜色，声嘶力竭地应和着，他们已完完全全被台上的人控制住了思想，不疑有他。

"好，现在愿意的同志们站左边，不愿意的站右边，那些害怕困难与现实的人，我也不愿意再见到你们，趁早自动退出吧。"

台下所有的人纷纷站起身来，我跟着他们站好，却立在原地未动，我想站右边，我想离开这里，可是在众人纷纷走向左边时，我的站立犹疑便显得突兀起来，除了我以外，所有人都毫不迟疑地选择了站向左边。

台上那些人，有越来越多警惕的目光投注到了我的身上，我弓下身子来，装作脚麻，一边揉着腿，一边跟随大众站向了左边。

我偷偷侧目，见台上有两人一边看向我，一边在交头接耳，我明白，我被盯上了。这下想要与外界联系，便难上加难了。

我有些懊恼，在这里，即使是做戏，也要做下去，在未找到合适的机会离开前，我的轻举妄动定会引来我都无法想象的灾祸。

洗脑仍在继续，最让我惊奇的是，这个叫王小平的人，他的演技口才一流，除此之外，他竟然还会催眠。我觉得我快不敢相信自己的眼睛了，就跟电视里演的一样，他让一些人跟着他的提示，在极安静的环境里，将这些人进行深度催眠。在被催眠的人按着他的命令动作与回答问题时，台下其他的人都发出了惊呼，他们对这个王小平已经信服到五体投地的程度了。

"下面，再换一些人上来试试，有谁愿意上来的？"

"我！"有些大胆的小青年自告奋勇地举手。

"好，你，你，还有你，上来。咦，都是男生啊，不行，我得再挑选一两个女同胞……"说着，他的目光就落在了我的身上，我的心一提，手心便冒出汗来。

"那个穿白色衣服，全场最漂亮的小姑娘。"他指着我道。

我抿紧了唇，克制住内心的担忧与害怕，在众人的目光下登上了台。

"美女有些紧张啊！"王小平搓着他的手，紧盯着我的模样让我更加胆怯。

"好吧，不用紧张，放轻松，我们就是来做一个游戏，这个游戏就叫作'说出你的秘密'。来，大家都坐成一排，我一个一个催眠，很快，我就能知道你们心中的秘密了，你们敢让我挑战吗？"

有人点头，也有人摇头，我跟着摇头，当然这并没有什么用处，一切都不是我们说了算。

很快，坐在我前面的人被姓王的催眠成功了，他们的秘密千奇百怪，不知道真假。有人说他的秘密是在超市偷过牙刷，有人说他的秘密是喜欢偷偷躲着吃大蒜。有的时候姓王的会问上一两个问题，多多少少有些测试被问这些人心态的问题。

我如坐针毡地想着脱逃的法子，但是法子还没想出来，姓王的便已站在了我的面前，一脸笑眯眯地对我说："来，美女，不要那么紧张，放轻松……"

我心中有意地抗拒着他所发出的指令，可是不知道为什么，恍惚的意识越来越强，自主意识越来越弱，但也只是一晃，便又清醒了。

待我清醒过来时，姓王的已经到了下一位，我一脸的茫然，有些不知所谓。周围包括台下面的人反应都很平静，似乎什么都没有发生过，我侧头问我旁边已然清醒的人，道："他刚问我什么了吗？我说什么了？"

坐我旁边是一个与我年纪相仿的男孩儿，脸上冒着密密麻麻的青春痘，他可能没有想到我会跟他说话，用惊喜的眼神看了我一眼，再冲我一笑，道："你说你喜欢沉默，沉默是个人名？"

我默然不语。他又道："看来沉默是金。"

不知道为什么，他们就对我消除了怀疑，也许我看上去年少不更事，加之催眠测试没有太大异常，总之，过了催眠这一环节后，我感觉他们对我的关注少了一些，我偷偷松了口气，止不住地就想摸藏在棉衣里的手机。

我想给泼鸿发条短信，告诉她我所在的地址，我借故去了厕所，可是厕所居然是开放式的。我前脚进了厕所，后脚就有人跟我进了来，在我旁边的厕所蹲位蹲了下来，蹲之前还瞄了我一眼。

我磨磨蹭蹭地想等她先离开，可是她竟比我还会磨蹭，我心知她定是来盯梢的，于是发条短信的想法就只能作罢，然后我又想起也许我可以拨个110，也许警察叔叔会跟电视里一样通过我的拨号定位我的位置，然后神勇地从天而降，将我解救出去。

如此想的时候，我便将手摸索进了衣服里，找到了手机，并装作低头整理裤子时，飞快地瞄了手机，拨了号。然后我不再埋会，并窸窸窣窣地将整理衣服的响声弄大些，生怕电话里的声音会泄露了出来。

我应当庆幸我穿了厚厚的棉衣，但即便这样，我也还是听到了细微的声音，汗瞬间从我额头冒了出来，随我进来的那个女人用奇怪的眼神瞄我，我冲她一笑，迈步出了卫生间，她紧随我之后出了来。

洗脑的各种活动还在继续进行，我期盼的警察叔叔没有像天神一下踹开这个场馆的大门，我又将手伸进了棉衣口袋，手指可以感觉到置在棉衣内袋的手机。我的手指在蠢蠢欲动，我用手指缓缓地摸索着，摸到了"3"的按键，然后我轻轻地按住，我要拨给成墨吗？拨给他又有什么用呢？他没有办法知道我的具体位置，我要如何告诉他呢？

此时洗脑活动似乎进行到了高潮，我周围的人都像打了鸡血般的被王小平煽动了起来。"我要成功！我要成功！"他们嘶吼着。我在这嘈杂不已的声浪中飞快地按下了按键，然后我在心中默念，手指缓缓将棉衣的拉链拉开一半，数到五的时候我低下了头，扯开棉衣飞快地报了我所在的地址。

　　在我做这一系列动作时，我觉得自己心跳异常得快。我不知道电话有没有接通，我也不知道成墨有没有在听我讲话，又或者他有没有听清我报的地址，我只知道当旁边某人侧头看我时，我吓得整个人都木讷了，再也不敢低头对着电话再报一遍我所在的地址了。

　　然而一切似乎都没有发生，旁边的人瞄了我一眼之后，又继续情绪激昂地跟着台上的王小平疯喊着，我似是有些虚脱般地抚了抚跳得过于快速的心跳，张了张嘴，随着大流喊了几句，缓缓又将衣服拉链拉了上去。心跳慢慢地恢复正常时，我突然没有了之前那般不安。我知道成墨可能听到我话的概率只有十分之一，能找到我的概率又只有十分之一，但是莫名地，我就是觉得心安了不少，就像是完成了某种告解般的平静。

　　洗脑活动持续了整整一个上午，中午这个团伙的组织者抬了两大箱子的外卖进来，给每个人发了水与盒饭。水是瓶装水，我灌了好几口，冰冷的水一进肚腹，感觉整个人都是透心凉。距离我打给110过了近两小时了，距离打给成墨也过了一个半小时，我想我通过电话联系外界的行动应当是失败了。

　　我揭开盒饭，里面的饭菜有丝温热，我又冷又饿，可是却不敢吃。我以前在网络上看过传销组织用的各种手段，我不是担心他们会在饭中下毒，我是担心他们在里面下药。

　　趁人不注意，我将饭菜拨得到处都是，撒掉了一半多，才将饭盒扔进他们用来收垃圾的桶里，然后又狠狠地喝了几口水，来压制住饿意。

　　我正准备再上趟卫生间时，人群里有了些小骚动，我转身望向引起骚动的场馆大门，发现有人强行推开了大门，然后骚动变得更大，外面的光线照射了进来，对冲着室内昏黄的灯光。我周围的人都一脸的茫然，旁边有个女孩儿小声嘀咕道："警察来这里做什么？"

我的心一下就松懈了下来，抿着唇有点儿想哭，我想最终警察叔叔是有用的，我的电话居然打通了。可是当我在一片混乱中看见成墨时，才明白过来，我打通的是第几通电话。当所有人抱着头蹲下来时，当警察扭着一脸惊慌的王小平时，我看见了拨开人群一脸焦急朝我而来的成墨。

我应当是高兴的，可是在对上他视线的那一刹那，我突然就羞愧了。我无法直视他，我那么傲气地辞掉在他身边的工作，却愚蠢地钻进人家的圈套，我无地自容。

我蹲在地上低着头，看到眼前出现了一双沾满泥水的皮鞋，好一会儿，我听成墨喊了一声："一诺！"

我抬起头，缓缓冲成墨一笑，声音有些艰涩地道："成墨，我有点儿饿。"

成墨伸手拉起我，他的手心有微微的汗意。我抬起头来看他，便瞧见了他额间细细密密的汗，与这天气格格不入。

他领着我拨开人群往外走，我觉得我脚步都有些虚无，临近门口时，外面的光线更是刺得我双目发疼，我伸手遮了遮光线，待感觉到成墨突然止住了步伐时，又放下了手来。成墨被身着制服的警察拦住了，那人说："成老师，她还不能走，得跟我们回去做笔录。"

"她有点儿低血糖，能让我先带她去吃点东西吗？"成墨与拦住他的警察商量着。

那个警察穿着厚厚的棉衣制服，说话时嘴里能呵出白气来，他看了我一眼，绕开成墨压低了声音问我："是你拨的电话？"

我看了成墨一眼，成墨扭头看我，我看见他微不可察地点了点头，于是道："是的。"

警察沉吟了一会儿，对成墨道："成老师，还是不行，她的笔录可能会比较关键。这样吧，你先去给她买点吃的，我会看顾好她的。"

我感觉成墨握着我的手紧了又松，松了又紧，似是一阵犹豫未定。

于是我扯了扯他的手，他回转脸来，我道："你去帮我买点吃的吧，没事的。"

"好，我送你到警车上。"成墨妥协，我随着他出了这个让我万分憋闷的场馆。

外面的空气更为冷冽，我用力吸了几口空气，心中的憋闷似乎消散了不少，可是随之而来的寒冷让我开始微微发抖。成墨很快回过头来，一只手摸上了我的脸庞，我觉得他的手十分温暖，我使劲抿了抿唇，不想让他瞧清了我止不住颤抖的唇。

成墨取下了围巾，绕在了我的脖子上，我口鼻之间瞬间充盈着他的气息，那是一种淡淡的冷香，又有一丝他实验室里常有的淡淡的消毒水味道。我拨高了围巾，挡住了仍在颤抖的唇，见成墨还在准备脱外套，我便急急地制止了他。

"我不冷了，我去了警察局，那里会很暖和的，你去给我买点吃的来吧，当心别感冒了。"

"你等着我，我就跟在警车后面，你不用担心。"

"嗯，好。"我点点头，看着他转身离去，突然觉得周边的空气又冷上几分，但眼眶却有些发热，心中各种想法百转千回，各种矛盾的想法如滚水般翻腾着。

我钻进警察的车时，所有的心神仍浮在半空中，脑海中一会儿是成阿姨跪在雪地里，一会儿是我递交还未批准的辞呈，一会儿又是成墨汗湿的双鬓……

直到到了公安局，我才从棉衣内袋里掏出手机来，电量早已耗光了。

成墨很快在警局的办公室里找到了我，给我递上了热气腾腾的一笼包子，然后又帮我倒了一杯热茶，我便在他面前，沉默地低着头，将一笼包子默默地吃完。

曾几何时，我在他的面前，会如此落魄？我从来都是趾高气扬的，都是不屑一顾的，就连上次我砸伤了脑袋进医院，我都是在他面前高傲地扬着我的下巴的，可是此时此刻，我连看他一眼的勇气，都没有。

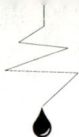

Chapter II

眼泪是脑子里进的水

这次抓的人很多，等所有的人都押进来时，场面热闹不已，警察忙碌地核对着每个人的信息，或者做着笔录。待我吃完了成墨买来的包子，才感觉到自己的颤抖终于止住了，酝酿了好一会儿，我才抬起头来看向成墨。

成墨许是从一开始就在看我，见我抬起头来，眼中眸光微闪，我问他："我是不是很狼狈？"

他没有应我，倒是转换了话题，道："我去叫警察来帮你做笔录，做完笔录，我们就回家。"

警察在帮我做笔录时，问得较为详细，我告诉他们，我的第一通电话是拨给 110 的，他有些诧异，随意地回了句道："我们没有接到报警中心下达的处警指令，后来是成老师打电话报的警，我们的头儿跟他是同学。"

我一时语噎，未料想到自己的第一个报警电话居然没有成功，但是幸好，打给成墨的那个电话没出大问题，可是，他是怎么知道我所处环境的复杂的呢？

我在做笔录时，不断地分神，成墨是从哪个细节中猜测出来的呢？如果换作是我，成墨给我打这样一个电话，我肯定是一头雾水的。

我侧头去看成墨，他仿佛知道我在想什么，开口道："我一直没有挂断电话，关于地址我只听到了你报的街道，然后我一路打听这条街道上有没有中大型的场馆，今天是不是有很多陌生面孔在附近聚集。"

我面红耳赤，在这次事件中，我本身没有什么错，可是在成墨出现那一刻，我却一直抬不起头来。我妈一直说我自尊心太强了，我固执地认为过往的种种，都不是自尊心在作祟。可是这次事件，我突然发现自尊心受到了强烈的打击，但这个打击跟成墨无关。

　　待我和成墨都录完了笔录、办好手续，走出公安局时，已是下午四点多。成墨拉着我上了他的车，我坐在副驾驶座上，系好安全带，车子便掉头离开了公安局大门。我扭头看成墨，他的嘴唇紧抿，眉中的褶线越发地深刻，似是察觉到我在看他，他侧头扫了我一眼，便又看向前方，一言不发。

　　他是在生气吗？我才在生气呢！

　　我用手撑着下巴，扭着头看窗外的景色，天色有些暗沉，云层很厚，像是又要下雪一般。街上的行人稀疏，但凡这种天气出门的人，无一不是全副武装，脸都遮得只剩一对眼睛。成墨的车子里很暖和，可是我们之间的低气压似是比车外的天气还要冷。

　　我撑着头细细地回想，四年前的成墨在我面前有没有生过气？有没有发过脾气？似是没有！可是现在，他动不动便敢在我面前生气发脾气，这是为什么？

　　车子什么时候进入校区的，我不知道，可是当他路过我家门前而不入时，我才恍然回神，转头对成墨道："不是回我家？"

　　"你不觉得我们需要谈一下吗？"

　　他将车子驶到了他的公寓楼下，停好了车。我一言不发地看着他拉了手刹，熄了火，解下安全带，开门下车，绕过车子来到我这一侧，拉开了车门，上身伸了进来，解开了我的安全带，然后强而有力的手拉着我的胳膊，将我拽出了车子。我听着车门"砰"的一声在我身后关上，脚下便随着他的拉扯，跟他进了他的公寓。

　　他将我按坐在他家的沙发上，然后第一时间开了空调，再将我脖子上的围巾解了下来，室内的温度上升了许多。成墨脱去了外套，穿着一件青色套头羊毛衫，在我身边坐下来。

我觉得稍稍吁了口气，至少成墨坐的是我旁边而不是我的对面，即便我知道接下来他的那一连串的疑问与质问相差无几，但他没坐我对面，我少了许多的压迫感。

"还冷吗？"成墨的神色较之在车上时缓解了不少，我摇摇头。

他将我的手抓过去，握在手心里，眉头又笃起来："可手还是这么冰。"

"一会儿就暖和了。"我将手从他手心里抽出，自己搓了两下，搁在膝上，我想接下来，该问的他还是会问。

"想吃什么？我去给你做点吃的。"

他站起身来，我喊住他："成墨！"

他低下头，我仰着面，我看见他的额发在光线的照射下，在他眉眼处投下一片荫翳。我想看清他的眉眼，便伸手想去拨他的发，他似是明白我的意图，倏地躬下身来，就在我即将触及他的前额时，他突然以急如星火之势吻上了我的唇。

空调发出制暖的声响，如同我血液流动的声响，我似是回到了高三那年，我与他靠在书桌前，他突然吻住我，然后全世界都似乎从我眼前消失了。

我看着他近在咫尺的脸与微微颤抖着的睫毛，这副模样刚好就是我十分喜爱的那副模样。那一年他的脸上还有细微的绒毛，如今他的脸部线条已然刚硬，可是不管是那一年，还是如今，他的亲吻都让我觉得惊心动魄。那些我的嫉恨与计较，那些我的自尊与骄傲，全都同我已感知不到的世界，湮灭成一片虚无。

他抱起我，走向了卧室，他并不温柔，把我随意地扔在了床上。他的床很大，很软，棉被的触感让我内心泛起了涟漪，我竟然有点儿期待。

成墨迎面而下，继续吻着我。他的手指抚上我的头发，从头发到脸庞。不知何时我们都已褪去了衣裳，我在意乱情迷的喘息中，感受到一股浓烈的火冲进了我体内，在我体内燃烧着。我疼痛着，却又兴奋着。

我不知道自己在干什么，我一定是魔怔了。我还没有弄清楚成墨和孙小姐的关系，我还在生气成墨为了报恩于我爸对我的刻意接近，我竟然就这样不管不顾地把自己给了出去。是的，是的，这一刻我想抛开一切，我只想与他融为一体，因为我爱他，我早就爱上他了！

我伸手抱住成墨的脖子，让自己更贴近他，我咬住他的肩膀，流下了眼泪。而他在我耳边断断续续地说："诺诺，我爱你，我爱你……"

这句话从我的耳朵进入内心，我整个人都瘫软了，我情不自禁地叫了出来，这样的声音让我陌生，却让成墨疯狂。

那天，我在成墨家里与他一起吃晚饭，他看我的目光温柔得能滴出水来，我想我的眼神也变了，自我们有了更亲密的举动之后，一切都变得不再一样。之后他将我送回了家，他没有问我任何问题，关于辞呈，关于面试，关于我的若即若离……

后来，我想，其实我跟他之间，也许是沟通的方式不对，他从来不忍心逼迫我，而我总像一头自我催眠的鸵鸟。虽然当时我觉得成墨放我一马，能让我松一口气，可是也许当时他能继续追问，事情就不会变成后来的这个样子了。

有句话说，现在流的眼泪，都是当初脑子里进的水。

我当初脑子里是进了多少的水，如今才会流这么多的眼泪？

而所有眼泪的闸口，就设置在那年冷到最厉害的时节，我的父亲脑溢血了。

在我父亲脑溢血的前几天，其实就已经有了征兆。

那天我回家很晚，成墨照例将我送到家门口，我跟他互道了晚安，他才离去。我进了家门后，发现我父亲只身一人坐在沙发上，旁边开了一盏台灯，见我回来也没有什么反应。他惯常坐在沙发的那个位置，就像我每次回来看到的情景，但是他却鲜少在这个时间还坐在那里。

"爸爸，你怎么还不休息？"我将背包取下来，挂在架子上，我父亲仍旧一言未发。我顿觉怪异，以为他坐在沙发上睡着了，于是走近几步又唤了一声，他才突然醒悟般有了反应。他转头看向我，道："囡囡回来了！"

他很久没有这样叫我了，可是叫完以后，他自然地就像是十几年前。我看他坐在灯旁有些倦怠的面容，便在他对面的沙发上坐了下来。

我和他很多年没有亲近了，即便天天在一起生活、见面，可是我跟他在言语上只有针锋相对。成墨说他终有一天会老去，会消失不见，我明明怨恨着他，可是却难过万分。如今看他迟钝的反应、布满皱纹的面孔，还有那一头不知道什么时候花白的头发，我眼眶突然有些发热。

"爸爸这么晚还不睡，是想和我说些什么吗？"我想这是这么多年，我第一次这样温言软语地跟他说话，主动探询他的想法。

他不知道正在想些什么，我问完话后过了好几秒，他才又回过神来，一双眼难以聚焦地望向我，略带干瘪的唇半张着，似是没有听清我刚说了些什么，便自顾自地问："最近工作还是很忙啊？"

"嗯。"辞职没有成功，我与成墨都不再提辞职一事，我继续安生地替他跑各种各样的腿，打印各种各样的材料与论文。

"成墨送你回来的？"他又追问了一句。

"嗯，他刚送到门口，怕太晚了吵到你们，便没有进来。"

"好，你们……好好的，就好！"我父亲又低垂下眼来，似乎已经沉入了自己的思想当中。

我觉得有些不对劲，便又提醒他："晚上客厅里冷，你快回房去睡吧！"

我父亲又抬起头来，点点头，道："我年纪大了，有点儿失眠，我坐一会儿就睡，就睡。"

我只当他是真的失眠，无法入睡才会如此，可是接下来的几天，他都神思恍惚。

学校给我结算月工资的那天，我正打算去超市买些吃的回家，突然就接到了妈妈的电话，说我爸爸被送进了医院。

他是突发性脑溢血，医生这样说的时候，我跟我妈对看了一眼，我们都自责不已。这不是突发性的，早在几天前，我们都感觉到了他的异常，可是我们却忽略了，只以为他是因为失眠引起的神思异常，却未料到后果竟是这般严重。

成墨是与我一同赶到医院的，在我和我妈束手无策之时，他熟门熟路地找到了曾是他导师的脑外神经科专家，然后换了防菌服，与他们一同进了手术室。

我跟我妈坐在手术室外，我妈一脸的焦急与自责，絮絮叨叨反反复复地讲着父亲这几天的异常："我怎么会忽略了呢？他天天晚上失眠，昨天开始连话都说不清了，我怎么就没想到要陪他到医院来检查检查呢？"

我安抚着她急躁的情绪，内心也是惊慌不安。我跟父亲的关系才破冰不久，他便这般，我现在除了陪伴着焦急的母亲在外面等外，帮不上任何忙。

手术用了七个小时，我父亲被推出手术室时，已经是深夜了。成墨与一堆的医护人员随着我父亲的推出一并出了手术室，他客气地送走了他的导师，才摘了口罩对我们说："叔父的手术算是成功的，但是还是要进一步观察，而且就算清醒了，可能一段时间内意识不清或口齿不灵，还有就是极有可能要长期瘫痪在床了。"

我与我妈都明白，能保住我父亲的命已经是不幸中的万幸了。我妈陪着医护人员将我父亲推进病房中，我慢了两步跟在他们的身后，在我妈看不见的地方泪流不止。

我双手捂着脸无声地哭泣着，有人拢住了我的肩将我拥住，我知道那是成墨，他知道我的哭泣不只是伤心，更多的是后悔……

我父亲醒过来已经是第二天下午了，病房里暖气开得很足，我妈趴在床前睡着了，我看顾着药水瓶，病房里很是安静。就在某个瞬间，我的一个抬眼便看见我父亲睁开了眼睛，他没有发出任何的声音，睁开的眼睛也如同没有焦距一般，瞳孔似是散射的，我来到他的身边，轻轻喊了一声："爸爸。"

我妈飞快地抬起了头，转眼看向我父亲发现他醒了过来，一时喜不自禁，可还未开言，眼泪反而先落了下来。

我父亲好一会儿才似是恢复了一些意识，他看了我妈一眼，嘴巴动了动，却没有发出任何声音来，然后他看向我，喉头间终于能发出一些声响了。他似是在努力，意识到自己的状况时，眼角瞬间就流下了泪来。

我妈哭的时候，我便已努力地在压抑着自己的眼泪，待到看见我父亲的眼泪时，我的压抑瞬间变得徒劳无功，我蹲下身来，跟我父亲道："爸爸，手术是成功的，成墨说不要紧的，会好的，你别着急。"

父亲自醒过来后，身体的各项指标都渐渐地有所好转，医院方面也觉得越来越乐观。我这段时间基本上不再去学校帮忙干活，成墨准了我的假，但也因此他忙得更加不可开交。只不过他再忙，也会在一天中的某个时间抽空来一趟医院。

他来了也不闲着，要么帮我父亲擦身体，要么帮我父亲将满了的尿袋清空，做着如同一个儿子该做的事情。而我父亲，面对着这个他一手养大的人，眼中竟时常带着愧疚的神色。我不止一次发现，已经接受现实的父亲，每次在成墨替他忙这忙那时，眼里又泛出了泪花来。

成阿姨每天都长时间地待在病房里，和我母亲一同照顾着我父亲，只不过我仍然与她有着也许这一世也消除不了的隔阂，她也很少与我交谈。当病房里只有我跟她守着沉睡着的父亲时，我们可以自始至终一言不发，而她对着我父亲时的那一脸愁容，也不知道有几分真假。

随着我父亲病情的渐渐稳定，来看他的人多了起来，多数是他的学生，其中就有久未见面的孙小姐。

我记得那天介绍时，说孙小姐是成墨在英国时的同学，并不是我父亲的学生，却不知道她来探望我父亲又是什么意思。

孙小姐来的时候，成阿姨也在病房中，她热情地接待了孙小姐，我只是礼貌地接过她来探望时带来的果篮，便坐在一旁看着成阿姨殷勤地为孙小姐倒茶递水。我父亲又睡着了，房里的她们都轻声地交谈着，我听孙小姐问成阿姨："阿姨，成墨不来医院帮忙照顾黄校长吗？"

成阿姨道："来的，不过他太忙了，得抽空过来。前两天你过生日，他能跑去参加，已经是很难得了，我快三个月没有和他一起吃过一顿饭了。"

前两天？那是我父亲病情刚刚稳定时，没想到成墨每天来去匆匆的，居然还有时间去应酬孙小姐的生日聚会，我心中顿时便似堵了一阵气，提不起，又放不下。我拿着手机漫无目的地翻来翻去，可是所有心神却落在了成墨的母亲与孙小姐的交谈上。

她们的交谈时间不长，怕吵醒我的父亲，多数就是一些问候，但听得出来，她们的关系确实如同成阿姨说的那般亲密与熟悉。孙小姐起身离开时，在病房门口遇见了我母亲，我母亲要留孙小姐一起吃晚饭，孙小姐婉拒便离开了。孙小姐的行为举止表现得体，可是我的心中却如狭隘地对她诸多不喜。

"孙小姐真是个不错的姑娘，优雅漂亮，情商高，智商也高，也不知道以后谁家的孩子有福能讨得她去。"我妈妈夸奖起人来，不遗余力。

我翻完我的手机也没发现能引起我关注的东西来，于是索性站了起来，对我妈说："我去学校一趟，到时候和成墨一块儿来。"

我妈点点头，成阿姨却在看我时眼中别有深意，不过她的那些深意，我不想去探究。

成墨的实验进入了尾声，大概忙完这一段，可以稍稍歇息一会儿。看得出他虽然仍然很谨慎地对待工作，但神色较之以前要轻松了许多。见我又回到了实验室，他露出个浅浅的笑来，从他的眉梢眼角，可以明显感受出他的愉悦之情。

"叔父好些了吗？"这段时候，他与我的每次见面，第一句开场白都是这句。

我点点头，帮他一边整理桌上的书稿，一边道："如果不出意外的话，医生说过些天可以出院回家慢慢疗养了。"

"嗯，我手边的事情快要结束了，等我忙完了这阵子，我就有时间天天帮忙照顾他了。对了，这段时间这么赶着将工作做完，我还想着等到放了寒假，春节期间开始筹备我们的婚礼。"

我一下就愣住了，这段时间，他是第一次这么正经地跟我协商着我与他的婚礼事宜，就在他母亲找我谈话之后，就在我父亲突然发病之后，就在我还没有任何思想准备的时候。

"我在英国时曾看见橱窗里摆着非常漂亮的婚纱，白纱堆的好似千层雪，我莫名其妙地便进了店里，跟店员询问着婚纱的价格，店员以为我即将结婚，可是那时，我连什么时候能回来都还不知道，你说我多可笑！"成墨顿了顿，又说，"我想，如果我们早一点儿结婚，或许叔父的病会好得更快点，你觉得呢？"

我将收拾整齐的书稿放到桌子一角，然后抬眼来看他，道："刚刚孙小姐去看望我爸了。"

成墨的笑意慢慢收敛了起来，看我的眼里带上了揣测。

"任何人都不是阻隔我们结婚的理由，孙小姐更不是。"成墨如是说。

"任何人，也包括你母亲吗？"我知道我这样泼成墨的冷水有点儿不厚道，可是这些却是现实。

"她也不是！"成墨说。

我还想说些什么，他的学生进了来，我正打算离开，成墨又叫住我，道："一诺，再过半小时，我们一块儿回去。"

我扫了一眼围着他的学生们，在他们八卦眼神中，我点了点头。

我与成墨在我上次带他去的那家店里吃了一顿饭才回的医院。成墨将车子停在地下停车场，我先他一步到病房，当我站到门口时，忽然听到里面有成阿姨的声音。我透过观察窗往里看，病房内只有成墨母亲守着我的父亲，而我父亲醒着。我不想进去独自面对这场景，于是便靠在门口等着成墨，成墨母亲的话便缓缓传入了我的耳中。

"你现在最重要的就是好起来，其实我那天说那话也担心你着急，可是我却没想到会让你急成这样子。这都怪我，你就当没听过我说过那话。我后来想想，这大概就是成墨的命。我原本想着他能做你家的儿子也不错，当然女婿如半子，可我就是怕一诺那性子，她不是真想和成墨结婚。你也知道她，从来看不得成墨好，也许她就是看到成墨有了女朋友要结婚。我是怕她意气用事，你又急了，你别急，我只是这样猜测，我现如今不是对他们结婚也没意见了吗？你赶紧好起来，我听成墨说他打算过年期间将婚礼事宜都安排妥当，所以你一定要赶紧好起来才行，你得在婚礼上让成墨给你跪下来磕头敬茶……"

"怎么不进去？"成墨声音响起时，我才抬起头来，我看着他，冲他一笑，道："我在等你一块儿进去。"

他温润一笑，牵住我的手，与我十指紧扣，然后推开了病房里的门。

病房里的声音戛然而止，成墨母亲转过身来看见我们本欲说些什么，可是她低头将视线落在我与成墨牵着的手上，便又顿了下，然后又道："你们吃过了吗？"

"吃过了，我打了电话给婶婶。叔父怎么样，好些了吗？"成墨牵着我一起到了我父亲的床边，也没松开我的手。

我父亲见到我们，神色带了些许喜悦，但仍旧不能言语，等他的视线落在我与成墨十指相扣的双手时，他又抬眼意味深长地看了我一眼。我冲他微微一笑，他似乎安心了许多，头微不可察地点了点。我侧身看向成阿姨，她的视线一触及我的目光便飞快地错了开去。

我松开了成墨的手，坐在我父亲的床边，替他掖了掖被角，然后缓缓与他道："爸爸你快点儿好起来吧，成墨说他在英国时就准备好了给我买婚纱，你赶紧好起来，看我穿着他给我买的婚纱漂不漂亮好不好？"

我父亲努了努力，又轻微地点了点头。

我与成墨说："你还说过年时我们就将结婚的事情都准备好，可是爸爸还不赶紧好起来，我们要不要推迟婚礼呢？"

成墨原本的一脸若有所思，听我这般说道，转而看向我父亲，问我父亲："叔父，我们的婚礼要推迟一些时候吗？"

我父亲又费劲地轻晃着脑袋，成墨转而看向我，微微笑道："看来叔父会尽快好起来的！"

到了快过年时，我父亲确实好了一些，但是因为天气太过寒冷，我们大多数都只是在家里待着。我家门前的茉莉花被厚厚的雪压着，不知道明年春天会不会还是一片生机盎然的模样，不过我们都没有那个心思去打理它们。家里每天都有一大股的中药味，我妈与成阿姨一天到晚守在厨房，不是在熬中药就是在炖补品。而我与成墨，多数是守在我父亲身边聊着天，家里有着近十年来难得的和谐气氛。

成墨不知道从哪里找来了一本皇历，与我父亲坐在沙发上一页一页地翻着。我父亲目前也只是能坐着点头、摇头，说一些简单含糊的话，手也能抬一抬，但是还是不能自主行走。成墨将他挑选出来的几个日子翻给我父亲看，征询着他的意见，而我坐在一旁削着苹果，然后将苹果切成细碎的小块，用叉子叉上，喂给我父亲。

待我母亲闲下来时，成墨便又找出了本子，与我母亲一并统计着婚礼宾客的人数。我看着成墨兴致勃勃地做着这一切，但我却一点儿想要插手的心思都没有。待他将我父母这边的宾客人数统计好了的时候，转头问我："一诺，你要请哪些朋友来观礼呢？我买的请帖下午应该会送到了，到时候我们一起来写吧！"

"我没什么朋友，就请泼鸿和于海就可以了。"我扭着手指，看着成墨眉间那道皱褶微微加深，忍不住地伸出手指压上了他的眉心，然后冲他微微一笑。他顿时释然，应了一声："好。"

婚礼定在二月初二，宾客请了许多，成墨写请帖就足足写了两天。我妈一得空就站在桌子旁边，低头看成墨一张一张地写着请帖，然后抬眼看一直坐在成墨对面的我，指责我道："一诺，你都不帮一帮成墨，这么多的请帖，得写到什么时候？"

我有写，但只写了两张，一张是泼鸿的，一张是于海的，其余的都是我父母的宾客与成墨的宾客。成墨请了他的师长、同事、朋友，这些人里头的绝大多数我都没听说过，也没见过，但是想想也知道这些人的属性一如成墨，所以我回我母亲道："我书读得少，写的字难登大雅之堂，还是不丢人为好。"

成墨抬眼看我，转而对我母亲道："婶婶，我难得有这么清闲的时候，写写字又不费脑子，我当作给大脑放松减压，不用她来添乱。"

　　我母亲摇头叹息，趁着成墨低头继续写请帖的时候，责备地瞪了我一眼，又走开了。我油盐不进般地不动声响，视线落在了摆在面前的《中国法制史》上，觉得这书可真是难看，看了许久，我都翻不过那一页。

　　腊八节那天，我将请帖送去给泼鸿，原本我是打算与成墨一块儿去的，可是电话里泼鸿却将我们约到了某家餐厅。临出发时，成墨被学校叫去开了一个临时会议，我便一人独自前去赴约。到达餐厅时，却发现只有泼鸿一个人孤零零地在等着我。

　　泼鸿接到我给她的请帖时，才露出了我们见面之后的第一抹笑来，我问她："于海呢？"

　　"分手了。"泼鸿耸耸肩，状似与以往她每次分手后一般，可是她那眼底的阴郁却怎么也掩饰不住。

　　这消息让我猝不及防。

　　我父亲生病后，我对泼鸿忽略了许多，我每天奔波在医院、家和学校之间，分身乏术。即便是父亲出院了，我也是成天守在家中。与泼鸿的几次电话，交谈时间都不长，却未料到在这短短的时间里，她竟与于海发生了这么大的变故。

　　"怎么会呢？明明之前还很好的……是吵架了吗？"

　　"他劈腿了，跟他们医院的一个护士。"

　　我目瞪口呆，尽管不相信，却也一时无话可说。以我对于海前段时间的相处与了解，我觉得那是不可能发生的事。

　　"你也很讶异对吧？可这就是事实，现实总是比想象残酷。"泼鸿又耸耸肩，一脸的无所谓，却自动开启唠叨模式，与我说道，"劈腿便劈腿吧，这些年我也看多了，男人都一样，像成墨这样的能有几个？长得像也不代表内心像。一诺，我真高兴你能和成墨结婚，你不用像我这样，碰到一个又一个这样的人，世界上没有第二个成墨了。"

我无言以对，心中的难过一波一波地涌来，摆在我面前的热茶很快见了底，服务员几次过来续杯，可我仍然觉得渴。

成墨来接我们的时候，我与泼鸿都用完了餐。成墨敏感地发现气氛似是不对，便用征询的眼光看我，我冲他微微摇了摇头，他便不再询问，只是道："我们先送你回去吧，泼鸿。"

"不用了，今天腊八节，我要回家，我妈说晚上准备了许多菜。成墨……你要对一诺好好的，不要让她伤心！"

我的眼眶突然有些热，转过头去，心思不再在他们的对话上。等成墨拉着我一并上了车，我才缓过神来，转头与他道："怎么办呢？泼鸿跟于海分手了，我们的那个约定怎么办呢？明年他们还会和我们再去看银杏吗？"

成墨将车子启动，抿着唇没有说话，他伸手抚了抚我的脸，才将车子汇入了车流。

后来，那一年的约定，就成了一个回忆，不再有其他的意义。

一连串的变故，让我从无能为力到了歇斯底里，我的顽劣从我父亲的病情恶化开始，而我父亲病情的恶化，又是因为那个女人……

大年初五，雪后初晴，成阿姨已有两天没来我家，我本是毫无察觉，直到我母亲不经意地提起，我才注意到这件事。

"可能过年了，她去走亲访友了，我们家事再多，也不能让她天天把重心都放在我们家啊。"我随意跟我妈念叨着。

我妈拧着眉头道："这边又不是她的老家，能有多少亲朋好友啊？等会儿成墨来了，问问他，别是累到了或者是病了。"

"成墨今天去给他的老师拜年去了，谁知道来不来。"

"我听他昨天说让你跟他一块儿去，你怎么没去？"

我看着电视里欢腾的小品，抿着唇默不作声。

这是第二次成墨想将我介绍给他的师友，我又拒绝了，我打心底里拒绝去融入他的圈子。他许多的老师与朋友都跟我父亲有着交集，这么些年来，他们也或多或少知道我父亲有一个叛逆不听话的女儿。虽然当年我一脸无谓地不怕任何人嘲笑，可是现如今的我，却害怕去承受别人异样的目光，因为他们的目光里，常常在对比着我与成墨，常常在衡量着我与他在一起是否般配。

"他是去给他的老师拜年，顺便送请柬的，你这孩子怎么这么懒，这么不懂世故呢？这种事两人一起去才能表现出对他老师的尊敬！"我妈说着说着，便开始呛声。

成墨那一大摞请柬在这个寒假已发出去了不少，他除了要送他所邀请宾客的请柬外，还要送我家这边的请柬。年初七，他还要带着他母亲回他的老家，去给老家那边的亲戚送请柬。

"这两天你不去送请柬就算了啊，等到初七你一定得跟成墨去他老家一块儿给他的老家亲戚拜年送请柬，你要是再不去，我就……"

我抬眼看着我妈绞尽脑汁地想着用什么法子对付我，让我应承下这个事，不由得觉得有些想笑，她要是拿我有办法，我的那些叛逆期便不会有了。

"我会去的。"我应了她。

她才缓下神色来，笑道："这就好！"

我其实早就答应了成墨，在他大年初一将我推在我卧室的门上强行吻我时，我便受他胁迫，答应了下来。因为他说若我不答应，他就要在我房间进行第二次将我生吞活剥的事情，而那时他的手已经探进了我的上衣。任我再如何厚脸皮，也不敢在家这样，万一被我父母知晓了，那得多尴尬？

Chapter 12   >>

与愿望背道而驰的现实

初七那天，阳光明媚，万里无云，路边的雪都化了，是一个走亲访友的好日子。成墨载着我与他妈妈向他的老家出发，我坐在副驾驶，成阿姨坐在后面，后备厢里塞满了要送给成墨亲戚的礼品，塞不下的就放了一些在后座。

一路上我闭目装睡，成墨母亲就一直不断絮絮叨叨地跟成墨谈论着老家那些亲戚的近况。那些从她嘴里冒出来的人与事，都是我全然陌生的，所谓的一些大事也不过就是谁家里生了孩子，哪个长辈去世了之类。

待车子行到乡道时，车子不时地颠簸，让我装着装着便真睡着了。

成墨将我叫醒时，车子已开进了村里，我身上盖了一件他的外套，车子里暖意融融，我觉得一身懒洋洋的。成阿姨将车门打开，外面的冷空气进了来，我才顿觉清醒不少，成墨将后备厢里的礼品拿了下来，领着我，朝一户人家走去。

我们第一家去的是成墨的堂伯父家，那也是与成墨血缘关系最近的一家亲戚了。

等候多时的亲戚们在我们还没进家门时便放起了迎客的鞭炮，我也因为这热闹的气氛，心情好了不少。成墨回头看了我一眼，在进门前，将两手提着的礼品换作一手提着，空出一只手来牵住我。我冲他一笑，他眼底亮了些，带着我进了门。

热情好客的主人家将土特产和糖果摆满了一桌子，虽然都不是些贵的糖果，但很多都是自家做的，我吃个新鲜，而屋子里的人都围着我看个新鲜。

也许我在他们的眼里就是成家的新媳妇了，成墨的堂伯父跟他家的孙儿说我是成墨的新娘子。对于即将成为成墨新娘子的我，被一堆小屁孩闹得窘迫极了，成墨却在一旁不帮腔，但是看得出来，他的心情很愉悦。

成阿姨倒是不怎么愉悦，进了成墨堂伯家就一直拉着成墨堂伯母的手在唠嗑，偶尔凑耳边说上几句悄悄话，仿佛在说着什么样的贴心话。

成墨带着我在村子里兜了一圈，虽然时过多年，但我对这个村子还是有一些印象，像村口的那棵大榕树、榕树下的那口四方井，还有以前成墨给我挖茉莉的地方，我都依稀记得。

之后成墨带我去了他小时候的旧居，那里位置有些偏僻，因为许久不住人，房子虽然还没有破旧不堪，但也是尘埃满地，杂草丛生了。

成墨将房门打开，还能听到房门因老旧而发出的嘎吱声。我小时候跟成墨他们来这里时，还曾经在这里住过一宿，所以跟着成墨进去时，对房子的格局还是有些印象的。成墨一直牵着我的手，将我带进了最里面的主卧室。那是他父母曾经的房间，墙上还挂着他父亲的遗像。屋外的光线透过窗户照进来，室内的光线并不暗，可以看出屋内的陈设十分简陋。

成墨站在他父亲的遗像下，抬头仰望着照片中的人。他跟他父亲有几分相像，因为他父亲过世得早，照片上的模样十分年轻，眼神也很是澄明，我看着照片中的人，突然就生出了怯意来。

"爸爸，我带她来给你看看，她是黄叔叔的女儿，我们马上就要结婚了，我会对她好的，一辈子都好……"

我低下头，不想让他发现我的异样。

他兀自说了许多，可除了前面这些，后面的我都没注意听，等到他说完低头看我时，许是终于发现了我的异样，也未向我询问，便轻轻地将我搂进了他的怀抱中。我们在他父母曾生活过的这间旧房子里相拥而立，只是没多久，他的外套便湿了一团。

我跟成阿姨相安无事地相处了一天，直到晚上，我跟她终于不可避免地发生了冲突。

"你既然决定是真的要跟成墨结婚，那么为什么拒绝睡一床？"她让成墨的堂伯母为我和成墨只准备了一间房与一张床，在我拒绝后，她突然语气不善地跟我较上了劲。我看她那态度，如果今晚我不和成墨睡一床，她定是不会罢休的模样。

可我就是看不得她如此想要算计我的模样，所以当着成墨和他堂伯母的面，我态度坚决地回道："我婚后和不和他睡你都管不着，更别说婚前了。你不想让我睡，我现在就回去。"

说着，我就往外走，外面已经漆黑一片，乡下的夜晚，在没有月亮时，外面黑得不见一丝光亮。我还未走出堂屋，成墨拉住了我的手，我顿下脚步，不去看他的脸，我知道他最是无辜，可是他应该也会预料得到，如果我跟他结婚，婚后他避免不了总是夹在我与她母亲中间的这种情形，如果他现在就意识到了那会有多难，也许他会改变娶我的初衷，如果是那样的话……

还未等我将思绪拉得更长，成墨便用屋子里的人都听得见的声音道："一诺住伯母安排好的房，伯母给我再找一床被子，我就在堂屋里打个地铺吧。"

"那怎么行？这大冬天的，地上冰冷，要是睡出病来怎么办？明天还要开车回去呢。"成阿姨十分不满，边说这话，边用眼神夹枪带棒地看我。

"这样吧，我裹着被子睡在躺椅上吧。"

大家的视线都落在了成墨说的躺椅上。那躺椅很窄，还是竹制的，在这寒冷的冬天，看上去都觉得冷，我有些不忍，可是转眼一对上成阿姨怨怼的眼神，那些不忍便又被我强制压了下去。最终事情就如成墨所安排的那样定了下来。

夜晚，我在床上辗转反侧，总是想着外面躺椅上的成墨会不会着凉。

堂屋那么大，比起小间的卧室要冷上许多，何况这堂伯父家的窗户因年久未换已多处稀疏透风，关上门窗都能在堂屋里听到风鼓进房间的声音。我想着这些，越加难以入睡。我承认我有时候真的挺做作的，我也讨厌这样的自己。

如此辗转反侧许久，直到夜深，我从床上起来，披了件外套，轻轻地打开了门，可是在这深夜，再小的动静还是有着让人难以忽略的声响，也许成墨本就没有睡着。我刚跨出房门，便听得他试探问道："一诺？"

"嗯。"我轻声应道，怕被其他人听见。

黑暗中我感觉到成墨坐了起来，于是赶紧又道："你别起来，我就是上个厕所。"

成墨伯父家的厕所建在室外，离着房子有七八米远，我按着手机的屏幕当作照明，大致都能看个清楚。成墨听闻后，非但没有躺下，反而掀开被子寻了鞋子下来，顺手拿起了外套披上，说道："我陪你去。"

"不用，外边冷，你赶紧睡吧。"我其实并没有多么想上厕所，只是想偷偷看一眼他会不会冷。

他不容分说替我开了门，门一打开，冰冷的空气迎面而来，我忍不住打了个寒战。然而就这么个轻微的寒战，他也敏锐地察觉到了，他伸手探了探我的指尖，又缩了回去。

可就是那一探，我反而察觉到他手指的冰凉，我抬眼看他的脸，手机照射出来的光太过明亮，显得他的脸毫无血色般的冷硬，我知道他肯定是冷的，否则也不会如此浅眠。

他在我手机光芒的照射下微微眯了眯眼，随后将我的手机拿了过去，照向了如墨色般的室外，然后我感觉到臂膀一紧，他将我搂近，我在他的带引下，朝着室外走去。

我们看不见彼此的脸，却能听到对方的呼吸声。在穿过院子中央时，我突然顿住了脚步，暗夜中我感觉到成墨侧头看向我，随后他一直举在手中的手机便照向了我，突如其来的光线让我飞快地眯起了眼来，我所有的表情在他的面前无所遁形。

他将手机光压了压，问："怎么了？"

他的声音低低沉沉，融在这漆墨的寒夜里，像化入了浓稠的咖啡里，低调醇厚。

"成墨，你进屋睡吧。"

他稍愣了下，我又继续说："跟我一起。"

我的声音轻得仿佛并不想让他听见。

但是聪明如他，很快就明白我的意思来，搂着我的手上移，轻轻拨了拨我耳边的发，动作轻柔地安抚，他道："慢慢会好的，你相信我，所有的问题都会解决的，我从不相信命运和祈祷，但我相信时间，就如同以前那些我们不在一起的岁月，我始终相信我只要熬过那些，我就会再见到你。"

他没有正面回答我的问题，却说了这么多，我突然希望能就此停住时光，卸下所有心防，听他慢慢地说更多的话，可是人生总是有大煞风景的人与事。

"你们在干什么？"成阿姨的声音响了起来。

我不语，成墨应声道："我陪一诺上厕所。"

"上个厕所还要人陪！那你们赶紧，外面这么冷，别磨蹭了。"成阿姨不满的语气十分明显。

刚刚我的那些动容，似乎就在她声音响起的那一刻，又被冰封了起来，整颗心不但快速冷却，还长出了密密麻麻的冰刺，自己梗得难受。

我虽然知道成阿姨是成阿姨，成墨是成墨，但是，成阿姨却是我们之间不得不面对的事实，也是我心中永远无法回避的现实。毕竟，她毁了我的整个青春期，影响了我人生的走向。但我那时根本没有想到，在不久的将来，她掀起了我与成墨之间的狂风巨浪。

这晚成墨还是没有与我同榻而眠，他坚持睡在竹椅上。他说与我睡在一起，怕是整晚都不用睡了，那第二天还怎么开车回去？他的话让我脸红，让我的心又回暖了。

第二日的清晨，我听一墙之隔的院落里，成阿姨与堂伯母轻声交谈的言语，断断续续地钻进了我的耳中——

"成墨这孩子是怎么想的呢？放着那么好的对象不要……这个……那语气，日后你怎么受得了呢？"

"都是因为长玥，你知道的，成墨最听长玥的话。长玥那段时间身体不好，担心自己时日无多，嘱咐成墨照顾好他女儿，成墨就一门心思想着只有娶了一诺才是最好的照顾。我后来找一诺说都没用，只得找到长玥去说，让他断掉成墨的心思。可话说得重了点儿，没想到就让长玥犯了病。本来他是答应了我的，说跟一诺说这婚不结了，可他这一犯病，嘴也不能说了，手也不能动了，眼看着这婚事就这么定下来了。我也是没有办法了，都把他叔气急成那样了，我再也不敢说一句让他们断了这心思的话了，只得辜负那孙小姐了，想想这都是命啊！我这辈子最看不得有情人不能终成眷属，但是走到这一步也只得让成墨受委屈了。一诺这丫头的性子，真没几个人喜欢，这么不讨喜的性子，成墨怎么可能会喜欢？唉！"

"成墨这孩子太实心眼儿了，我昨天看着他们两个一整天腻在一起，以为两人的感情是真的好着呢，没想到……"

"好什么呀，他就是为了报答他叔父，其实我跟他说过很多次，这报答没什么必要，我们也不是真承着他叔父的恩，但那孩子就是听不进去，就觉得全世界的人，他唯独不能辜负了他叔父。他之所以回国，也是因为他叔父，他叔父说学校有个名额，问他想不想回来任教，他二话不说就回来了。你觉得他对一诺好，其实他一直以来对孙小姐也是十分好的，否则那姑娘能伤心成那样？前天初五，孙小姐来跟我拜年，专门挑了成墨去给他师长拜年的时间来，我一个没忍住，本想让她对成墨断了那心思，便将请帖递了给她，她当下就哭得坐地上去了。平时那么整齐的一个姑娘，哭得一脸眼泪，我看着都心疼死了。唉！这么些年来，一诺一直对我有很深的成见，她的心思有多重，都不是你能想象的。她是那种宁可毁了她自己，也要达到目的的那种人，我总觉得她这次的目的是想毁了……"

我闭着眼，在被窝里瑟瑟发抖，外面的低语在有脚步声响起时戛然而止，成墨的声音响起："伯母，有没有面？一诺不太爱吃稀饭，我给她下个面。"

我咬牙切齿地忍了那么久，可是这一刻我的泪水倏地溢出了眼眶，流过了耳郭，没进了发间。

初十那天，我接到了泼鸿的电话，她随她妈妈一起回老家过年了，说是给我带了许多的土特产。我敲开她租的屋子的房门时，她抹着手上的水，告诉我她为我备好了一桌的酒菜，约我中午与她不醉不归。

我觉得经过这十多天的时间，她的心情似乎好了不少，也许于海对她的影响也就那么点儿而已，她能想得开，便是最好。

等泼鸿将一桌子菜备好，我们坐下时，她搓着手笑道："本来应该把成老师一起喊来的，只不过我这里地方小，怕屈着他，再说我们两个好久没有说私房话了，趁着你要嫁作人妇之前，咱俩清净地吃顿饭。"

我拿着桌上的饮料往杯子里倒，能跟泼鸿好好地说说话，是件让我很放松的事。这么些年来，我总是只有在泼鸿面前可以做最放松的自己。泼鸿挡住我的饮料，夺了过去，不满道："说好了不醉不归呢，你喝什么饮料，必须喝酒。"

"喝醉了你送我回去啊？"上次喝醉了，是于海送我回去的，然后似乎是从那天开始，我跟成墨谈起了恋爱。

我转动着酒杯，看着泼鸿往里倒红酒。

"一诺，我可能要离开这里了。"泼鸿突如其来地说道。

我抬眼看她，她敛去了之前一直挂在面上的微笑，神色复杂。

"你要搬去哪里？"我问。

"不是搬家，是离开这座城市，我可能参加完你的婚礼就会走了。"

我有些惊讶，她要离开？她离开了，那我怎么办？

"我辞去了医院的那份工作，这次回老家，我舅舅说让我去他的公司上班，当会计。工资比医院这边高上许多，他还帮我找好了住处。"

我低下头，对于泼鸿在事业上有更好的选择，我觉得是件好事，可是我心里却无比地彷徨，空落落的不知道该喜还是忧。

"你别不高兴，我觉得这是件值得高兴的事，以后姐姐我赚钱了，带你四处去旅游，我们说好了要去云南丽江晒太阳，去蒙古草原打滚儿，去马尔代夫裸泳的呢！"

她笑得状似轻松，说起我们以前曾约定的那些行程，慢慢地又笑不出来了。

"反正你快要和成墨结婚了，我也不用操心你了。有成墨在，他总会给你最好的安排与照顾，他也不会背叛你。世界上就只有这么一个成墨，你别再像以前那样对他啊，连我都觉得心疼。"

我动了动嘴唇，想告诉她些什么，可是一触到她的眼神，便又将所有的话悉数吞下。我了解她，她曾因为成墨与我一年没有说话，现在不知道她会不会又因为成墨，与我一辈子都不再说话。

"哎呀，不要这么严肃的样子啦，搞得气氛这么凝重。我知道你肯定是这辈子都要跟成墨纠缠下去了，我特别高兴，我不理你的那一年，其实我是嫉妒你的，我觉得那么好的一个人，你居然还不稀罕，要换作是我，我肯定把成墨牢牢握在手心里，不让任何女人有可乘之机。"

我跟她碰了一下杯，抿了口酒，笑问："那你怎么让那个小护士有了可乘之机？"

我知道我的话虽然还是会刺激到泼鸿，但这一直以来就是我们之间的相处模式。很多时候我们都一致认为，戳对方的伤口，才会让伤口更具免疫力。

泼鸿在喝酒的当口儿明显愣了一下，许是觉得我话题转得太快，于是放下杯子来，意味深长地看我，然后笑道："因为于海不是成墨啊！"

我扶额，问："你究竟有多爱成墨啊？"

她突然又正经八百道："比爱你少那么一点点。"

为了她这句话，我把酒杯里的酒全干了。

　　等我从她家出来时，我已经有点儿醉醺醺的了。泼鸿更是早已不胜酒力，醉卧在她家的沙发上了。我撑着残余的意识走出她的家门，我走了很长一段路，可是越走觉得越伤心。于是掏出手机来，我长按手机，手机很快接通了，成墨的声音在手机里响起时，我醉意昏沉，也不管他在手机里问了我什么，只自顾自地说道："成墨，泼鸿要离开这儿了，怎么办呢？她说等我们结婚了她就走了，我们不要结婚了吧，这样，她就不走了，这样，就不会只剩我一人了……"

　　说完，也不等他再说些什么，我又径自挂了，将手机揣进口袋里，迷迷糊糊地辨识着方向，继续往前走，看到某棵树下有条长椅，顿觉四肢乏力，便寻着坐了上去。

　　我脑子里乱成一团，想起刚刚似乎跟成墨说不要结婚了，突然比起泼鸿要离开这件事还要让我难过，于是一时慌了。而手机一直在我口袋里振动，我掏出来时，它偏偏不动了。我拼命地长按手机，它不给我任何反应。我突然想，我得去找成墨，我要去问一问他，问他是不是真的想和我结婚。

　　我满世界地转悠，终于转到了成墨的家门口，可是拍了半天的门，里面都无人应答。我又去了实验楼，可是那里连个鬼影都没有，我站在秃着枝丫的玉兰树下，晃着我那迷糊不清的脑袋，想来想去，觉得他有可能是去了我家。

　　在我家门外的茉莉花围前，我果然看见了成墨，但也看见了与他并肩而立的孙小姐。在我的脑子还没有反应过来时，我的身体就蹲了下去，躲到了树后。我不是想要偷听他们在说些什么，我只是不想面对孙小姐。在孙小姐面前，我有深刻的罪恶感。

　　成墨和孙小姐说了些话，我离得有些远，意识也不集中，不知道他们说了什么，只是没多久，孙小姐便转身似要离去，我将身子往树旁缩了缩，看着孙小姐就要走出茉莉花围，正想探究她脸上的神情时，突然见她又转回了身，快走几步一把抱住了一直立在花围中央的成墨。

我目瞪口呆地瞧着这一幕，就如同在看电视里常常上演的一幕，可主角中的某一人换成成墨，便让我觉得心脏骤然一缩，心中像是打翻了什么，一股子不愉悦的情绪蜂拥而至。

我闭上了眼，想起了那年初夏，我闯进成墨的校园，看见他一路背着那名一直我都没看清模样的女孩儿，笑语嫣然。如今这种情绪竟和那时的一模一样，就好像所有的事情都在不断地轮回着。一些我以为已经压抑的很好的情绪，其实仍然经不起轻轻地挑拨，我始终活在十八岁那年，始终走不出那个夏天。

再睁开眼时，孙小姐已经离开，我只远远地看到她的背影，她将背脊挺得笔直，波浪般的长发弹动着阳光，即使在这萧索的冬季，她也走成了风景。

除了我的目送，一直站在花圃中央的成墨也一直在目送着她的离去。他站在那里看了她多久，我便在树后看了他多久。我看不到他脸上的表情，可是我却仿佛能感受到他内心的不舍，因为直到他母亲从我家走出来站到他的身边，他都一无所知。

"小米走了吗？"成阿姨顺着成墨的视线望去，成墨乍然回神，应了声。

"一诺还没回来？"成阿姨的声音从来都挺大，自从患了中耳炎后，声音愈发地大了，"你别在这外面一直等了，她玩儿够了就会回来的。刚刚孙小姐进去看了你叔，这会儿你叔的情绪好像不大好，我劝了几句，可是好像更加不如意了，你进去时再劝劝他。"

"妈，你不应该带 Linda 到这里来。"

"她是来找你的，谁让你一大中午的就跑这里来了。人家也没要怎样，说是就和你说几句话，难道就准你对人家姑娘始乱终弃，不准人家对你有始有终啊？"

我呼吸一窒，始乱终弃是怎么一回事？

在他母亲说出这句话之前，我以为我的酒已经醒了，但是此时此刻，我觉得我醉得厉害。我完全弄不清这句话的意思，可是连成阿姨都会用上的字句，我难道会误解了这其中的含义？

我蹲了下来，觉得自己真的天真，我一直以为成墨还是那种背着女孩儿谈笑风生的年纪，我也一直以为他除我之外，不会亲吻别的姑娘，不会与别的姑娘上床。

他们母子的对话又传了过来，成墨的声音大了些，与他母亲争执了起来，语气严肃。

"你不要再去刺激叔父，他才好转，若再受刺激，脑部一旦再次溢血，是不能再进行手术的！"

"我哪里刺激他了？我只是想让他为你考虑考虑。你叔父不像你婶婶那样，一心维护一诺胡作非为，他比你婶婶要明白的多，也就他才能劝得动你，让你明白其实我们不欠黄家什么，你不用非得娶一诺来报恩……"

未等成墨母亲说完，成墨便绕过他母亲，朝着我家走了进去。成阿姨讪讪地消了音，撇了撇嘴跟了进去。

我坐在邻居家的台阶上，隐在矮树旁，一直等到天色暗了下来，等到成墨行色匆匆地从我家离去，我的酒意才全醒了，腿也麻木了。隐隐看到我妈在厨房里张罗晚餐了，有股熟悉的菜香味引诱着我朝着门口走了去。

我进了家门，厨房的动静较大，客厅里空无一人，我朝着自己的房间走去，想换掉身上这条沾满了灰尘的裤子，可是在靠近卧室时，却听到了我父母房里传来了成阿姨的声音。

我差点儿忘了，她还没有离开。

"长玥，孩子不好跟你说，我还是想要跟你说说，我实在看不得孩子受委屈下去了。你没在外面看到那场面，那种活生生被拆散的痛苦，看得我这个做妈的实在是于心不忍。我知道你现在有口难言，我会再去和一诺说说的，你别怪我刻薄了一诺，你知道这辈子你欠了我的，你要是还顾着你那闺女，我就将那些事情说给她听……"

我的父亲肯定万万没有想到，在他病到不能动弹言语时，他还会被成阿姨拿着陈年旧事来威胁他的晚节，所以说，我父亲也算是有报应了。可是我却不能为我这么些年来积压在心里的阴影找到一个驱散的出口，我不想听她的那些肮脏的事情。

我退到了我的卧室里，将门锁上，手止不住地颤抖着。我知道我现在只能忍耐，不能冲进去将她赶出我家，因为我在痛恨着我父亲的同时，我不得不顾虑到我父亲的病情，我不能再如高考时那般任性妄为。

我父亲的精神在成阿姨说了那一番话之后，一日日地又萎靡了不少。我每天给他擦脸、擦手掌，他都没有太多反应，偶尔回过神来看到我，嘴角就会垮下，有的时候还会止不住地流泪。之前他明明都能抬手指点了，还可以含糊地说上些简单的字节了，可这段时间又恶化了，连手都很少动一动。后来，成墨也发现了这个问题，立在我父亲床边，拧着眉头想了许久。

在成墨果断的决定下，我们又将我父亲送进了医院。一番检查下来，发现我父亲颅压增高，医生做了紧急处理，对我父亲脱水以降低颅内高压，我们一家人将婚事摆在一边，又全力在医院折腾着，特别是我妈，不但一脸倦容，还忧心忡忡。

医院里的病房很是安静，只有我父亲的心脏监测仪发出规律的"嘀嘀"声。我妈与我都守在我爸的床边，我妈看着我爸睡着的容颜，愁容满面地与我说："一诺，你爸这情况反反复复的，我真担心！现下你跟成墨结婚的日子一天天临近了，他到时能不能参加婚礼都难说，你说你跟成墨结婚了能不能像电视里说的冲个喜，你爸就会好很多啊？"

"妈，你怎么都迷信了？我想了许久，我想我跟成墨还是不要结婚了！"

"什么？不结婚？"我妈一下就坐直了，也来精神了，一脸的受刺激模样，"为什么不结婚？这酒席也订了，请帖也发了，成墨的房子都重新布置好了，你说你不结婚？为什么啊？关键时刻你可不能任性啊！"

"可是我爸这病这样，我怎么结？"

"可你要是不结婚，这让你爸知道了，指不定会气成什么样。他之前就怕你是儿戏一场，反复问你是不是真的要和成墨结婚，现在事到临头，如果你真是这样的话，你爸肯定会活活被你气死。"我妈压低了声音，用少有的严肃指责我。

我抿唇不语，也许最开始的时候，我说要和成墨结婚是句戏言，可是后来，跟成墨相处的这段时间，我越发觉得成墨在我心里扎根了。

我一直都在纠结，有的时候纠结得整宿都睡不着觉。其实我不想折腾成墨，我想折腾的是成墨的母亲。我原本的计划是，她越阻止我跟成墨结婚，我就偏偏结给她看。可是现在越是临近婚礼，看着成墨为婚礼忙不迭的样子，我却越来越心虚。

那天看见孙小姐与成墨的道别，又听了成阿姨跟我父亲说的那一番话，这几日我纠结得越发不得安宁。我望向躺在床上的父亲，我不知道自从成阿姨跟他说了那番话后，他究竟是想让我和成墨结婚，还是不结婚？

"妈，我爸生病这些天来，成阿姨怎么都没有来过？"

"她也病了，成墨说她这些时间经常头晕。"

我冷然，她的病应该叫心里有鬼！

最终让我决定跟成墨如期完婚的，还是因为我父亲。

那天，在我父亲清醒的时候，成墨将他的床缓缓摇起，让他处于半躺状态。之后，在我们都莫名其妙地注视下，他将我推到我父亲床边的椅子上坐下，然后突然单膝跪地，从口袋里掏出了绒盒，在我面前打开。绒盒里的钻戒在日光灯的照射下闪着星芒，我看着跪在我面前的成墨不知所措。

"叔父，我在你面前诚挚地请求你将一诺交给我照顾，我会做她下半辈子的依靠，爱护她，照顾她，对她不离不弃！"他又看向我，道，"一诺，你嫁给我吧！"

我惶然望向我妈，我妈从成墨单膝跪下时就开始猛抽纸巾狂擦眼泪，这会儿见我看她，她点头如捣蒜。

我又转身去看我爸，透过他略为混浊的眼睛，我看到了他的挣扎，最后他似还是狠狠地闭上了眼睛，点了下头。

我看我父亲这模样，心中一时百味杂陈，他最终还是选择了自私，而我就是他的那份自私。

那么多年来，我曾一味地以为他只对成墨好，只承认成墨的优秀，可是直到现在，我才知道他是会为了护我周全，为了让我这个让他操碎心的女儿有人照顾，他在成阿姨的那番劝解与逼迫后，仍然想让成墨娶我，仍然决定牺牲掉成墨的爱情……

在成墨跪下求婚说完那一番话以后，我已经确定了我不是成墨的爱情，他的爱情，多半是孙小姐。

因为，我至少明白，"爱护、照顾、依靠"这些词，都只能表达他的责任心，从他的求婚言辞中，我没有找到一丝爱慕的意味。就像他母亲说的那样，像我这样不招人喜欢的性格，成墨怎么可能会喜欢上我，他要与我结婚，全是因为我父亲，所以为让我父亲安心，他连求婚都选在我父亲的病床旁。

但是这一刻，我父亲做出的选择，似乎消除了我心中存在了长达十年之久的芥蒂，我心中汹涌翻腾的不是对成墨的情感，而是久违了的父女亲情，这种情感让我止不住地如我母亲般，泪流满面。

最终我的选择，如我父亲一般的自私。我父亲自私地为了我违心地点了头，我自私地为了让我父亲安心，心怀愧疚地接受了成墨的戒指。

Chapter 13

从你的婚礼上离开

我与成墨结婚的那天，我父亲还是没有出院。

我在结婚的前夜，在病房里换上成墨从英国买回来的婚纱，穿给我父亲看。他满眼泪花，情绪有些激动，心脏监测机里的声音不规则地响着。我抚着他的手，告诉他，我会将第二天我结婚的全过程录制下来，婚礼结束了就播给他看，他的精神好了许多，脸上也终于有了些容光，看得出来他十分期待。

第二天一早，天还未亮，我家就忙活了起来。泼鸿为了这一天给我做伴娘，前一夜就在我家睡下。我们一早换好礼服，等到化妆师帮我们化好妆，天才真正亮了起来。

我妈一脸的喜气与焦急混杂着，不停忙前忙后，一会儿找我的胸花，一会儿叮嘱着前来帮忙的亲戚与邻居茶在哪里、水在哪里、糖果在哪里，每隔五到十分钟就会看一眼我家墙上的钟，念叨着接亲的队伍是不是启程了。

泼鸿见我妈这样就笑，安抚她："阿姨，您别走来走去的了，快来坐下吧。成墨他家到这里才多远哪，放个礼炮这里都听得见，您别着急了，他们得按规矩开着礼车先出去绕一圈，不说让这全城的人都知道，起码得让周边的人都知道我们成老师结婚了，那些还宵想我们成老师的姑娘们都可以死心了！"

我妈被泼鸿逗乐了："就你最会开解我了，你这样一说，我就不紧张了。只是活了这么大岁数，自己操办这些事情，总怕有做得不妥当的地方，泼鸿你要是发现了，你得提醒我啊！"

"阿姨，你已经弄得很周全了，除非有人专门来挑刺的。"泼鸿笑着说。

我妈将我的手花递给我。手花是成墨寻来的十分新鲜的茉莉花，据说他还寻了许多，用来装饰新房与花车。我闻着这许多年来我已闻惯了的香味，觉得在今天我对茉莉的喜爱又上升到了新的层次。我妈刚坐下喝了口水，就有人喊她，她椅子都还没坐热就又急急忙忙地忙活去了。

泼鸿陪我坐着，跟我聊天。

"叔叔一个人在医院可以吗？"

"我妈去送了早餐，说我爸今天精神特别好，人逢喜事精神爽，看来这话没错。等会儿快中午时，我妈还会再去给我爸送些稀饭去，我们请了一个特级护工护理着，肯定没事的。"

泼鸿点头道："这就好，希望你这一结婚，叔叔高兴了，病也就好了。对了，一诺，你跟成墨领结婚证了吗？"

"还没有，原本打算前两天去领的，但是我妈找人看了日子，说都不太好，这两个月就今天日子不错。领证这事就等把婚礼办完了，下午去民政局登记。反正我爸病了，我们原本打算去英国旅行的计划延后了，我觉得怎样都可以，不着急。"

"唉，还是好羡慕你，成墨终于在你的碗里了。"

我脸一红，就瞪她。她没皮没脸地笑，轻声跟我说："我特地在网上下载了教学视频，你要不要先学习一下？"

我倒吸一气，泼鸿以为我跟成墨并未尝过禁果，还只是发乎情止乎礼，我对她笑道："你拿去给成老师，让他先学习一下吧。"

"噗！成老师还要学的啊？"

我们俩偷偷发笑，未多时，门口便响起了鞭炮声，我的心就在那一阵鞭炮声炸响时，怦怦地狂跳起来。之前还笑话我妈过于紧张，可是当我知道成墨就在院子里，马上就要进来时，我一下就慌乱了起来。

我不知道我今天的装扮是不是真的漂亮，他给我从英国买回来的婚纱穿在我身上是不是有他预期的美丽，我又摸出了搁在一边的小镜子，镜子里的我比平日里要妖娆。许是这红唇的原因，大眼睛还是一如既往地明亮，长发被挽起，我侧头问泼鸿："我好看吗？"

泼鸿用不可思议的眼神看着我："黄一诺你没病吧？你这张脸有谁说过不好看吗？早上忘记吃药了？"

我忍俊不禁，泼鸿斜了我一眼，将我的头纱放了下来。

我听到外面的声响从院子里转移到了客厅，然后，我的房门被敲响了。泼鸿把着门，问门外的成墨要红包，待她收下了从门缝里塞进来的红包时，才将我的房门打开。

然后我便看见了成墨，我隔着头纱，看他西装革履地立在我房门口，似乎愣了一下。在泼鸿发出惊叹声时，他又回过神来，泼鸿冲他道："成老师，你帅得人间无二了！"

等他走得近了，我才将他的模样看个明白，只觉得他像是自带了光芒，他周边那些随他一同来接亲的青年才俊们，被他的光芒掩盖，存在感要缩回二维世界了。

也幸好有这层头纱，我想可以掩去我因为看他看得痴像的呆萌样儿，可是他一靠近我，第一件事竟是掀起了我的头纱来，然后在众人的尖叫声中亲吻了我的脸庞。

我想我的脸不用抹胭脂，也会嫣红一片，我与成墨从未在别人面前如此亲昵过呢。他退开来时，我少了头纱的遮掩，看他的模样更为清晰。我想我这辈子都会记得这一刻我眼前的这张脸，年轻英俊，美好得独一无二。从今天起，从此刻起，我应当为了这一刻的美好，摒弃掉所有的成见与芥蒂，一心一意与他共结连理。

"一诺，我来娶你了。"他牵起我的手。

我低下头来，在人们的哄闹声中，小声应道："嗯。"

我们在我家中向我母亲敬了茶，我妈一边抹着眼泪一边笑，拉着成墨的手道："成墨，乖孩子，你是我看着长大的，一诺交给你是我最开心也最放心的事了。我相信你会对她好的，也就只有你能包容她的坏脾气。"

成墨改了口，喊了声"妈"，我心中一梗，突然想起等会儿见到他母亲时，我也必须得改口了，但是对着成阿姨，我实在不知道我如何才能喊得出那一声"妈"。

在我家行完所有礼数，就要准备出发被成墨接去新房了。我正欲起身，却被邻居这些阿姨婆妈一把按住，嚷道："新娘子离开娘家不能自己走着出家门，必须得新郎背着或抱着！"

我的笑容瞬间便僵住了，我看了眼成墨，他正弯下腰准备背我。我从善如流地趴到了他的背上，他的背很是宽厚，我突然想起那年他背着别的女孩儿的情形，便很想拧一下他的耳朵，警告一下他，他的这个背以后只能背我，不能再背其他的女人。

泼鸿急忙帮我收起婚纱长长的尾拖，在众人的哄闹声中，成墨背着我走过了客厅，穿过茉莉花圃，送进了迎亲的花车里。

到了车里，成墨依然握着我的手未放开，我笑问："你怕我跑了呀？"

车子前排的摄影师也跟着打趣："成老师这是执子之手，将子拖走！"

成墨但笑不语，我听他长长地舒了口气，握着我的手又紧了紧，然后攥着，放在了他的胸口，看似随意地靠着，可是只有我知道，他的手心里全都是汗。

车子按原定路线又在街区绕了一圈，然后驶回学校，路过我家门口，一路向里，驶到了成墨所在的公寓。他的公寓前围满了学生，矮树丛都系满了气球，学生们制作了祝贺成墨新婚大喜的横幅，将气氛衬得一片喜气洋洋。

人群中有女生大喊："成师母，就算你抢走了我们的成老师，他也仍然是我心中的白马王子！"周围人大笑，肆无忌惮。

成墨抱我下车时，我听到所有的围观人群发出震耳欲聋的欢笑声。礼炮响起，纸屑漫天飞舞，落了我们一身，成墨笑意盈盈地抱着我，向着所有围观的朋友与学生们鞠了一躬，才转身一步一步地拾阶而上，进入他的公寓。

成阿姨并没有在他的公寓里，这让我松了口气，成墨却似看穿了我的心思般，对我说："我妈在酒店，中午我们再一起给两个妈敬茶。"

成墨将我放在他卧室的床上坐下，他的卧室也被布置得十分喜庆。床头挂了一幅巨大的照片，那是我们在银杏树下被于海抓拍的合影。我与他未拍婚纱照，可是挂在他床头的这张照片，却是我觉得我见过最好看的"结婚照"。

中午，我们到达酒店时，我再度见到了我妈，我问她："爸爸怎样了，你有给他看上午的视频吗？"

我妈道："看了，成墨接走了你，我就去了趟医院，你爸精神出奇地好，表情也丰富了许多，手还能抬起来了，我给他看了手机录的视频，他一段一段地看得很专注。唉，他要是能来就好了，也不会缺席了女儿的婚礼！"

我妈从眉飞色舞说到略带伤感。

我听罢，虽然也觉得我父亲未能出席我的婚礼有些遗憾，但听说他因为我的婚礼身体好了不少，又觉得安慰，于是岔开了话题，跟我妈商量着接下来的仪式。

接下来的仪式，就和我曾经参加过的那些婚礼大同小异。司仪说着各种祝福与煽情的话，我跟成墨互戴戒指，跟着司仪宣誓，给双方长辈敬茶，然后丢棒花……中午十二点半，喜宴准时开席。

我换下了白色拖尾婚纱，穿上红色的鱼尾礼服，准备与成墨去席间敬酒时，搁在一旁的手包振动了起来。泼鸿本来还在为没有抢到新娘捧花而略有抱怨，发现我手包里有动静时，贴心地问我："一诺，你手机响了，要不要接了电话再去敬酒？"

我上午接了不少的电话，一些关系曾经不错的同学与同事在电话里抱怨我未送请柬，但还是送上了祝福。还有于海也给我打了一个电话，这是他跟泼鸿分手以来，第一次给我打电话，电话那头他的语气极不自然，我没有时间与他细说，接受了他的祝福后便匆匆挂了。这会儿泼鸿问我要不要接电话，我以为定是某个被我漏请的朋友打来的，本有些迟疑，成墨在一旁道："你先接电话吧，不着急。"

我接过电话，"喂"了一声，电话那头传来一道焦急地女声："请

194

问是 48 床的病人黄长玥的家属吗？"

我心中一个"咯噔"，还是应了声："是的。"

"请你立刻来市中心医院，48 床的病人黄长玥已于五分钟前，经抢救无效，过世了……"

我脑中"嗡"的一声，空白成一片，手机什么时候从手中滑落了出去也毫无察觉。等成墨握着我的肩膀问我怎么回事时，我才看了看我已然空旷却仍然举着的手，不敢置信地喃道："肯定是她恶作剧的，怎么可能呢？我妈明明说我爸好好的，已好了许多，她怎么能说我爸过世了呢？"

"什么？"成墨与泼鸿大惊出声，同时不敢置信地问我。我摇头，觉得自己肯定是被爱慕成墨的女人恶作剧了，肯定是这样的。

等我回过神来想要质问成墨时，成墨已拨通了电话，语气急促地向接电话的对方求证道："陈院长，我岳父他……"

然后我看见他的脸色从急促转为一脸的死灰，再然后他神色复杂地看着我，眼底已是一片悲伤。

强烈的悲痛蜂拥而至，我捂住脸，眼泪瞬间糊了满面，我不能自已地全身颤抖着。忽然，我感觉有人抱住了我，对方身上熟悉的气息一如之前将我背上抱下时身上的气息，是成墨。

我哭着问成墨："我爸爸……我爸……怎么会突然就这样不要我了，我妈妈明明说他快好了的，为什么？这到底是为什么？"

我抽噎着，又挣开了他的怀抱，站了起来，放眼望去，给新人的休息室里就只有我、成墨和泼鸿。泼鸿站在一旁捂着嘴唇哭泣，成墨在我面前红着眼眶，我问他们："我妈呢？我要去问我妈，她是不是骗我！"

我拉开休息室的门，外面已经开了席，喧闹的声音突然冲击而来，我觉得我眼前所有的场景都像是一场浮光掠影的电影，一点都不真实。

我很快找到了坐在上席首位的我妈，她与成阿姨挨在一起，正低头耳语着什么。

我一看见成阿姨，突然眼睛一阵刺痛，我瞬间明白了，明明病情好转的父亲，为什么会突然间会离世了。肯定是她，她今天不在成墨的住处，中午我们到达酒店时她又姗姗来迟，她肯定是去骚扰去逼迫我父亲，去和他说那些让他难以承受的话！我父亲第一次中风、第二次病重，都是因为她，这次的不辞而别，也肯定是因为她！

我冲了过去，席间可能有人发现了不对劲，气氛急转直下，有人站了起来问："怎么回事？"

成墨随着我出来，一边拉着我，一边对我说："一诺，你冷静点儿……"

我突然回转身，一把甩开了他的手，他愣在当场，然后我趁他还未来得及反应过来时，一把推开了与我妈说话的成阿姨。

这一桌的宾客都诧异地看着我，然后其他的宾客也停止了喧哗，偌大的厅里，突然就安静了下来。

"你害死我爸爸了，你终于如愿了，你那些想要逼他阻止我跟成墨婚礼的话，没逼到我，却逼死了我爸！你成功了，成墨终于可以不用再听他的话，不用再娶我，你高兴了吗？！"

我妈站了起来，一手拉住我的手，一手擦着我脸上的眼泪问："一诺，一诺，你这是怎么了，你在胡说些什么？"

我看向我妈，她还一脸的未知，她还在和那个女人亲家长亲家短，我妈该是有多傻，被那个女人耍了一辈子。

"妈妈，离她远一点儿吧！我一直希望你不知道，不知道她有多么丑陋，可是她已经害死了爸爸，我已经不怕告诉你……"

"一诺！"我听到身后成墨带着阻止意味的声音响起。

我想起来了，这件事除了我父亲和他母亲知道外，成墨也是从头到尾都知道的，可是这么多年来，他却仍然尊敬我的父亲，我都好佩服他。

"妈妈，早在我十岁那年，她就勾引了爸爸！你是有多傻？帮她养了十多年的儿子，现在还要和她做亲家。可是她都干了什么？她在我跟成墨要结婚以前，去威胁爸爸，让爸爸不要同意我跟成墨的婚事，否则就要将他们的丑事说给我听！是她害爸爸中风瘫痪，又是她害得爸爸病情加重，今天，她彻底害死了爸爸！"

成阿姨在我直言不讳地指责下，脸色变得煞白，而我的母亲也在我说完最后一句话时，摇摇欲坠，唇白如纸。

成墨急急地扶住了我的母亲，然后转向我，一脸祈求地道："一诺，不要说了，事情不是这样的。"

我闭了闭眼，看向他，事到如今，他还是想维护他的母亲。

"成墨，其实我从来就没有打算跟你结婚，正如你母亲之前所说的，我只是想毁了你。我原本就想着在婚礼上，当着宾客的面抛弃你，让你母亲感受一下我的快意恩仇，只是我没有想到，她竟能如此不念恩情，不惜逼死我父亲……现在她应当满意了，我们这一世，再无可能了。现在，你放开我妈，我要和她去接我父亲了，从此以后，你跟你母亲，请都不要再出现在我们面前！"

我在众多宾客的哗然声中，在成墨惊怔的神色中，搀扶起我妈往酒店外走去，两旁的宾客们用错综复杂的眼神看着我。我的每一步都像走在刀尖上，身后又有一阵骚动，说谁晕倒了，可不管是谁，都不能引起我的回头。成墨的脸色，我再多看一眼都受不了。

我刚才对他说的那些话，都不是真的，可是说了那么多违心的话，我自己却撕心裂肺地疼。我曾经想过如果报复他母亲，我会如何地解气，如何地痛快！可是现在我报复了，却像是耗尽了我的生命般，没有了一丝气力，我如果再回头看他一眼，我肯定会痛不欲生，连走出这里的力气都没有。而且现在我有更重要的事，我的父亲一个人在医院等着我们呢，我现在要去接他……

我与我妈在酒店门外很快拦到了的士，刚坐上车，就见成墨从酒店里奔了出来，在车子启动那一刻，他看见了我们，朝我们追来。我看着他一路追着车子，甚至能听到他的大喊。

我没有提醒司机停车，我不知道司机师傅为什么没有听到成墨的声音，明明整个世界都充斥着他的声音，明明那么地撕心裂肺，司机师傅就一点也听不到吗？

我妈抓着我的手问我："你爸真的过世了？一诺，你确定你不是为了故意砸掉婚礼而在任性？"

我从成墨的声音里跳了出来，看着他渐渐地跑不动了，被车子越甩越远，直到再也看不见，才泪流满面地转过了头来，应着我妈道："妈妈，我不会拿爸爸的性命开玩笑的。"

我多么希望我与成墨的婚礼可以一直举行下去，我与他的婚姻也能一直走下去；我多么希望刚才只是成墨的爱慕者打来的骚扰电话。可惜不是，成墨的那通电话确定了事实就是如此，我再也没有爸爸了。

"那你说的你成阿姨是怎么回事？"我妈追问。

这个说来话长，我得如何跟我妈细说从前呢？不管我妈如何追问，我都只是流泪以对。

到了市中心医院，我妈下车时腿都软了。我们直奔病房，可是病房里已经没有了我爸，护士告诉我们，我爸刚刚已经被推去了太平间。

我感觉我和我妈的世界在听到"太平间"三个字时便轰然坍塌。在护工的带领下，我们到了太平间，那里的低温让我们瑟瑟发抖。护工将某个大抽屉一样的箱子拉开，我看见我父亲就躺在那里，我妈突然就要崩溃了。

她扑过去，搂着我爸跟护工道："你怎么能把他放在这里面呢？会憋到他的，这么冷为什么都不给他盖床被子呢？"

她哀号着，痛哭着，似又想起了什么，低头摇着我爸的身体问他："长玥，你起来跟我说说你跟成墨他妈是怎么回事？我不信一诺说的，但我一直信你，这几十年我都这么信你，你说什么我都信！你告诉我，你是不是骗了我几十年？"

我妈正伤心欲绝，我家的亲戚也赶了过来，大家扶走了她，泼鸿也跟着人群进来找到了我。我看着我爸被亲戚们用白布蒙住了脸，然后被人运了出去，我觉得浑身的力气都被抽空了。我和我妈谁都顾不上谁，对于眼前人影缭乱也完全没有了应对的能力，只能跟着人的指令，如同躯壳般或走或停。

灵堂很快就搭建好了，就在我家的院子里，帮忙的人摘掉我家的大红喜字时，唏嘘不已。

我哭得稀里糊涂时，听到谁说要把门口种的那些花草给铲掉，好空出来办事，心神便一下清醒了不少，于是起身急慌慌地冲了出去，阻止那些拿了锄头正准备开铲的人。

大家被我吓了一跳，许是我之前在酒席上的表现太过惊世骇俗，他们在我夺过锄头时，一下全都沉默地立在当场，怕我再次歇斯底里。

我哑着声音与他们道："各位叔伯，这片园子是我爸生前精心打理的，希望不要这样铲了去。"

"是这样啊，我们不知道，差点儿就以为是些杂花杂草给铲了。没事，没事，我们往旁边再找空地。"有人解围，我谢了他们，转身进屋。

泼鸿将我按坐在沙发上，陪着我坐在我身边，不断地给我递纸巾，有时说上一两句话，我都恍若未闻般，找不着她说话的重点，直到她说："一诺，成墨可能来不了了，他妈妈昏了过去，被送医院急救去了。他打电话给我，说让我在这边多帮忙，他说等你冷静下来了，他再过来。"

"你告诉他不用再来了，我不想在我父亲的葬礼上还要跟他起冲突。"

泼鸿拧着眉头看我，忍了一会儿，她还是未能将话忍下去，对我说："一诺，你觉不觉得你对成墨太残忍了？你在婚礼上说的那些话，连我都觉得难以忍受，可想而知对于成墨来说，那是多大的打击。而且成墨是黄校长养育了多年的，再怎么着他们也有着深刻的感情，你不让他参加葬礼，对他来说有多难过，你有想过吗？"

我沉默应对，泼鸿长叹一声："你跟成墨，简直就是孽缘啊！成墨怎么就死心眼儿看上你了啊？"

我侧头看泼鸿，她被我看得有些发毛。我道："谁告诉你成墨看上了我？我跟他说那些话，你怎么就知道不是帮了他？他没了我家的恩情羁绊，对他来说前面就是一片海阔天空，他想爱谁就能去爱谁，你什么都不知道！"

"但愿只是我什么都不知道，不然的话，我也不想原谅你了！"泼鸿与我戗声。

我知道她就是这种性子，从一开始接触时她就是这样，不管在何种场合，只要是她认为对的，她都会毫不掩饰地说出来，但她却成了我多年来唯一的好朋友。

后来，听说成墨还是来了，趁我不在的时候，在我父亲还未火化前，来看了我父亲最后一面。

我捧着我父亲的骨灰盒时，听到了院子里帮忙的邻居大妈在感叹，说好好的一桩喜事变成了丧事，又说起没想到像我父亲这么好的人居然也会出轨，还说起成墨若不是出轨对象的儿子，该是多么好的一个女婿，最终她们讲起了成墨伏在我父亲遗体上痛哭的事情。

我低头看着我手中捧着的骨灰盒，愧疚不已。我当时也许是魔怔了，恨让我丧失了理智，为了打击成阿姨，不惜口不择言，毁了我父亲的名声，让他在过世后还要遭人议论。我这一生，过得总是乱七八糟。

而我妈妈，因为受了双重打击，情绪低落到了极点，这都是我造成的。

一直到我父亲下葬，成阿姨都没有再出现，这些事情不用我打听，也总会有人传给我听。他们说成阿姨因为受了这么大的刺激，脑部萎缩得厉害，整个人都痴痴呆呆的了。

我听到这消息后，脑中浮现的第一个想法，就是成墨会有多恨我啊！

虽然我一直态度坚定地说不要再让我见到他，但他肯定也是不想见到我的。

我父亲去世后，家里一下变得冷冷清清，我跟我妈两人经常一整天都坐在家里，不知道要干些什么，有的时候一坐就是一天。偶尔邻居亲戚会来串下门，说一些开解的话，可是他们说了些什么，我一个字也没听进去。

夜里我就和我妈睡一床，在黑暗里，我看不清我妈的脸，开始絮絮叨叨地讲述从我十岁以来所见到的那些事情，包括我偷听到的两次成墨母亲在我父亲病重时的对话。

我不知道我妈会不会因为我的这些话而更加难过，但是我终于将这些全部都说了出来，那些像种在我心中的荆棘被我连着血一起拔出，可是拔出来的荆棘，我是不是又扔进了我妈的心中？

我妈沉默地听了半宿，在我以为她睡着了时，她突然长叹了口气，然后喃喃自语道："你这样做，让成墨怎么办呢？"

"成墨自有他的未来，我们不能再搅和他的未来。他在我跟他提出结婚这种要求以前，他其实是和孙小姐在一起的，他们也许本来是要打算结婚的，他还在百忙之中陪她过生日。在成墨忙不开身时，孙小姐去陪他妈妈说话聊天，听说成墨要结婚，孙小姐哭成了泪人。就在半个多月前，我也看到了他们依依惜别的难过。成墨是一个信守承诺有恩必报的人，要让他违背对我爸的承诺，他肯定是不会去做的。他不肯做，那就我来做，所以爸爸过世了，我悔婚对成墨来说，何尝不是一种解脱？"

我说完这些，就听见我妈吸鼻子的声音，她鼻音浓重地说道："都是你，你当初若是不讲那句赌气的话，事情也不会弄成这样，你何必去招惹了成墨，又如此对他！"

"嗯，是我错，我只是，太讨厌太讨厌他妈妈了。每次我看到他妈妈，我就觉得我要跟她打起来，我不能让她还那么心安理得地来我家，来蒙骗你。"

我妈又开始抽泣，道："你这十多年来为什么都不和我说？你看你把自己的人生弄成什么样子了？"

"可是我不像成墨那样聪明，他在知道这一切后，还能安然地与爸爸情如父子。我脑子没有他好使，我只会做一些自毁的事情，来惹爸爸生气。"我停顿了会儿，问我妈，"妈妈，你不恨成阿姨吗？"

我对于婚姻中的背叛，抱着绝不能容忍的态度。从十岁起，从那天下午我与成墨打开我家的那扇门起，那种痛恨便根深蒂固地扎在了我的心中。如果我与成墨结了婚，像那天孙小姐返身投入他怀抱中这种事，我也是绝对无法忍受的。

"可是你爸他怎么会看得上她呢？这些天来，我一直在想这个问题。我看着你爸的遗像，我问了无数遍，因为我始终不相信，你爸爸会对成墨他妈有非分之想。即便是看上了，你爸也绝对不会逾矩的啊！我跟了他这么多年，我觉得我得相信他这一点。"我妈又叹一口气，道，"可也是因为过了这么多年，如果在你十岁那年你就让我知道了，我想就算我不至于和你爸离婚，但可能至少不会有成墨的今天了……"

我妈喃喃自语了好一会儿，声音逐渐地又消了，再一会儿，我听着她均匀的呼吸声，知道她已入眠，我长长舒了一口气。就像是完成了我人生中最难的告解，脑海中已一片空白，很快，我也随我母亲沉入了睡梦之中。

我不知道我妈的心有多大，从那天我们深夜长谈过后，我妈竟收拾掉了之前一蹶不振的伤心，我每天看她又如同往常般买菜、做饭、洗衣、收拾，有些不能理解她的心境。

但是看着我妈这样，我的心也日渐趋于平静了，那些对于我父亲逝去的悲痛心情，也渐渐平复了些。我拿出我的手机，近日拒接了许多的电话，而唯独将一人拉进了拒接的黑名单。我打开我的黑名单，里面只显示着那一个孤零零的名字——"亲爱的成墨"。

我跟他的关系，就像是从一键呼叫转进了黑名单一样，从最亲密转变成不相往来，我给了他最大的伤害与打击，但是正如我母亲所说的那样，他又有什么错呢？

我也唯有祝福他与孙小姐从此喜结连理，有情人终成眷属了。

我再也没有见过成墨，我与他离得最近的一次，是在我父亲过世的半个月后，我重拾了书本在我的房间里做笔记时，听到我母亲在外面的声音，她的声音并不大，却带了些冷漠。我好奇我母亲居然会用这种腔调与人说话，侧耳细听时，才听到我母亲对着来人道："成墨，事已至此，你与一诺，就散了吧，从此再不纠缠，你也不要再来看我了。"

我的心突然就疯狂地跳了起来，我起身贴近我房间的门板，想听听他们会继续说些什么，可自我妈说了这一句话后，便再没有了对话，然后我听得关门的声音，然后，就没有了然后。

我突然特别想看成墨一眼，看看他的表情，看看他的模样，看看他在我那样伤害他之后，他还想要与我说些什么。

可是我终于没有跨出那一步，我妈比我理智，她的做法是对的，我与成墨，最好是散了。

Chapter 14

错过了的纪念日

　　我重新坐回了书桌前，看着我摊开的书本，一看便是一天，可是这一天，我什么都没有看进去，那一页始终还是那一页，我的笔记本上却画满了成墨的名字。

　　泼鸿离开的前一天给我发了一封邮件，她说：

　　一诺，我收拾好行李了，明天就出发，你不用来送我，我们短时间内都不要见面了。虽然我知道你很难过，但是我一点儿也不想原谅你。那天我看着成墨为了避免你情绪激动，无声地在你父亲灵前痛哭时，我就觉得我无法原谅你。

　　我觉得你说错了，你说成墨除了你还有更好的人在等他，我一点儿也不相信。我不知道他要对你有多深的感情，才足够让你将他伤害成那个样子，我只是希望你不要太快后悔，后悔曾经伤害了一个对你如此情深义重的男人。

　　不过，我想你与成墨这一世可能是真的再也没有将来了。成墨的母亲已被成墨送进了疗养院，成墨辞了职，大概也不会再待在国内了，或许这样你们算是扯平了。我想他从此以后会离你远远的，不会再打扰你的生活。

　　我曾经因为他与你置气，和你一年未曾说话，也许这次我也需要这么久来跟你置气，但我应该还是会再理你的，等到我愿意再理你时，我会回到你面前来的。

我二十四岁的春天、夏天与秋天，都是在我闭门苦读中度过的。除了闭门苦读，我不知道我还能做些什么，我没有了父亲，没有了情人，也没有了朋友，可我不能再没有出路。继去年的司法考试失利后，这一年我又重新报考了，而且经过了半年多心无旁骛的学习，这场考试我势在必得。

仅一年的时间，便物是人非。上考场时，我将成墨去年送我的手表拿了出来。手表被我保存得很好，表面不见一丝划痕，时针走得非常准确。我摸着它，它的手感已不像最初接触到它时那般冰凉，似是注入了人气，入手已有了温润之感。

这块表我戴在手上时，经常会不自觉地抚摩几下，有的时候忘记戴了，右手习惯性往左手手腕一挠，挠了个空时，就会产生一种类似于失落的惊慌感。

足足考了两天，去年的这两天，简直就是我的灾难日，但是这次拼尽全力地挨过这两天，也是不易。等考试一结束，我只觉得自己脑袋已被抽空，累得连夕阳下的影子都佝偻了。但是，也是从结束那一刻开始，我惶恐了，考试结束了，我每天要怎样打发我的时间呢？

我每天都将我所有心思扔进了那一本本砖头厚的书里，但仍敌不住每天难以避免地走神，不过通过这种方式，我不用自我煎熬。可是现在一旦不用再看书，人一空虚，那些我刻意回避掉的许多事情又总是莫名其妙地在我脑海中重现，连梦境都不放过。

我经常梦见成墨追着车子在嘶喊，我经常梦见我爸摸着我的头想说些什么却不能言语，我还经常梦见成墨与我在他卧室里的那一次缠绵温存……我想我是不是快要疯了，成墨几乎每天都缠着我。有的时候我醒来发现是一场梦，有种永远不要醒来的疯狂念头，可是大多数时候，我醒来时枕头总是湿了大片。

我想了很久，才打开了我的社交软件，超过半年的时间我没有用过它，它依然静悄悄的，没有人给我留言。我觉得我必须转移我的注意力，我得重新找一件让我为之专注的事情来分散掉我的那些执念。我加了一堆的好友，混了许多的群，可是我仍然经常是对着我的电脑，看着网络上的嬉笑怒骂，满脑子想着成墨……

我唯一每天外出的时候是太阳快落山时，陪着我母亲去河边散散步。我妈六十还不到，一直保养得不错，可是这一年，她老得特别地快，以前她有许多同龄的伴，还曾常和这些朋友一起爬山或者逛街。自从我爸去世以后，她就和她的朋友都疏远了，她不说我也知道，现在我们周边的邻居或者我们的亲戚在看我们时，多少都带了些异样的目光。

这些异样的目光，让我在这一年冬天通过了司法考试之后下了一个决定，我决定与我母亲搬家，搬离这个我们住了二十多年的地方。

我在这座城市与我家几乎成对角线的城区，找了一家律所开始挂所实习。我妈用她与我爸多年的积蓄和我爸的抚恤金，在离律所不远的小区，付了一套七十平方米的小房子的首付。我们将一切安顿好，突然发现这一年又到了隆冬时节。

等到我走在上班的路上，看着道路两边金黄的白桦树叶落满了人行道，才突然想起，我好像错过了一个日子——去年的那一天，在满坑满谷落满金黄银杏叶的美丽地方，我们曾约定的纪念日。

可是，谁会去呢？成墨远在英国，泼鸿去了他乡，我也忘记了，唯一有可能去的就只有于海，可是于海去了也没有意义了。

那不过就是我们信口而约的一个日子罢了，人生中多的是比那样的日子更值得纪念的时光。比起这个纪念日，我更容易想起的是成墨的生日。

我记得那一天我为他过生日的每一个细节，只是今年的那一天，他定是与孙小姐过得更浪漫精彩。我应该心存祝福的，可每每一想及此，却总是心口如刀割般的难过。我很想知道他的消息，想知道他过得好不好，是不是有了幸福与美满可以让我羡慕或嫉妒。可缘分有时候就是很奇怪，一旦断了，就再也寻不到一点儿踪迹，消失得干干净净。

我挂所实习的律师事务所大多都是年轻人，主要接一些侵权与经济纠纷案件。我跟的师父是律所一位年纪较大的赵主任，是律师事务所的合伙人之一，他对版权方面与专利权方面的侵权纠纷比较擅长，门路也挺多。我每天拎着一大堆的材料与他出入公证处与法院，工作十分忙碌，有时忙得连喝水的时间都没有，可是我却乐在其中。

这份工作唯一让我觉得吃力的，是我每天要面对各种形形色色的人。我一向情商有限，面对那些推杯换盏，我总是不知所措。所以，总有那么几次，我会被人劝酒到无法阻挡，喝得醉意醺醺地回家。我母亲见我这模样，便总是担心，与我说了许多次，甚至总是掐准我快要下班时给我打电话，让我下班不要跟着去应酬。

或许没有哪个职业是完美无缺的，做律师其实很多时候靠的就是人脉。律师们每天都把资源挂在嘴边，那些所谓的资源，其实不过就是各种各样、错综复杂的人际关系交织出来的关系网，纯粹靠着过硬的法律知识在法庭上叱咤风云的律师不是没有，但就如同我师父赵律师所说的：每个初出茅庐锐意进取的律师，都会在司法这条激荡的漂流中被打磨成圆溜光滑的鹅卵石，最终都只是时间问题。

所以，我仍旧每天白天像块海绵似的吸取着作为一名律师所需要和具备的各种经验，晚上带着一身酒气还有附着在身上挥散不去的烟味回家。我妈实在没办法了，就逮到了某次我同事崔宁送我回家时，将我同事拖至家中一番促膝谈心，于是从此以后，我有了一位专属的挡酒师。

崔宁是我在律所里关系较好的同事，从他帮我挡酒开始。不过也正因为如此，律所里的同事看我们时的眼里总带了些暧昧的色彩。

时间在我的忙碌中飞逝而过，很快又要到春节了，我和我妈收拾好了行李，将我们的小房子锁好，回到了原来的家过年。

我们这里的习俗是腊月二十四是小年，这一天家家户户都要进行大扫除。我跟我妈趁着这一天的习俗，将时隔几月未住的屋子从里到外收拾了一番。我们从早上一直忙到傍晚，将房子整理得窗明几净，心情也随着越来越干净舒适的环境而变得开阔起来。

书房是我最后收拾的地方，那里书和资料太多，从我父亲过世后我们就很少进来，我总想着要找一个时间将书房好好地整理一下。把书上蒙的灰尘擦干净，顺便也可以看看我父亲在书上做的一些笔记，从他的笔记应当可以解读出他当时看书的心态。只是我虽如此想了很久，但一直碍于备考没有抽出时间来，过了考试又一心扑在挂所实习上去了，直到现在，才空出了时间。

夜幕降临时，我让我妈休息看电视，我一个人就开始去书房整理。

我父亲看的书格外宽泛，天文、历史、地理、杂记、医学等，几乎什么都有，他对书也按照一定的类别进行了排列，每本书都有他翻看过的痕迹。他特别喜爱做注脚，我的学识远达不到他的境界，很多书籍我都兴趣不大，他写的那些注脚虽然我看着立场分明，个人观点强烈，但是看多了，也并无太大收获。

比起这些书籍，引起我的兴趣的，是夹在众多书籍当中毫不起眼的一本胶皮本。那本子看上去时间很久，应当是二十世纪七十年代较为流行的胶皮记事本，黑色的亮皮泛着陈旧的光影，底边有些开裂，翻开来时，里面的纸张页页泛黄，一些页角有些小卷。

那是我父亲的记事本，最初的一页竟久远到他年轻时支教的第一天，那时候，他应当还没有和我母亲结婚。那一页记录的是他在偏远乡下支教时的口号与思想任务，以及他所带学生的姓名。

记录不是每天都有的，大多数记录一些较为深刻的心得，或容易遗忘的事。我翻了几页，便看到了我父亲文字慌乱地记录下了某件事，事情就发生在他在教学之余，还要帮村里义务宣传主流思想的时候。

某日，我父亲正在墙上漆写标语时，被村里的一个几面之缘的姑娘塞了一筐鸡蛋，我父亲未来得及推拒，人家姑娘便跑了，但是因为这筐鸡蛋却引发了一场纠纷，姑娘家人寻上门来，硬说我父亲勾搭人家姑娘，逼迫我父亲给个交代。

我看到我父亲的字里行间都是恼怒与无奈，突然觉得有些好笑，心想着每个人都年轻过，原来我那一本正经的父亲在年轻时也曾如此气窘过。

我又翻了几页，看到那件事有了后续的发展。送鸡蛋姑娘的家人在几日后，从我父亲寄居的农户家中发现了那姑娘的一双鞋，于是事情一下就闹得不可开交，我父亲满页都是蒙冤受屈的恼怒措辞，连笔迹都十分深刻，然后我在我父亲的笔记中看到了一个名字——成规。

我心中一悸，竟似是有了一种奇妙的预感。

成规是我父亲寄居的主人家的独生子，年纪应当比我父亲大，我父亲有时称他为成哥，有时就直接写成规，想必关系应当是不错的。而我父亲的这场困窘，就是靠成规替他解了的，成规称鸡蛋姑娘的鞋子是他偷回来藏起的，与我父亲无关。

我觉得事情一下子有趣起来，索性坐在我父亲一贯坐的书桌前，在台灯下一页一页地阅读了起来。

接下来，事情有了戏剧性的变化，成规娶了鸡蛋姑娘。而我父亲写到这里，鸡蛋姑娘终于有了名字，叫陈雨莲。

我的手猛地顿住了，陈雨莲……陈雨莲不就是成墨的妈妈吗？

我撑着额继续看，从我找出这本笔记的地方来看，我父亲将它藏得这样的隐蔽，相信我妈是没有看过的。

可以看出，从成规娶了陈雨莲之后，我父亲对成规的心态便又不同了。成规对于他的意义明显重要了起来，而且我父亲的字里行间都充满了对成规的愧疚感。

我心中百味杂陈，我一直以为成阿姨是婚后失德，却未料想到她在婚前就对我父亲起了心思。但是就如我母亲所说的那样，我父亲又怎么会看得上成阿姨呢？

接下来我父亲的日记中又是一些其他的琐事，直到翻到他的支教期限快结束时，成规的名字才又进了记录中，而那一页的记录，竟是带了泪痕的。

那是我父亲闯出来的大祸，他将村里的一头牛弄丢了。虽然我也不明白为什么我父亲还要在那里给人看牛，但是我父亲在得知丢牛时，十分地自责与慌张，他甚至写着如果牛找不回来，他的支教任务就无法完成了，也回不去了。而这里我父亲第一次提到了我母亲的名字，说是若再回不去，与我母亲可能也就无法再走到一起了。

我拧着眉头往下看，过了这么多年，我自然知道我父亲是回来了，也顺利地与我母亲结了婚，可是看着我父亲字里行间的忧虑，我也不由得焦急。

"成规被人背下山来时，第一件事就是告诉我牛找到了，可是比起他的腿来，那头牛已经微不足道了！"

也就是在此处，字迹被泪痕晕了开。

成墨的父亲为了帮我父亲找牛，跌断了腿。

再后来记录的便是我父亲回了城的一些琐事，还有与我母亲的一些往事，包括我的出生。我父亲的笔记自我出生时起，大篇幅的内容都是关于我，比如我什么时候翻身、我什么时候发出了类似于"爸爸"的声音、我什么时候长牙了、我什么时候会爬了……

"你怎么说收拾收拾，就坐在这里看书了呢？这么晚了还不睡？"我妈的声音在寂静的空间里突然响起时，我被吓了一跳，抬头时发现脖子僵硬得厉害，才发觉自己在这里坐了许久。

当我父亲的笔记被我一页一页地翻下去时，时光都已经不能被我感应，我全身心地跟着我父亲记录的那些时光碎片在往前走，或笑或泪。我母亲喊我时，我仿若从梦中惊醒，才发现自己沉溺太深，抬腕看手表，时间已经指向了清晨一点多。

我匆匆将我父亲的笔记一收，让我妈去睡，自己也赶紧一番洗漱，回屋去睡觉。可是一躺到床上，我却翻来覆去地睡不着。

我突然有些明白，我父亲这么多年来为什么对成墨会那样好了，可是他却从未提过。我完全不知道他曾有那样的过往，以至于这么多年来我都不能理解他。而自从我发现成阿姨对他有着不一样的情愫时，我憎恨了我父亲那么多年，现在想想，我当时的心胸是不是过于狭小了？

这个念头一直折腾着我，我又起身，悄悄地去了书房，摸索出我父亲的笔记，带回了我的卧室，我裹在被窝里开着床头台灯，又一页页地翻看起来。

我从之前看的那一页继续往后翻，在很长很长的记录里，重心还是描写与我相关的生活。我在被窝里看着那些片段，哭了又哭，床边很快堆了一大团的纸巾，然后我终于翻到了又一个时间节点。

　　起因是成墨的父亲的葬礼。

　　成墨的父亲过世的原因，是因为伤腿溃烂得了败血症去世的。

　　我的心一下就提到了嗓子眼儿，说到底，成墨的父亲是因为我父亲的缘故而过世的。可以想象，当年我的父亲在得知成墨的父亲过世时的心情，是多么的自责。所以说，其实我父亲对成墨再好，那都是一种弥补，弥补他造成成墨年幼失怙的过错。

　　"成春是成家唯一的血脉，也是成哥心中最大的牵挂，我在成哥坟前立下誓言，我要将成春抚养长大，而且定会倾尽心血，将成春培养成才！"

　　所以，其实不是因为成墨家穷得过不下去了，主动来投奔我家的，而是我父亲在还债！

　　后面我父亲的记录里，我的成长已不是他的重心，更多的是对成墨的一些安排与打算，包括替成墨改名字。

　　"墨守成规——孩子永远是父亲的守心砂！"我看到这句话时，突然热泪盈眶。然后，我合上了我父亲的笔记本，再也没有勇气看下去了。

　　第二天早上，我起床后，去厨房喝水时，我妈被我的模样吓了一跳，看着我一脸担忧地问："一诺，你这是怎么啦？你是哭了吗？眼睛肿成这样子……"

　　我看着镜子中的自己，双眼肿得如核桃，就快睁不开了，上次成为这般模样，是在我父亲过世时。我长叹一声，在这大冬天的掬了把冷水洗了脸。经过一夜的哭泣，我想我脑子里进的那些水，又流出去了不少，因为我感觉种在我心上的那片荆棘，不知不觉间就被拔去了。

　　昨晚我反复想了许多，包括回忆的一些细节。我想起了那年我生日过后成墨送我文具盒的下午，我们推开我家家门时，看到了成阿姨吊着我父亲的脖子凑上去亲吻的情形。我一直以为我父亲后来搂着成阿姨的肩，是配合的意思，但现在想想，那应该是他能尽力推开的距离了。只是当时他对成阿姨说他不想让我母亲知道这件事时，我误解了，我以为他是不想让我母亲知道他跟成阿姨勾搭在一起，但其实他是不想让我母亲知道成阿姨一直对他有着别样情怀，否则我父亲收养栽培成墨的誓言，肯定会因为我母亲的阻挠而无法达成。

　　我想我对我父亲是有多么地不理解，才会在后来跟他像仇人一样生活了那么多年，可事到如今，知道得太晚了，我没有办法跟我父亲说一句"对不起"。就在他临死前还在记挂着我的婚礼、未来与幸福时，我都没有来得及让他再看我一眼。

　　这些事情，我又怎么跟我妈去解释呢？那之前我跟我妈说我爸和成阿姨背着她出轨的事情，根本就只是成阿姨的一厢情愿。我当着婚礼上那么多的宾客指责成阿姨时，我同时也毁了我父亲的一世清名，我是一个从头到尾都在给我父亲抹黑的不孝女儿，我不知道我除了哭泣与悔恨，我还能做些什么来弥补我的错误。

　　我和我妈妈过了我记事以来最为冷清的一个春节。我们煮了一大桌子的菜，按照往年一般，鸡鸭鱼肉每一样都不缺少，我在我父亲惯常坐的位置多摆了一份碗筷，我妈看了我一眼，道："自从你爸过世后，你反而变得孝顺了。"

　　她本是无心之言，我却羞愧不已。

　　电视里播报着各地春节的喜庆气氛，背景音乐年复一年地都用着那首《喜洋洋》，每年都一样，可我听的心境每一年都不一样。

　　我跟妈妈相对沉默地吃完了年夜饭，我刚洗完碗，便听到有人敲响了我家的门，我们母女俩对视了一眼，都从彼此眼中看出了疑惑。那些亲戚邀请我们一同吃年夜饭的好意，都已经被我们婉拒了，谁还会在大年三十的夜晚，敲响我家的门？

　　我擦了手去开门，门一打开，光线便打在了来人的脸上，她一脸的笑容，大声地冲我喊着："新年快乐！"

我尚来不及反应，突然就红了眼眶。

"一诺！我回来了。"泼鸿对着不能言语的我，张开了双臂。

泼鸿一把搂着我，就往我家里走，一边走一边说个不停，跟我妈妈问好，还向她问我们的近况。

等我整理好自己的情绪，泼鸿才对我说："一诺，这次还没有一年呢！"

我突然又有些想哭，她赶紧一笑，将随身背包里的东西一样一样拿出来，对我们道哪些是送给我妈补身体的，哪些是送给我的，最后，她拉着我跟我母亲就要往门外走。

"干吗去？"我问。

"外面还有一堆礼物呢，你不想收啊？"

"你带这么多礼物干什么啊？"我边说边随着她往外走。我妈因泼鸿的到来，显然开心了许多。在泼鸿的拉扯下，我们一并来到了家门前的花圃里。

那里确实堆了一堆东西，说是一堆一点也不夸张，那些大大小小、长长短短的，全是烟花。

"我们来放烟花，我好不容易搬过来的，今天我们要把这些全放了，把那些不开心的全送到天上去，以后我们都开开心心的。"泼鸿一个一个地拆着烟花包装，然后往我与我母亲手上一股脑儿地塞。我妈起身说回去点根香来，我就与泼鸿蹲在我家门口，相视一笑。

烟花在我家小院子的上空炸开时，各种颜色的火花四处飞溅，我觉得真如泼鸿所说的那般，许多郁闷都随着烟花的一冲飞天而逐渐消散。我们将所有的烟花全部放完，然后在烟花下面笑得合不拢嘴，这是这一年来，我最为开心的一天，泼鸿说："一诺，会一天一天变好的！"

我也相信，会一天一天变好的。

我跟泼鸿就这样又恢复了"邦交"，我们每天就算不见面，还能像从前一样在网上肆意聊天，就好像什么事都没有发生过一样。我也渐渐没有那么抑郁难过，只是在偶尔提到成墨时，还是会猝不及防地陷入一种类似于想念的洪荒中，但是这又有什么用呢？我想念的或许已是别人的丈夫。

　　过年期间，我给我通讯录中所有的朋友、同事、亲戚都群发了祝福短信，唯独成墨的那个号码我没有发。我的手指在那个号码上方停了许久，我忘记是哪一天把它从黑名单里拖出来的了，它几番进驻我的黑名单，又几番被我放了出来，但是它再也没有给我来过电，也没有短信。它安安静静地在我的通讯录里，丝毫不打扰我。

　　律所不比其他机关单位上下班作息那么严格，我跟我妈过了正月十五才去了新房子那边，而泼鸿是初六就搭着车子回去上班了。我将我在书房里收拾时发现的一些与我父亲相关的笔记以及信件整理好，一并带去了新房子，每每夜深人静时，就又翻出来看看。

　　上班第一天，收获了许多的土特产，除了我的师父赵律师给我带了他家夫人自己酿的香肠，崔宁也送了我大包小包的土产，我将我妈备好的也分给了众人，大家愉快地聊着春节期间的趣事。

　　生活似乎正如泼鸿所说的那般，会一天一天地变好。我重新得到了泼鸿的友情，跟同事也相处得不错，我的社交圈子逐渐有了扩展，工作上的事处理起来也越来越得心应手，我还考了驾照，打算等工作有了起色时，买辆车载着我妈四处去旅行，所以在我的各种忙碌中，时间也过得飞快。

　　泼鸿很少跟我谈及成墨，但偶尔还是跟我说一些她了解到的情况。她说成墨在去年秋天曾经回来过，将他之前安置在疗养院的母亲接出了国，去国外进行治疗并方便照顾。

　　"你怎么知道的？你跟他还有联络吗？"我问泼鸿。

　　"过年时我有跟他发短信啊，他回复了我，于是我就问了他的近况，他近况没有我想象的那么糟。"

　　他的近况，是怎样的近况？我特别想问问泼鸿，但是我问了又有什么意义？

　　清明节，我陪我母亲去给我父亲扫墓时，发现我父亲的墓前已经有人扫过了，而且周边摆放了不少的鲜花。我料想应当是我父亲的学生来此对他缅怀，这也是我觉得有些庆幸的事，证明我父亲的名声还没有被我完全败光。

我将我写的长达十页纸的忏悔书在我父亲坟头烧了给他，我希望他能通过这种方式知道我在向他道歉。我在忏悔书中还详细陈述了我这一年来的成长与收获，告诉他我会努力成为他曾经希望我成为的那种人。

我妈不知道我写的是什么，也不问我，只是与我父亲说了一些这一年我的变化。我在快烧完纸时，又听得我妈像是自言自语地在说道："长玥，我也不知道我那件事做得对还是不对。我将成墨赶了出去，让他再也不要来找一诺，也不要再来看我，他一直是个听话的孩子，我却将怒气撒在了他的身上。他真的再也没有来过，他后来去了哪儿我也不知道，可是后来我常常想起来就后悔，后悔那天为什么要那样说。"

我转头看向我妈，我妈专注地看着墓碑上我爸的照片，仍然絮絮叨叨地说着："我现在越来越理解你那时候的心态了，你这辈子花了那么多的心血在成墨身上，到最后你还是自私了一把，想为了一诺将成墨捆在我们身边。我原本是迁怒于他的，可是我每天看着一诺辛苦地工作，四处奔波时，我想着我不知道还能陪伴她多久，我也自私地后悔了起来，后悔为什么要将成墨决绝地赶走，你和我都知道，这世界上没有任何人能比得上成墨，只有他能护一诺一世安好……

"其实我们都傻，没有你看得通透，你坚持看着他俩举行了婚礼才肯撒手，可是你却不知道天意难违，我们最终都辜负了你的苦心。我很多次想去找成墨，可是一诺告诉我不应该再去打乱成墨的生活，说他心里有别人，但我不太相信，明明我看着成墨与一诺在一起的时候，是那么地心无旁骛，他心里怎么会还有别人呢？

"你若是在天有灵，你要是知道成墨的真心，你就给我们一些提示吧，或者暗中再帮帮你的女儿吧，我不相信成墨对一诺没感情，同样地，我也不相信一诺对成墨没有感情……"

"妈！"我叫住她，她长叹一声，止住了滔滔不绝的话语。我搀了她一把，她一步三回头地离开了我父亲的墓地。

我实习结束，正式成为一名律师的时候，又到了秋天，趁着十一长假，我跟我妈又回到了老房子。老房子门前的茉莉因为缺少了精心的照料，开得参差不齐，没了往年的生机勃勃。周围的邻居见我们回来，都异常热情。

一年半的时光，足够让人看淡许多事情，我妈在这些老邻居们的热情带动下，高兴了许多。我趁着我妈跟人聊天的工夫，在这个我生活了二十多年的校区溜达着。只是溜达溜达，我就走到了成墨曾经住的公寓，那里仍旧一片郁郁葱葱，玉兰树的叶片层层叠叠，我却始终未见玉兰花开。

我想他是不会再回来了。我父亲一过世，他就马上辞了职，去了英国，现在连他妈妈都接走了。他永远不会回来了。

我还记得我们结婚那天，这周边被布置得喜庆极了，现在他离去了，曾经要作为我们婚房的房子，又是谁住了进去呢？

因为我母亲的缘故，我们不再像之前那样好几个月才回一次老房子。我妈称我的工作已步入了正轨，那边也安顿好了，她想多回老房子这边住，同那些老邻居们一起参与一些老年活动。还有我爸生前种的那些花花草草，她想继续照料着，不想每次回去都看得心焦。于是我买了一辆中等的车子代步，每周都回老房子这边过周末，多数时候我就住在这边，等我周末回去看她。她又有了她自己的生活，我很高兴。

我每次回去，都会去成墨的公寓那里转一圈，若中途缺了哪次未回去，或回去了没来得及去那里看上一看，就觉得失落得厉害。我去了那么多次，我一次也没有看到有人从那里出入，但也许是因为我去的时间不对，因为我都是趁着清晨或夜幕降临人烟稀少时才去那里。

再后来，慢慢地我的胆子又大了点儿。我借着晨练，在天色刚带点儿青白时，一路慢跑到了成墨的公寓门口。周围安静极了，除了树上的鸟鸣外，没有一丝声响。我一步一步迈上了门口的台阶，最后就在那台阶坐了下来。

Chapter 15

藏在墙缝里的秘密

"你等了很久了吧？"

成墨一手拎着东西，一手插袋，立在我十步之外，微笑着对我说。

我伸了伸快要麻木的腿，站起来拍了拍屁股，看着他朝我一步一步走近。

"我给你的钥匙呢？"成墨问。

"我忘记带了。"我答得毫无所谓。事实上，成墨不在，我在室内待着还是在室外等着，我都无所谓。

"那你为什么不给我打电话？台阶上多凉啊！"成墨开了门，放我进去。

"我估摸着你就要回来了，试试看你能不能跟我有心电感应。"

"那试验的结果怎样？"

我冲他嘿嘿一笑，不告诉他。

他揉揉我的头发，又摸了摸我冰凉的脸，然后大大的手掌就贴在了我的脸上，一直捂着，宠溺地说道："看来我还是得再备一把钥匙，放在门口左边墙的第三块砖缝里，你下回来，要是再忘记带钥匙，就去那里找，不要让自己进不了家门。"

我在他捂着我的手心里点了点头，他笑着在我的唇上落下一吻。

我在台阶上坐了许久，第一缕阳光洒下来时，我才从回忆里醒了过来。我站了起来，一如当初般习惯性地拍拍屁股，去找成墨说的门口左边第三块砖的砖缝。

那条砖缝并不是很明显，但确实存在，因为被墙面的爬山虎遮掩着，不是成墨提起，根本让人无从发现。我轻轻地抠了抠，找到了成墨藏起来的钥匙，在找到钥匙的同时，还抠出来了一封信。

在我将信抽出来的瞬间，我就知道了这是成墨写给我的。

信的外面，用保鲜膜包裹着，透过保鲜膜，我看到了信封的正面，写着"给我深爱的一诺"。

我站立良久，这封信我要拿走吗？拿走吧！拿走了，成墨应该也不会确定就是我拿走了的。再说，这封信里的内容，此刻对我竟产生了致命的吸引力，我太想知道他是什么时候写的，又写了些什么，我太想知道了！

最终我将那封信迅速地藏进了我的外套里，然后又将钥匙放回了原处。我做贼心虚般，一路小跑回了家，然后躲进了我的房间，将外套里的信拿了出来。

我将信封外面的保鲜膜撕开，发现除了保鲜膜的包裹，信封外层还用透明的胶带一圈一圈地粘好。可以说，我原先设想看完后再将其复原塞回去的想法，基本上是行不通了，我索性用剪刀将信封一端剪开了一个口子，将里面的信拿了出来。

泼鸿说，这年头谁还写信啊，都是直接用 QQ、短信、E-mail、微信，写信这种太考验耐性的事，是二十世纪的沟通方式，太落伍了。可是我在拆开成墨的信时，这种感情带着一定的敬畏，那是任何的社交软件都无法比拟的庄重。

我深爱的一诺：

如果你能看到这封信，我不知道我应该是高兴还是难过，高兴的是我终于将这封信送到你手里了，尽管我知道你能看到这封信的概率极低，但如果你能看到这封信，说明你起码对我还存了一些思念，那么这将是我余生中最为宽慰的事情，但是同时我又会很难过，因为我现在写给你的是一封道别信。

我向你道别，从来没有像今天这样让人难以忍受过。以前我跟你说过，就算是道别，我也从未想过再也不能见到你，我想我忍受了那些所有，我还是会再见到你，可是这一次，我知道是不能了，这次我将我母亲接走后，也许不会再回来了。

婶婶说让我不要再纠缠你，我们之间从此就散了吧，我当时觉得难以接受。可是经过我反复思考，我想也许婶婶说的是对的。

我与你，纠缠了这么多年，我自知我的成长影响了你的人生，如果说我的母亲极为自私，我也如她一般是个非常自私的人，因为我的私心都在于你。所以从前你说你多讨厌我跟我的母亲，多希望我们离开你家，我都死皮赖脸地不想离开。

我不想离你太远，我希望我长大了能成为配得上你的人，我不希望一直做远远地跟在你身后看你与他人谈笑风生的那个寄生虫。我曾在那个时候就偷偷地宵想着，有一天我想与你比肩而行，每天同出同归，你会对我心无芥蒂。

可是事实证明这些都是我的一厢情愿，我一直不愿意去正视我们之间存在的那些问题，包括我母亲的品德问题。我母亲，一直是我在你面前抬不起头的重要因素，我知道她的行为深深地伤害了你，伤害了叔父和婶婶，但是我对她再气恨、再恼怒、再负隅顽抗，却始终无法改变她是我母亲的事实。

我曾经默默在心底对你说了无数遍的"对不起"，但是我却不敢当面跟你说，甚至我百般回避着这个问题，就好像我的母亲从来没有做过出格的事情一样，想要以那般心安理得的心态来面对你。

可是事实就是那样的，那一天你看见了，我也看见了，我看着你愤怒地跑了出去，我觉得我的人生观都被扭曲了。你可能不知道，那一天，我也许比你更恨我的母亲，也是从那天起，我觉得你对我做任何的事，只要能减轻一些我母亲的罪孽，我都是乐于接受的。

人生最美不过十六七，可是在我心里，从你六七岁到十六七岁，又再到如今，一直都是最美的。你八岁那年，从阳台上将花瓣撒我头上，笑得眉眼弯弯时，我觉得你美好又可爱；你十八岁那年，我看见阳光将你的发丝镀上金色的光芒时，我觉得你美得让人心动；你二十四岁，穿上我送给你的婚纱，坐在床边静静等我时，我觉得你美好得让我想落泪……

我将你存于我生命中所有美好的回忆，都埋葬在我们约定的银杏树下。在我们的纪念日那天，我一早就去了那里，在那里站着想了两天，我想也许我的放手对你才是最好的祝福。

我不想承认我是如此不祥，从我进入你家起，便总有一些不好的事情打断你原本美好的生活。所以这次，我要远远地离开你了，我不知道那天在婚礼上你说的那句从未喜欢过我是气话还是真话，但如果你有一丝在乎过我们之间的感情，想要验证我对你的感情，你都可以去银杏树下将它挖出来。我在最大那棵树下正南方十米的地方，埋下了我所有的告解与告白！

而现在我要跟你说告别，一想起这么多年的岁月中，我的心中都盛满了你，要我抽离出这些思念，我觉得如同抽空了我的生命。但就算如此，我还是要与你再道一声珍重，但愿在以后没有我的岁月里，你的人生不再有波折，愿所有的神都给予你最好的护佑，愿你一世幸福安康，他日觅得良缘，儿孙绕膝，白首不离。

诺诺，我在我最好的年纪里，把最缠绵的爱和最深刻的思念，都给了你。

深爱你的成墨

我深吸了两口气，心脏被绞得疼痛不已，是谁揪住了我的心，不断地在往外扯，让我有些难以呼吸。

这封信让我那被压抑了近两年的情感突然找到了一个宣泄口，如洪水般咆哮而来，我一直不敢正视的感情在成墨的剖白下，如猛兽吞噬着我所有的感观，我不是应该释怀的吗？可是那汹涌而来的悲痛又是为了什么？

我妈打开我的房门时，我已经哭得喘不上气了，我妈惊慌地问我怎么了，事实上我也不知道我是怎么了，我就是很想哭，控制不住我的眼泪，也控制不住我心如刀割的痛。我妈用了好大的劲儿才将我的手指掰开，那握在我手里的信已经湿烂成了一团。

我在我们约定的纪念日那天，天未亮就去了车站搭车。最早的班车是早上六点，车子很是陈旧破烂，我随着车子一路摇晃着到达了目的地，远远地便看见了那一片金黄，仿若从未变过的风景。

我在最大的那棵银杏树下站了一整天，感受着成墨说的他在这里站了两天的感觉，也体会着谁也没有赴约的失望。最终，我在成墨信中所写的那个位置，挖了许久，才挖出了他埋下的一个铁皮盒，踩着满地的落叶，搭着最后一班班车回了城。

我抱着那个铁皮盒回到家，我妈打开门看见我第一眼时深深叹了一口气。我擦干脸上的泪水，可是不久又湿了满面。纸巾被我用光了，我就用袖子，等我站在卫生间的镜子前看着镜子里的自己时，我想起了成墨说的每个美好时刻的我，都好像是一种讽刺。

他给我的信一共有近百封，或长或短，我已经拆了好几封，就坐在我也不知道是哪里的路灯下，看得泪眼迷蒙，若不是我妈给我打电话，也许我都忘记回家了。

他以前跟我说他从头到尾就只有我没有别人，我不相信，我总觉得我看到的才是真的，可是读完这些信之后，我知道我是误会他了。从那些字迹久远的信中便已可以看出，我和他之间没有孙小姐，也没有其他人，他从头到尾都只将我摆在了他的心尖上。

我妈问我："你有成墨的电话吗？"

我摇头，我以前只需要长按"3"号键，就能拨通他的电话。这两年来，手机更新换代很快，我的手机早已跟不上时代了，可是我一直没有换掉它，很多时候我只是为了能触摸那个"3"号键。不用按下去，只是轻轻地触摸一番，都会有一种自我的心理安慰，仿佛我跟他之间还有着一丝的联系。

我想时间能治愈一切，时间也能让人成长，这两年我看清了许多的事情，也不断地在反省着自己，心中不再荆棘遍布，但悔恨还是时时在我碰触到旧事时不经意地钻了出来。

又是两年，成墨写给我的所有信件，我几乎封封都能背诵了，每次看时甜也忧伤，支撑着我又挨过了这么多的岁月。就像他所说的，他说他认为挨过了那些，他便可以再见到我，我现在也尝试着像他一般，熬过了这一切，是不是还能再见到他。

他在有一封信中夹带了一根细细的白金手链，那是他在英国留学打工时，用自己赚的第一份工资给我买的手链。他在信中说一直羞于送出，但又说，若是婚后某天用来哄哄生他气的我，也许会有点儿用。我将那根纤细的手链戴在手腕上，再也没摘下来过。

经过三年多的打磨，我的隐忍与勤奋让来找我的案件越来越多，偶尔还能接一些复杂难办的案件。我每天周旋于当事人与法院之间，用我妈的话来形容，就是我像变了个人似的，从一个任性的孩子蜕变成了一个有担当的大人。泼鸿也说我变了许多，笑的时候都带着沉默，沉默的时候就像只活在了自己的世界里。

我大多时候都很忙碌，忙着帮当事人收集各种各样的侵权证据，忙着公证固定证据，忙着跑法院与对方谈和解，忙着出庭诉讼，但总会有一个打破我忙碌节奏的音符跳出，来中断我的一切行为，就比如我行色匆匆路过某个商场时，里面飘来一首歌，会让我不知不觉地驻足原地许久。

亲爱的一诺：

最近我反复听的一首歌叫《漂洋过海来看你》，李宗盛的版本，我不知道这首歌在创作时，有着怎样的故事，但是它却如此贴合我现在身处异国的心境……

商场里播放的便是这首歌。这两年来，我将这首歌听了无数遍，每次都听得落泪，以至于现在只要音乐一响，我便知道就是这首歌，就会放下所有的事情，忘乎所以地聆听完它。

为你我用了半年的积蓄漂洋过海地来看你

为了这次相聚

我连见面时的呼吸都曾反复练习

言语从来没能将我的情意表达千万分之一

为了这个遗憾

我在夜里想了又想不肯睡去

记忆它总是慢慢地累积

在我心中无法抹去

为了你的承诺

我在最绝望的时候都忍着不哭泣

陌生的城市啊

熟悉的角落里

也曾彼此安慰

也曾相拥叹息

不管将会面对什么样的结局

在漫天风沙里

望着你远去

我竟悲伤得不能自己

多盼能送君千里

直到山穷水尽

一生和你相依

　　有一次，我与泼鸿在茶馆里见面，正谈得兴起，茶馆里突然放了这首歌，我就如同中邪般定在了当场。事后泼鸿说我当时就像被抽了灵魂般，一下子就没了笑容与言语，等歌曲结束了，她才明白过来，我竟那么认真地在听一首歌。

　　"这首歌跟成墨有关？"泼鸿问。

我放下茶杯，笑着说："他在他的信中提到过这首歌，后来这首歌就成了我这两年的精神食粮。"

泼鸿看着我笑，半眯着眼睛道："一诺，有的时候我觉得你放下了，可是又觉得完全没有放下，所以说伤人者自伤。四年了，你还没有缓过劲，你都二十七了。"

我知道她的意思，她自己都结婚了，现在就和我妈一样，总是变着法子明里暗里地催婚。每次面对着她们变相地催婚，我就只是笑而不语。

我其实试过，试着能不能用接受一段新的感情的方式，来减轻那些因怀念引起的痛苦。例如崔宁，我在一年半以前接受了崔宁的告白，但是也就一个月，我们又做回了同事。

那一个月让我明白了，勉强自己去敷衍别人来转移注意力，除了加深自己的罪恶感，还让自己对任何事情都失去了希望。那是内心煎熬的一个月，最终我在与崔宁看完一场完全不知所谓的电影后，提出我们不合适。

崔宁似乎也松了口气，挠着脑袋说："我们还是做同事比较舒服。"

我笑道："下回我介绍更合适的女孩儿给你认识吧，你很不错，只不过我心里短时间内恐怕空不出位置。"

"原来是这样！"崔宁笑笑，又问，"可是他在哪儿呢？我认识你两年多了，从没见过这样一个人。"

"我也不知道他在哪里。"我淡然微笑。

"嗯，下回找到他，就不要再错过了。"崔宁如是说。

我未应声，也无法点头，因为没有下回，也没有以后。

到如今，崔宁也快要结婚了，他所好奇的那个人他仍旧没有见到。每每问及，我也仍然不知道他在哪里，崔宁总是质疑我是不是为了拒绝他，而编造了一个借口。

泼鸿说："一诺，我帮你把成墨找回来吧，我三个月后办婚礼，请他来观礼。"

我心中一下就慌乱了起来，忙道："你一直怪我伤害了成墨，你现在又这样多事，到时候别又跟我冷战。"

泼鸿白了我一眼，说："我也就说说而已，说不定成墨都结婚了，请回来观礼也没戏可看。再说，人家隔着千山万水的，凭什么跑这么远回来就为了参加我的婚礼啊？再说了，其实我也没有了他的联系方式。"

泼鸿每次都能把话说得直插我心脏，我得有多大的抗压能力，才能忍受着她接二连三的攻击，不内伤吐血啊！

泼鸿的恶趣味就在此，每次这样打击完我，看我脸上青白交加敢怒不敢言，便很有成就感，然后拍着我的肩对我说她在帮我提高防御值，以免我哪天得了抑郁症。

不过也确实因为经常有她的各种毫不留情地打击，我的心才越来越宽，不再将自己往死胡同里逼。她的方法虽然粗暴，但确实有效。

"虽然我没有他的联系方式，但是我知道我老公肯定有。"泼鸿笑得眉眼弯弯。

"不麻烦于海了，你不觉得你老公最近忙得都快秃顶了吗？"

"有吗？我也觉得他最近脱发脱得有些离谱，你说他是因为要筹备婚礼，所以才压力那么大吗？他不会到时候在婚礼上逃婚吧？都怪你，自从参加过你的婚礼后，我对婚礼都有恐惧心理了，总觉得会有人破坏。不过于海逃婚我也不怕，我们领结婚证了，房子也写了我的名字，哈哈！"

泼鸿像倒豆子般噼里啪啦地说着，自从她跟于海复合后，她就越来越啰唆了。

不过我低头看着茶水中正打着旋儿沉入水底的茶叶时，心思便如同被那朵小旋涡吸过去了般，不由自主地又进入了忘我的境界中。

现在还能跟我提起成墨的也就只有泼鸿了，而能联系上成墨的便只有于海了。

一年半以前，于海从国外进修结业回国，第一件事就是满世界地去找泼鸿，他在我家等了一天，等到我妈将我叫了回去，他问我要泼鸿的地址电话。我被突然来访的他惊到了，也被他又怒又恨的模样给吓到了，支吾了半天不肯说，他气急，对我说："是她骗我，她说她同我在一起就是因为我跟成墨有那么丁点儿相像，她说我只是成墨的替身，是她用来幻想的一个替代品。她说她从未喜欢过我，她喜欢的一直都是成墨，从高中就一直只喜欢成墨。"

"可是，泼鸿明明说你们之所以分手，是因为你劈腿了你们医院的小护士。"我明明记得泼鸿是这样说的，难道是泼鸿在骗我，她是真的喜欢成墨？

"怎么可能？一诺，你与我虽然接触时间不长，但是你觉得我是那样朝三暮四的人吗？我不知道是哪里让她产生了误会，可是我可以很肯定地说，我从来没有劈腿。我一直以为她要跟我分手的原因是成墨，所以在你和成墨结婚时，我还给你打了电话，可是在你的婚礼上，我却不知道是不是要祝福你和成墨，因为你实在不能想象我当时的痛苦和难堪。"

我记得当时于海确实在我婚礼上给我打了电话，但当时他说了些什么，我却想不起来了。

"直到我在进修时再度遇见了成墨，我知道你们的婚礼出了状况，但没想到成墨跟我说泼鸿与我分手的原因不是她所说的那个原因，而是因为她认为我劈腿，我想了许久都未想明白，她为何会误会我劈腿……"

我当时一下就忽略了他之后的言语，满头满脑都是他刚刚提到的成墨的名字，我突然很想问问于海，成墨现在怎么样了，可是那句话在我心中问了千百遍，却是怎么也没办法向于海提及。

我给了于海关于泼鸿的电话和地址，在他要离开我家时，我又补了一句："于海，如果泼鸿跟你说她已经有了男友或者怎样，你都不要相信，她这两年多一直一个人！"

于海笑着朝我点头，然后头也不回地朝着他的目标奔了去。

于海和泼鸿死缠烂打的爱情，我没有过多地去操心，前些时候这对欢喜冤家突然间就跑到民政局办了结婚证，而我一直想问于海的话，吞吐至今，还是没有问出口来。

我想，既然成墨已经郑重对我说道别了，那便是不想我再打扰他的生活。我曾伤害他那样深，我更是无颜立足于他的面前，正如泼鸿所说的，他或许已经有了他的新生活，我又何必再去打听呢？

在泼鸿幸福地准备着她的婚礼时，我的工作也忙得快脚不沾地了，走路都是带风的。每天回家用最迅速的时间洗漱，长发总是来不及吹干，只能吹个半干，一躺到床上马上就能睡着。

律所接了一堆的专利侵权纠纷，原告是国外的 Aino 生物科技公司，他们在中国设立了唯一分公司，就设在我市，专门用于处理总公司的专利权许可。我们所代理的被告方是本市的俊方生物科技有限公司，本来俊方与 Aino 这个分公司签订了专利权许可合同的，但是因为该项专利技术是许多生物制造的核心技术，很多公司都想要利用，而作为我们委托人的俊方公司违约将他们已经获得的专利权又转授给了一堆的公司，天真地以为 Aino 公司不会对此进行追查。但是东窗事发，Aino 公司通过一起侵权诉讼将转授权的源头查到了俊方公司这里来，俊方公司从而被告上了法庭，被要求巨额赔偿。

这个案子原本是我师父接的，但是接来了以后他突然生病进了医院，于是就派了我和崔宁跟进。这官司从明面上看，必输无疑，委托人也自知理亏，但是面对着巨额赔偿又不想放弃挣扎，于是就将难题抛给了我们，要我们一是将审理期限拖长，二是尽量少赔偿。

我跟崔宁为此没少跑原告 Aino 分公司，与他们的法务谈各种各样的和解条件。对方看在我跟崔宁积极的态度上，同意与我方坐下来慢慢谈，但谈到一半时，事情突然出现了巨大的逆转。俊方公司的工程师发现 Aino 公司的这项专利存在重大缺陷，双方一时间就专利是否存在缺陷发生了尖锐地争执，又因为我国的这项技术极为不成熟，无法进行鉴定，法院一时间也无从判决，只得建议我们双方尽可能地私下和解。

俊方公司提议，要和解就先解决专利是否有重大缺陷的争论，而解决的方法，便是我方工程师与法务一同前往 Aino 总公司向专利权人当面进行论证并进行谈判。这就意味着，我和崔宁要跟着俊方的工程师出远门了！

而且这趟远门，是我一直想要去，却从来不敢踏足的地方。

崔宁的英语很好，我恶补了好一阵子，应该也能应付日常用语，所幸我师父称对方总公司的核心团队都是中国人，所以沟通上不会有问题。

和我们一起去的是俊方的年轻工程师，姓戴，大概是年轻气盛，觉得抓到了 Aino 的小辫子了，对于此行十分有信心，誓要将对方的团队辩驳得无地自容。另外还有一名年纪较大的公司经理，姓钟，很是沉稳，又透着些圆滑，是我们这行人马的领队。而我与崔宁的任务便是抓准时机提出最有利于俊方的和解方案，草拟各种文书。

出发前，泼鸿得知我要去的目的地，给我的手机发了一串号码，而没有任何文字，但我点开一看便知道，那是谁的号码。之后从收到这条短信到上飞机，再到下飞机，我将这条短信点开了无数遍，那一串号码就算不看，也能熟记于心了。

下了飞机，出了机场，在等车的过程中，我看着机场外的蓝天白云，深深地吸了一口气。经过这些年的治理，这里没有他信中所说的那么多雾霾，比起国内的空气质量要好。

当这里的空气吸进我的肺里时，我的心也似被充盈的空气抬得扬了起来，再也放不下。那是一种因为接近而不由自主地期待，也是因为接近而突生的小心翼翼。他曾经漂洋过海去见我，如今我也漂洋过海来，却不敢见他。

抵达酒店后，我们就立马准备约见 Aino 公司的法务以及负责人，争取能尽早进行谈判。戴博士准备的论证材料有几十页之多，我与崔宁都是这项专利技术的门外汉，经过这段时间的了解与咨询，只是知道这项专利技术是一种由胰岛素前体制备胰岛素的方法。而戴博士认为这种专利技术存在重大缺陷，存在转肽失败率高、副产物高的问题，严重影响了生产效益，因此此案能否翻盘，就在于戴博士的反驳言论能否击溃对方的工程师。

当然，除了这些，钟经理还准备了一套我国商务洽谈的社交手段，万变不离其宗——请对方吃饭。

崔宁告诉我晚上要与对方谈判代表吃饭时，我有些惊讶，问他："不需要等到戴博士跟对方首次谈判之后再进行社交吗？"

崔宁摇了摇头："钟经理似乎另有打算。"

我心中突然明了，其实钟经理对于戴博士的论证是没有信心的。戴博士的论证只是我们谈判的一个由头而已，一旦戴博士的论证站不住脚，我们的和解将会陷入更加不利的局面，所以钟经理必须提前进行社交。而我与崔宁，也必须在这个时候就要想好万全之策，来促进这次的和解能够达成。

我在赶赴晚餐前，与崔宁先商榷了一番，最终的想法是可能得在晚上的饭局上打一些感情牌，绝对不能因为戴博士将和解的途径给堵上了。

晚上我将自己收拾了一番，特地在这里找了一家理发店，店员将我已经齐腰的长发吹得十分顺滑，然后给我挽了一个干练的发髻，露出我的前额，额上的伤疤极淡，不仔细看已经看不出来，我自己上了点淡妆。

我梳妆完毕后，下楼去大堂跟钟经理他们集合，他们一看见我，都走神了几秒钟。钟经理盯着我，露出欣喜的神色道："黄律师，你果然是你们律师事务所的主心骨啊！今晚你可得加把劲！"

我听得一头雾水，让我加把劲，是怎么个加法？而且，我是靠脸在我们事务所站住脚的吗？本姑奶奶靠的是真本事！我睨了钟经理一眼，没有应他的话，只是笑了笑。

崔宁走在我身边，在我耳边低语："你今晚可能会把对方所有的男士目光都吸引了，那咱们的谈判就会顺利许多吧？"

我瞪了崔宁一眼，臭小子，怎么他也开始拿我的外貌打趣我了？想三年多前，我初到事务所，那时我脸色蜡黄，双眼无神，长发无心打理，随意披散着像个女鬼，跟大家做自我介绍时，只是小部分人有一抹惊艳之色在眼中一闪而过。那时崔宁作为前辈，还跟我说过："在这里长得好看与否都无关紧要，重要的是真本事。"

我们坐上车开始出发，钟经理选的是一家中国餐厅，装修奢华，接人待物的都是穿着旗袍的亚洲面孔，用英语询问了我们第一句，知道我们是中国来的，马上转换成了中文的询问。我们就在服务员的引领下，进了包厢。

包厢很大，中国传统的大圆桌可以坐下十余人，我们比约定的时间提前了一刻钟，我问为首的钟经理："今天约的都是中国人吗？"

"不是，有一半是英国人，但是决策者是中国人，而且据说对中国有着很深的故土情怀，否则今天我们也没办法约得到他。"

我知道英国人做事比较讲原则，正直，不喜欢公事上带上私交，如今看来，钟经理之所以能顺利约到对方，是他功课做得足，竟对那位决策者有着不浅的了解，这样一来，我对这次和解的信心又增加了不少。

就在我们与对方约好的时间即将到达时，对方似是卡了点一般，包厢的门被服务员打开了，我们请的客人到了。

钟经理与我们都站了起来，与来人握手，钟经理热情地将双方都做了一番介绍。对方的团队比较年轻，一共来了三个人，一个英国人与两个中国人，他们直接与我们说中文。

钟经理将客人迎上座位，等我们都坐下时，我才发现圆桌的主位上，钟经理居然没有让对方的决策者坐上去。正在我纳闷儿之时，包厢门再次被打开，我疑惑地看去，首先看到的是服务员白皙的手伸着做恭迎之势，接着看见又有一个人走进了包厢，最后我顿时石化在当场，不敢相信自己的眼睛。

等我自震惊中反应过来时，周围的人都已经站起来了，我仍发愣地坐在座位上。我慌乱地起身，看着钟经理殷勤地将来人迎上了圆桌的主位，对方淡淡地点了点头，大家才又重新坐了下来。

他从进包厢到坐下，眼神都没有给过我一丝余光，我不知道他是不是看见了我，也不知道他何时才会发现我，可是这一刻，我特别想钻到桌子底下去，消失在他眼前。他最好，从头到尾都不要发现我。

大多数时间，我将头埋得低低的，心中却翻江倒海般不得安宁，我万万没有料到我会在这样的情况下，猝不及防地又重逢了原以为这一世也不会再见面的人。

王菲唱过"如果再见不能红着脸，是否还能红着眼……"我红着脸，捡起第三次掉落的筷子时，在抬眼的瞬间，对上了坐在我正对面他的眼。

我们对视的时间不超过两秒钟，他很快移开了视线，面上一丝表情也没有，我的慌乱在他眼中定然很是可笑。

"你怎么回事？我们说好的打感情牌呢？"崔宁凑我耳边，与我耳语道。

我想对崔宁笑笑，可是觉得我笑的肯定比哭难看，便又收了起来。我早就把那些我们事先约定好的对策，忘到九霄云外了，我连自己的眼睛都不知道该往哪里看，我的视线始终都保持着不超过圆桌的中心。我要如何跟崔宁说，还没有开始谈判，我已经败下阵来了呢？

而最让我无地自容的，是听着钟经理与坐在我对面的他，谈起他们公司在转授专利权时的苦衷与无奈，我竟觉得这些原先我们就商量好了的说辞，正在此时嘲讽着我摧眉折腰事权贵，为了一方利益，而无视于承诺与诚信。

一切都只因为坐在我对面的这个人，这个四年来让我不断从梦中笑醒，又不断从梦中哭醒的人；这个曾经很熟悉，如今很陌生的人；这个我每天都想见到，但真的见到了我又想躲避的人——

成墨！

Chapter 16

相望谁先忘

　　在成墨面前，我的诚信体系瞬间变得薄弱而透明，他的淡淡一瞥，我便自惭形秽。

　　这些年来，我帮助过多少因为违约失信而遭起诉的人，在法庭上与对方唇枪舌剑，可是只有这一刻，我是如此羞愧。我没想到我与他的重逢，竟让他目睹了我的不堪。

　　我曾多少次嘲讽他因为我父亲的资助而没骨气地赖在我家，他是不是也可以像我当初那般来嘲笑我，有一天我为了三五斗米，而违心地帮人洗刷掉失信的污浊，同样活得卑微不堪。

　　席未过半，我的心思已百转千回百味杂陈，思绪已不知道绕了多少圈，各种各样的揣测齐齐涌上心头，从头到尾，我竟一言未发。崔宁最后都被我气笑了，看我的眼里满是无奈与不解，我都不好意思跟崔宁说，我的大脑已经完全不能思考工作上的问题，我的语言组织也不受控制地罢了工，连我的动作协调能力也下降到两三岁了，我要如何去配合他的演出呢？

　　席间，不乏敬酒环节，我完全处于被动状态。而崔宁可能这几年帮我挡酒挡习惯了，见我三杯下肚后，就主动替我挡了些酒，我猜他心中对我定是翻了许多次白眼了，但是我也不知道要如何跟他解释。

　　钟经理对我使眼色，让我去敬成墨，我以为我假装没看见钟经理的眼神就能躲过去，可不料钟经理竟然开了口："成博士，我们的黄律师要敬您一杯。"

　　钟经理一边说着，一边伸手拉住我的胳膊，把我往成墨面前拉。

我拿着高脚杯的手有些颤抖，嘴唇也在发抖，眼睛不敢看他，目光无焦点地四处飘着。当我站在那里实在不知如何反应时，崔宁走了过来，他不着痕迹地挡在了我面前，笑着对成墨说："成博士，您的大名如雷贯耳，我当年还在上学时就听说过您了，我敬您。"

我偷偷地并迅速地看了成墨一眼，只见他微蹙着眉，脸色不太好看，沉默了许久，终还是不急不缓地拿起酒杯，跟崔宁的酒杯碰了一下，轻抿一口。崔宁依旧保持着笑容，一口气干了。

以今晚崔宁的表现，我觉得他不做销售都遗憾了。

最后我不知道是怎样回到自己的座位上的，反正成墨的视线一直没有在我身上停留过，也让我稍微放松了点。

一顿饭吃了一个多小时，大多数时候都是钟经理与崔宁在与对方进行周旋。作为对方决策者出现的成墨很少说话，直到席毕，我们把他们送到餐厅门口时，他也只是与钟经理点了点头，道了声："止步。"便头也不回地上了车，绝尘而去。

钟经理看着远去的车子，长叹一声，此时才露出一些倦容来，看来与成墨的周旋，让他觉得十分吃力。

"戴博士，相信你通过今天晚上，对对方这些谈判代表应该有了个初步了解了，我希望你的质疑能够在他们面前站得住脚。在我看来，在明天的会议上，他们的态度不会软化，你的观点现在对于我们很重要！"

"我知道。"戴博士应了声，可我却分明在他的眼中看出了一丝惶惑。

"专利技术的发明人其实就是成博士，所以明天的会议，他会是接受你的质疑并进行答疑的首席谈判者，但又因为他在 Aino 公司有着举足轻重的地位，所以我们的态度也是很关键的，既要硬得起来，又要维系着良好的沟通局面。"钟经理继续交代着戴博士明天谈判的注意事项。

我从他们的言谈中，提取着关于成墨的只言片语，然后在心中不断回荡的声音便是：明天的谈判会议中，我还会再见到他……

第二天的谈判我们又比约定时间早到了一会儿。经过一个晚上的心理建设，我对于今天要再次见成墨这件事，还是怀揣略为复杂的心态，但是我不允许自己再像前一晚上那般失态。他不是老虎，我也不是小兔子，我不用见到他就感到害怕。

会议室打开时，成墨领着 Aino 公司的一行人鱼贯而入，我看着他步履沉稳、波澜不惊的模样，马上挺直了背，做好了备战姿态。

我们的策略是先抛出和解意愿，再谈其他。所以，我与崔宁在大家寒暄完后，立马就将我们的和解意愿摆了出来，我正色向坐在谈判桌对面的成墨道："成博士，俊方公司授予我们对此事全权代理，因此我们的意思是想与 Aino 公司最好能和解，不要伤了和气，我们还是希望能继续与 Aino 公司进行合作……"

"我倒是比较感兴趣戴博士提出的质疑意见，你们不妨先将对于这项技术的质疑提出来，或许因为技术缺陷，我们还有可能要向你们承担违约责任，这都未为定论呢。所以，还是戴博士先质疑吧，由我来答疑。"成墨打断了我的话，一脸公事公办的模样。很显然，他并不想给我们什么和解机会，尽管他说得迂回，但是意图已经很明显了。

我止了话语，侧头看戴博士，戴博士早已准备好了，眼中闪着跃跃欲试的光芒。待成墨一说完，他便整了整手中的资料，开始列举他对该项专项技术进行研究与实验过程中所发现的各种缺陷，为了证明他的论证真实成熟，他用厚厚的一摞实验结果进行了论证。听上去，他的论证过程十分扎实。

待戴博士论证完，整个会议室都陷入了一种极为安静的状态中。成墨从戴博士一开始进行论证时，就低头认真地用笔在纸上记录着一些什么，趁着他低头这段时间，我才敢将目光一直投注于他的身上。我与他四年未见，昨天虽然已见过一次，可是我却一直不敢看他。如今的他，内敛了许多，连表情都淡得没有了起伏。

戴博士坐了下来，我急忙收回视线，眼观鼻鼻观心，没多久，就听成墨开始说话，他的声线更加的低沉，有着直击人心的分量。

我低着头想，光是听他的声音，也有着极大的满足感。这四年来，我有时特别想听听他的声音，以前的那个老式手机"3"号键都要被我磨得看不见字迹了。可是明明知道就算按了下去也接通不了，我还是不敢按。

这两天的偶然重逢，我想足够我回去怀念上许久了。

"……所以，通过以上的论证，我相信戴博士应该明白了你们的失误在哪里，需要我再提供论证报告吗？"我听着成墨在发表了一堆用专业术语堆砌的论述后，做了总结性发言。

我侧头去看戴博士，戴博士的脸色已经一片灰白，我心中一叹，已经可以预见我们的这趟公差要无功而返了。

"那么，我们接下来谈和解部分吧！"成墨在我们这方沉默了好一会儿后，突然主动提了出来。

我与崔宁飞快地对视了一眼，我从他眼中看到了瞬间被点燃的亮光，他一下就变得积极了起来，将我们事先准备好的和解方案一一说给对方听。

等崔宁讲完了和解方案，对方的几名谈判代表交头接耳了一番，最终汇总了意见，在成墨耳边一阵耳语，成墨才放下一直撑着下巴的手，坐正了，眼睛平视钟经理道："我们统一了初步的意见，觉得贵公司提出的和解方案，我们都不同意。贵公司泛滥授权的行为对我们造成了较大的损失，我们在追究违约行为的同时，可能还要解除与贵公司的合约。不好意思，让几位白跑一趟了。"

对方显然是没有给我们留一点情面，前一天晚上钟经理的公关完全没起到任何作用，人家还是公事公办的模样。正待我们错愕之时，成墨一行人已站直了身，不再赘言地返身而出。钟经理慌忙站了起来，急走几步试图跟上成墨再挽回一些局面，但却被人制止了跟随的脚步，于是只得垮下肩，剩一脸菜色。

对于这个结果，我与崔宁都很失望，同时也无能为力。俊方高层给我们的最大权限我们都用上了，本来以为靠着戴博士的质疑能为我们争取一些有利局面，却未料到事情弄得更糟了。如果 Aino 公司要求单方面解除合约的话，那对于俊方公司，将会是毁灭性的打击，但是这也要怪俊方公司，自己的不诚信带来的后果，自己应当承担。

回到酒店后，我与崔宁都已经做好了打道回府的准备，收拾好了行李，正想询问钟经理关于回程订机票的问题时，钟经理从谈判结束后就一直未松开的眉头又紧了紧，对我们说："我不能让俊方就这样完了，我还是得再找一找成博士，我相信他的一句话就可以完全挽救我们的局面。我可能是没有找到窍门，他应该是有可能给我们一个机会的，好歹他跟我们还是同乡啊。一定是有办法的，我们再等上两天，我去想办法找找他的私人号码，我们必须再约见他一次。"

我张口欲言，可是话到嘴边又止住了。我理解钟经理的焦虑，但是事情在我看来，回转的余地较小。我在谈判结束后就打了越洋电话给我师父，我师父也表示这也怨不得人家，完全是俊方公司咎由自取，官司如果不能和解，就只能等着败诉了。

我跟崔宁便在酒店里等着，所谓拿人钱财与人消灾，我们尽人事听天命，未等到钟经理发话说回程，我们不能抽脚离开。

在酒店里等了一天，傍晚时这边下起了淅淅沥沥的雨来。崔宁本说明天若是还不能回程，我们就去外面逛逛，反正不能完全白来一趟，但是天公不作美，看来出去逛逛的想法也是要泡汤了。

晚餐时，钟经理仍然还是没有什么头绪，看着他愁眉不展的模样，便已经知道他这一天肯定是穷极了他的办法。

"我还从来没有碰过这么难碰的钉子，居然连一个私人电话都要不到。"钟经理放下刀叉，他面前那份带血的牛排几乎没怎么动过。

我心中一叹，还是忍不住跟钟经理道："钟经理，我可能有成博士的电话。"

他倏地抬头，眼中光芒大盛，有些不敢置信的模样，确认道："你说什么？你有成墨的电话号码？"

我犹豫着说："只是可能。"

钟经理全然没了之前的肃穆模样，伸手向我要道："快快快，不管可能不可能，都要试一试！"

我从手机里翻出泼鸿发给我的短信，报给了钟经理，他慌张又激动地拨着号码，然后静待接听，只是没一会儿，他就拿下了手机，对我说："关机！"

"你有报错号码吗？"钟经理问。

我将手机短信拿给他看，他对着短信上的号码一个一个数字地按好，再次拨打，还是关机。

"会不会，这真的可能不是他的号码？"钟经理问。

我摇摇头，道："我不知道，我没有拨打过。"

钟经理看着我的短信，神情从之前的神采奕奕慢慢转换成了萎靡，然后他竟长按了我短信上的号码，直接用我的手机拨号。

我本来有些不太愿意，我虽然开通了国际漫游，可是他们俊方公司可不给我报话费，最重要的是，我看了那么多遍都不敢拨打的号码，他凭什么拿我的手机就这么轻易地给成墨打过去啊？

钟理经将我的手机凑到耳边，静静地听着，听了许久，然后又奇怪地看了眼手机屏幕，再把手机举到我面前，问我："你的手机坏了？一点声音也没有，连对方关机的提示也没有。"

可是我看着那已经拨通的电话，上面明明已经在记录通话时间了，怎么会没有声音呢？

我好奇地接过电话，凑到耳边，手机里确实一片安静，没有任何的声响。

"咦？坏了？"我嘟囔一声，正欲再拿下手机确认时，突然就耳尖地听到了里面一声轻微的叹息。我的心突然狂跳起来，在座的几位似是察觉到了我的异常，全都将注意力放到了我的身上，我抬眼看了一眼钟经理，他万分期待地看着我，比着口型问："接通了？"

"成……成博士？"那一声"成墨"我差点儿便要脱口而出了，到了口边才生生改了称呼。

可就在我才喊出这个称呼时，手机里传来了提示音，告诉我对方挂了我的电话。

钟经理见我将手机放下，一脸的焦急，问："怎么回事？"

"我也不知道，好像还是没有通。"我觉得我听到的那一声叹息，也许是听错了，可是后来突然冒出来的提示音又是怎么回事？我英语再不济，也听出那是通话已结束的意思。

钟经理满脸的失望，又坐了回去，更加没有了食欲的模样，一筹莫展。

然而，我们的饭还没有吃完，他的手机便响了起来，我们几人起先并没有注意，只是见到钟经理的脸一秒放光时，才面面相觑地觉得事情可能有转机。

待钟经理挂了电话，我们全都望着他，他一扫之前的忧心忡忡，喜笑颜开道："真是峰回路转啊，Aino 那边来电话，说可以再给我们一次机会进行和解，但不能占据他们的工作时间，让我们找一个下班时间再会一次面，希望我们能提出更好的和解方案。"

因为钟经理的这句话，我与崔宁一直加班到了凌晨，途中与俊方高层多次电话沟通，最终我们敲定了一个最有可能达成和解的方案。当然，这也是一个弃车保帅的方案了，虽然赔偿的金额还是超出了之前预想许多，但至少不会让俊方有灭顶之灾。

钟经理在我们进行新方案拟订时，便已迅速地跟 Aino 公司约好了和谈的时间与地点，这次他没有再选显得十分正式隆重的中餐厅，而是选了一个安静有情调的西餐厅。

虽然在谈判上来说，长方桌不如圆桌更圆融，但是相对而坐时，长方桌与对方保持的距离是很合适的，既不会显得过于亲昵，也不会太远，但这对于我来说，就有点儿压迫感了。上次我要避开成墨的注意力，只将眼光放在圆桌中线以内便可，那是一个我觉得较为适当的距离，符合转变成最熟悉的陌生人之间的距离。但这次坐在成墨斜对面，脚伸长点儿都可以碰到他的腿了，这让我连呼吸都变得小心翼翼。

今天的成墨不如我们来英国第一次见面时那般冷淡，也没有前一天正试谈判时那么严肃，他换了一件针织外套，这也让我们知道他的态度，其实不是故意要为难我们。

为了给接下来的和解做铺垫，钟经理尽量让气氛和谐，说了一些题外话，这题外话说着说着，就说到了表现一直高冷的成墨身上。

钟经理与成墨打趣道："成博士年纪不小了，有没有想回国找个姑娘结婚？还是你比较喜欢英国这边优雅的金发小姐？"

成墨低着头缓缓地切着牛排，道："我已经结婚了。"

我手一抖，正要往口中塞的牛肉便掉了下来，砸在盘子中，发出了细微的声响。成墨低垂着眼瞄了一眼我盘中的牛肉，又抬眼看向我。我慌忙垂下头来，擦了擦嘴唇边沾上的酱汗，又继续切我的牛排，心中却因为刚刚接触到的这个信息，像是被狠狠打了一拳般，闷痛不已。

"原来已经结婚了啊？"钟经理继续道，"那也是理所当然，成博士这么优秀又帅气，喜欢你的女孩儿肯定如过江之鲫。"

我心中默念着钟经理说的"过江之鲫"，念着念着，就变成了"过眼云烟"。

等崔宁撞了撞我的手肘，我才回过神来，发现大家都在看我，唯独成墨没有看我。我不解地看崔宁，崔宁道："刘工程师问你有没有男朋友。"

"啊？哦，没有，我……没有。"我放下刀叉，又习惯性地擦了擦嘴，对于之前沉溺于自己的思绪中而没有认真参与话题有些不大好意思，于是打起精神来应对。

"啊，我之前以为你跟崔律师是一对儿，上一回崔律师还帮黄律师挡了不少酒。"对方的工程师说道。

崔宁摆了摆手，笑道："我都快结婚的人了，黄律师看不上我，我只是受人之托，帮忙挡酒而已，黄律师早有意中人了。"

我愣了一下，想起我之前拒绝他时的说辞，他一直记挂着，此时还偏偏提起，我有些心虚地看成墨，成墨还是头都未抬地切着他盘中的食物。

我心中一片悲凉，从重逢至今，我们见了三次面，但他每次都尽可能地不看我。或许在他心中，我连陌生人还不如，他的漠视至少说明他其实是很不希望看见我的。

可是，我却是那么想见一见他，得知晚上会再次见到他时，我还暗暗高兴，即便回程再次延后，我也不是很着急。即便面对他时明明会感觉到无地自容，可是我仍然想见一见他，就连此刻，知道他已婚了，我还是想多看上他一眼。

一番寒暄后，我与崔宁将新拟好的和解协议拿了出来，对方一边听着，一边偶尔插上一两句问话。等我们将整个和解方案说完，成墨已经吃好了，他举止优雅地摆好了刀叉，擦了擦唇角，才抬眼正色道："要辛苦几位再停留两天，我们需要两天时间来确定这个和解方案能否通过，这两天你们暂且休息一下，或者在这边游览一番吧。"

成墨的意思我们都听明白了，意思是在他们决策的这两天，我们不要再想破头地去 Aino 公司进行斡旋了。或许他这两天被钟经理无孔不入的交际手段吵烦了，所以才给了我们今天再次碰面的机会，但如果钟经理再继续去钻营的话，结果就会适得其反了。

晚饭结束后，我们就出了餐厅，崔宁与 Aino 公司的刘工程师去开车了，我们与成墨几人就在餐厅外等着车子来接。我本站在钟经理旁边听着钟经理与成墨谈论着这附近有没有比较适合观光的地方，戴博士喊钟经理一声，钟经理走了过去，我便与成墨隔着不过两尺距离，并排而站了。

我意识到时，侧脸看了一眼成墨，成墨似是感应到我在看他，侧过脸来看我，眼中坦荡荡的，不含一丝情意。

我冲他勉力一笑，压低着声音，说了我这几天来一直想对他说却没找到机会说的话："你过得好吗？"

他突然转头不再看我，望向外面的机动车道，在我以为他不会搭理我时，我看见他微不可察地点了点头。

我顿时百感交集，低下头去，视线落到了自己的脚尖。他能跟我还有一丝的互动，让我感动不已，我不敢让旁人发现，也不能让成墨知道，我仅因为他那不明显的一个点头而红了眼眶。

我低头克制了好一会儿，也不管他能否听到，以自言自语的音量对他道："以前是我做得不对，对不起。"

我话刚落音，就看到站在我旁边的他迈开步伐，一刻不停留地走了。

我抬起眼来，见 Aino 的工程师已经将车子停好，成墨坐进了车子的后座，车子很快就驶离了。而这个过程中，成墨连一眼余光也未给我。

我习惯性地又叹了口气，随着气息的叹出，心中似乎也不那么沉重了。不管他有没有听见，也不管他是不是领情，我将那句压在心头四年的话，亲口与他说了。虽然它不能完全驱散我的罪恶感，但它也起了些告解与忏悔的作用，我算是完成了这些年来自己的一个心愿。

接下来的两天，我婉拒了与钟经理、崔宁一同观光的邀请，去了我一直想要去的那个地方。那是四年前我与成墨曾约定要去度蜜月的地方，我一直很向往，只是这么多年来我都不敢去，如今我想要去看看，就当是我结束这么多年感情的一个心灵之旅。

那是成墨的大学，离这里并不太远，坐落在一个居民并不多的英格兰小镇，学校就在河流旁边，河流两岸绿草如茵。因为天气晴朗，天空湛蓝，配上中古时期的建筑，景色美得让人迷醉。

我想象着当年成墨夹着书穿行于校园的模样，又想象着他停留在某个角落垂首看书的情景，能在这种人文气息浓厚又美丽旷达的校园里学习，会不会有种此生无憾的感觉？可要是在四年前，我肯定止不住又是要嫉妒的，我的心胸曾经就是那样的狭窄，那么地容不下美好。

河上有许多座拱桥，我找到了成墨曾经说过的叹息桥，看着桥下的河水湍流不息，触摸着桥上饱含历史风霜的痕迹，想着成墨曾告诉我这座桥为何要称为叹息桥，不自觉地浮上了笑意。

我在校园里走了一整天，想要记住每一个角落。我坐在宽大的草坪上静静地晒太阳，我抚过爬满绿色蔓藤的红墙，我停留在刻了徐志摩诗句的石刻前，我坐着小船穿行于静静流淌的康河中，直到夜幕低垂，我看着远处天青色的光线，心中的光亮也一点一点暗沉下去，我想我的爱情走到这里，该结束了……

我将我手腕上成墨给我买的手链解了下来，在空中抛出一条疼痛的抛物线，沉入了剑河之中，然后离开了这个我一心向往，但今生绝对不会再来的地方。

等我回到酒店住处时，天色已晚，我收拾了一下，打算洗澡睡觉，可是在习惯性解手表时，才恍然发觉，我扔掉了成墨送我的手链，可是我却一丁点儿也没有意识到我另一只手上戴的手表，这也是他送给我的，但诸如再扔一次这种矫情的事情，我是做不出的。

第二天吃早餐时，才跟钟经理几人碰了面，本以为他们会因为一天的游玩而放松了心情，可是见了面才发现几人都是一脸的忧心。

我好奇地问："怎么了，是因为玩得不开心，还是因为事情有变数？"

钟经理面色略带凝重地道："可能我们的归期又要延后了。"

"又延后？为什么呀？"我想着最终的和解方案已经出了，Aino 要是再不同意，我们也只得回去，任法院判决，也不是太大的事，但终归是可以回去了。明明 Aino 说了明天就会给一个答复的，这平白无故地怎么又要拖时间了？

"成博士车祸入院了，就在前天我们会餐之后。"

我一时无法相信，愣在当场，手中的刀叉突然掉落，发出"哐当"的声响来。

"那天晚上开车的本来是刘工程师，但是据刘工程师说，原本要回家的成博士突然提出要回公司加班，将刘工程师送了回去后，他自己开车去了公司。但是，其实成博士出车祸的地点却不是在去公司的那条道上，而是发生在去往剑桥镇的路上。"

我呼吸一窒，他前天晚上去那里做什么？就在昨天，我还在那里游荡了一天……

"所幸被及时发现送去救治，现在没有生命危险，但是受了伤，恐怕一时半会儿出不了院了。"钟经理所担心的是成墨的受伤住院会导致和解时间一拖再拖，而我所担心的是成墨受了怎样的伤，严不严重。

可是我操心这些又有什么用，成阿姨也许因为身体原因照顾不了他，但他的妻子应该会对他悉心照料的，只要他性命无碍，他总有一天会好起来的，不是吗？

"等会儿我们一起过去探望一下吧？"钟经理提议。

"好！"未等我说话，崔宁便应承了下来。

是应该去看看他的，除了这次要靠他推进我们的工作外，我于私也应该去看看他的。明明昨天我决定真正抛弃过往，遗忘关于他的所有，但是我还是忍不住为他担忧，想去看看他。也正好有钟经理他们同行，我的那些心思多少可以掩盖起来。

于是吃过早餐后，我与钟经理一行人在花店挑了一束花，买了些水果，带着极具中国式的探望方式，敲开了成墨所在的病房门。

病房里，金发碧眼的护士正在仔细地给成墨换着胳膊上的药，钟经理将果篮放下，我将花放了床头柜的旁边。放下花时，成墨抬眼看了我一眼，我看着他胳膊上那些挫伤，忍不住就心疼起来。

"没什么大碍，都是些皮外伤。"成墨说。

我回神，以为成墨是在跟我说话，但马上便听到钟经理应道："那就好，我们都很担心……"

我方知我又自作多情了，成墨只是在应钟经理的问候。

这时有人推门而进，是我们都见过面的 Aino 公司的工作人员，他们与成墨说着英语，因为对话的语速较快，我没有很仔细地去听，然后待来人走了，就听得崔宁疑问道："成博士受伤了，太太没来照顾你吗？"

"她在国内。"成墨应道。

"啊，这样啊，这边也没有亲人帮忙照顾吗？护工的照料可没有亲人照料那般关怀备至。"

242

"我母亲今年过世了，我没有其他亲人，护工是公司帮我请的，非常专业。"成墨礼貌地回着崔宁的话，我心中却因为他的话而震惊极了。

　　成阿姨去世了？是怎么去世的呢？他母亲的过世，他是不是怨恨着我？

　　"黄律师的脸色怎么这么难看？是不是有晕血症？要不要先去外面等一会儿？"戴博士小声问我。

　　我未去理会戴博士的话，我只是想起前天我与他说的那句"对不起"，是不是太轻飘飘了？

　　我向刚刚问我的人点了点头，就打算走出病房，一是觉得成墨手上的那些伤我看着实在是触目惊心，二是我觉得自己无颜面对他。走到门口时，又听到崔宁因为提到成阿姨过世的事情而跟成墨抱歉，成墨在跟崔宁解释道："不要紧，都过去了，我母亲是自然病故。"

　　我轻轻带上门，站在走廊，看着走廊上的人来人往，心中却因为成墨的那句解释好受了些许。不管他是解释给谁听的，我想，也许他没有我想象的那么责怪我。

　　等看完成墨出了医院，我跟钟经理他们扯了一个理由，自己一个人出来，然后凭着我的方向与记忆，找到了我曾路过的一家中餐馆。我跟老板请求想要付费借用一下他们的厨房，因为上午餐馆还在做中餐前的营业准备，所以厨房正值空闲时，老板很好说话地同意了，并为我准备好了食材。

　　我要做的是一份瘦肉青菜粥和一份葱油煎饼。我很少为他做过什么，他曾在百忙之中，每天深夜去买我爱吃的小吃，他也曾亲自为我做美味的羹汤，可我从未在他的生活上关怀过他，为他付出过什么。现如今，虽然他已有妻子了，但毕竟不在他身边，我觉得他孤身一人好可怜，于是想为他做一些我曾一直想为他做，但是却没有付诸行动的事情。

　　等我忙活好了将食物打包了从餐馆出来，我又去了成墨住的那家医院，到了成墨的病房前，我透过微微敞开的门缝，看到了正在熟睡的他。

　　我轻轻地推开了门，蹑手蹑脚地将我备好的食物放到了病床旁边的桌子上。在离开病房前，我还是大着胆子又将成墨打量了一番，看着他手臂上的伤都被包扎妥当，稍稍有些放心，然后又看了他一眼，便悄悄地离开了病房。

　　不巧的是，才打开成墨的病房，就与成墨的助理打了个照面。他有些意外，见到我本欲出声打招呼，我食指放唇上对他一"嘘"，他才将即将到唇边的招呼咽了下去。他往里一看，许是见到成墨在睡觉，便心领神会地跟我点了点头，我出了病房将门合上，用英文跟他说："我刚遗漏了样东西，回来取一下，不想打扰成博士休息，我先走了。"

　　成墨的助理点头表示理解，我打算与他告辞，可是还是忍不住在临行前又问他："你们不用通知成博士的太太来这边照顾他吗？"

　　助理的面上露出了一些疑惑，我以为我的英文说得不大好，于是又放慢速度问了一遍，他点头回道："我听明白了，可是我从没见过成太太，也没有听他提及过。"

　　我愣了一下，又问："今年成博士母亲离世时，他的太太也没有来过吗？"

　　助理耸耸肩摇摇头，道："没有。"

　　跟助理告别后，我不由得拧起了眉头，有些不大能明白成墨的婚姻状况，他的婚姻似乎没有我想象的那么美满，他这日子过得也没有我想象的顺遂。

Chapter 17

走在红毯的那一天

　　晚餐时，钟经理一扫这几天愁眉不展的模样，忍不住和我们说着他最新得来的好消息。

　　"Aino那边说明天就可以在和解协议上签字了，签了字后，他们会让分公司去法院撤诉。"

　　这个消息无疑让我们都觉得这几天没有白忙活，这一趟公差虽然拖了些时间，但是结果还是不错，能交得了差了，于是大家的兴致一下就高涨了起来，我却在大家兴致勃勃地谈论着明天签和解协议的过程时，有了些小小的失落。

　　明天的和解协议一签，我们一行人就会离开这里了，成墨还躺在医院里，明天肯定是无法出席最后的约见。不过这样也好，我不会再因为他而心有忐忑。

　　他曾和我说他不相信命运与祈祷，但他相信时间。我也应该相信时间，或许四年不够，但下一个四年，如果还能再见到他，我想我的心也不会再泛起波澜，我不会像现在这般在他面前小心谨慎，与他仍有千千结的模样，我也许还会将他当成一个老朋友，跟他寒暄这些年的境遇。

　　饭吃到一半，钟经理接了一个电话，听着他接电话的客气样子，我们猜想应该是Aino那边的人，然后就见钟经原本笑意盈盈的脸忽然一顿，笑意全敛，又十分殷勤而且认真地跟对方道："Yes！We can！"

　　等他挂了电话，我们都一脸好奇地看着他，崔宁比较着急，问："是Aino那边的电话吗？明天的和解有变数？"

　　钟经理皱着眉头，摇着头道："是成博士助理，打电话来问我们能不能想办法帮成博士做瘦肉粥和葱油饼，这个要求你们说会不会影响到明天的和解？"

崔宁与戴博士面面相觑，然后肯定地跟钟经理点头，钟经理一扶额，道："虽然要求有点特别，但是我们还必须想办法给成博士弄这些吃的，不知道附近的中餐厅有没有这两样食物可以打包外卖的？"

在他们说这些的时候，我微微愣怔，成墨的助理是成墨授意来试探的吗？成墨猜到是我送去的食物了吗？可是猜到就猜到了吧，这个时间打电话来，是还想再吃的意思吗？

"这事我们得慎重对待，赶紧的，都别吃了。我们联系一下酒店，看酒店大厨会不会做，实在不行，我们自己动手也得做出来，那个，你们会煎葱油饼吗？"

钟经理一刻也不敢耽搁地将我们几人拉到了酒店的餐厅经理那里，钟经理跟餐厅经理说了想要借用厨房以及厨师的想法并说了缘由，表明这件事对于我们相当重要。餐厅经理听完后就用对讲机跟厨房进行了沟通，然后告诉钟经理可以让大厨煮瘦肉粥，但是葱油饼是什么，他们的大厨不能领会其做法。

崔宁跟餐厅经理解释说是撒了葱花的比萨，钟经理挠挠头又补充道是不用烤箱，而是用平底锅煎出来的比萨，说完后觉得可能还是会让大厨无法领会，就提出要自己亲自煎的要求来。餐厅经理想了想，允许了钟经理的做法，于是我们几人就进到了厨房。

钟经理将袖子捋了上去，让我用手机给他百度葱油饼的菜谱，我叹口气，对他道："还是我来吧！"

自己惹出来的事端，还是得自己担着。

我在一天之内做了两次葱油饼，钟经理几个围着看我用小火将葱油饼煎得外焦里嫩的模样，又附加了要求让我再煎两个给他们解馋，然后不顾形象地捏着还烫手的葱油饼吃得直竖大拇指。

我将要带给成墨的葱油饼打好包时，餐厅大厨将已熬好的瘦肉粥装好了，他们做的比起我做的卖相上要好看许多，我想味道也要好上许多，应该可以满足成墨的口腹之欲。

去给成墨送吃食时，我们就打算不必再像上午那般兴师动众去那么多人。钟经理肯定是要去的，只是我没想到他还硬要拽着我一起去，崔宁提出反对意见，与钟经理道："黄律师不是有晕血症吗？她还是不去的好。"

钟经理转头看我，问："黄律师真的有晕血症吗？我想着我们这儿就你一个女同志，去探病什么的还是女性比较有亲和力，让他们这两个生活都不能自理的男同志去给成博士添粥干吗的，简直就是添乱，你说是不是这道理？"

我不得不承认钟经理总是面面俱到，不愧是俊方公司在社交方面的好手，他说得确实有道理，我也无法想象让戴博士或崔宁站在一旁笨手笨脚伺候成墨进食的情形，于是我应了钟经理的提议，将打包好的食物拎在了手里，随着钟经理又去了成墨所在的医院。

站在病房门外时，我长叹一声，本以为不会再见他了，却偏偏总是有意料之外的原因，让我又跑来见他。

打开病房门，就见成墨一个人安静地躺在病床上，他的助理与护工都不在病房内。成墨看到我们出现，似乎也不意外。钟经理一进去，就问成墨："成博士饿了吧？"

成墨点了点头，浮上一个轻浅的笑容。这是我跟他重逢以来，第一次在他的脸上看见笑容，便一时愣了神，多看了两眼。钟经理催促我，道："黄律师别愣神了，赶紧把吃的给成博士准备上，让成博士趁热吃。"

我从保温包里拿出了从餐厅里借来的已经消好毒的碗筷，再将保温盒中的粥倒进碗里，又将装着葱油饼的食盒打开。那边钟经理已经为成墨将床摇好，并在成墨的背后塞好了枕头，架好了床上餐桌，做得既自然，又细致，我对钟经理愈加地佩服。

我将食物小心地端到餐桌上，就站在了一旁，钟经理朝我使了个眼色，我接收到了，却不太理解，直到成墨将绑满绷带的手举上餐桌并艰难地拿起粥碗里的调羹时，我才恍然明白过来，钟经理那眼神竟是暗示让我去喂成墨。

我简直想对钟经理翻白眼，他也太会使唤我了，我是他们的律师，不是员工。

　　成墨低着头，吃了一口，但也仅就那一口，他便将调羹搁在了粥碗里。我看他皱了皱眉，然后又费劲地拿放在葱油饼旁边的筷子。筷子比较光滑，他包裹了厚纱的手指十分地不灵活，拿了两次都掉在了桌子上，我看不下去了，上前一步，拿起掉在桌子上的筷子，将一块切成尖角的葱油饼卷成几折，夹好了一手兜着，举至成墨的面前。

　　成墨从我主动拿起筷子时就一直盯着我看，等我将食物送到他面前时，他将视线落到了我的手上，我见他眉峰聚拢，以为他不高兴，却没想到他又从善如流地咬了一口我夹给他的饼。他咀嚼了几口，便顿了一下，抬起眼又看了我一眼。我的心在他看我那一眼时，突然就狂跳不已，手中的筷子几乎就要握不住，而钟经理就在这时适时地插话道："好吃吗？"

　　但是未等成墨应声，钟经理又道："我们都试吃过的，觉得黄律师做得很好吃，成博士是不是担心太过油腻了？黄律师当时还说考虑到你不能吃太油腻的东西，只放了少许的油。"

　　我感觉面上一热，看着钟经理语塞不已。所幸成墨也未说其他，在那一个停顿后，竟一口接一口地将我煎的葱油饼全部吃完了。

　　钟经理好心地提醒道："粥也喝一点儿吧！"

　　成墨摇了摇头，道："我吃饱了，非常感谢。"

　　钟经理一笑，递上倒好的水，道："成博士是不是怀念故土了？其实我也一直觉得还是中国的食物最好吃，食物充满了人情味，来这里这么多天，我已归心似箭了啊！"

　　我想这就是钟经理的厉害之处，一边摸着人家的软肋，一边提醒着对方自己的目的。

　　成墨喝了口水，看着钟经理道："钟经理这么一说，我确实觉得我思念故土想念故人了，这么说来我有点儿不想这么快与俊方和解了，你们要是走了，我连葱油饼也吃不到了。"

　　钟经理讪讪一笑："成博士真是厚爱了，成博士怕是思念国内娇妻了吧，何不趁着这段时间，索性随我们一起回国，与娇妻团聚一段时间？毕竟你一人在国外，无人照料也不方便。"

说到这儿，成墨收起了脸上的轻松，眉头又微微拢了起来，脸上像是笼罩了一层忧思，他语气沉缓道："我答应别人的事现在还没有忙完，忙完了这边的事情，我就回国，我十分想念我的那片爬墙虎，也十分想念那片玉兰树，更加想念那片玉兰树，更加想念我爱人家门前的那一片茉莉花……"

我只觉得脑中一蒙，成墨的那最后一句话像是击中了我的心脏，我所有的思绪都被揪了起来，可是又生怕是自己自作多情，他刚刚说的门前种了茉莉花的爱人，会是我吗？

我揉了揉眉心，我已经没有办法去思考，我一边不受控制地期待着些什么，又一边极力地遏制着这种想法，怕一不留神再次踏进万劫不复中。

钟经理又与成墨说了一会儿话，我将剩余的吃食与碗筷收拾好，我们便打算告辞了，钟经理道："成博士明天恐怕没办法去签字现场了，所以我们今天就要跟你告辞了，希望你早日康复，等忙完这边的事情回国的话，请务必告知我，我定会为成博士接风洗尘。"

我听着钟经理将告辞的话说得流利，我嗓子眼儿像是被堵住了一般，我讲不出再见。

最终，在临出门时，我转身向他道了声："保重。"

他看着我，没有回应，也没有表情，我转身离开，心已愒愒。

最终，还是我自作多情罢了。

从英国回来，我回了学校那边的家，我妈在家里煮了许多好吃的，我跟她说成阿姨已经过世了，她半晌无语。

其实我妈与成阿姨相处了二十多年，感情是很复杂的。我曾问我妈会不会恨成阿姨，我妈想了许久，说她最伤心地是看走了眼，总以为成阿姨是个心地纯朴的女人，却未料到也有那么多的心眼儿。

泼鸿在第二天打了我的电话，我应召去了她家，我将我在英国时给她买的礼物送给她，她竟看都没多看就搁在了一边，然后八卦劲儿十足地问我："你给成墨打电话了吗？"

我看她那八卦劲儿，实在不好打击她的兴致，点头道："打了。"

泼鸿脸上像放光般亮了起来，又追问："那你跟成墨见面了没有？"

我继续老实地点头，道："见了。"

她突然就笑得合不拢嘴，问："那你们和好了没有？"

我看着她满脸的兴奋劲儿，带着深深地恶意与她道："我打他的电话，不过没通，我见了他的面，不过没和好。他已经结婚了！"

然后我就听见泼鸿喉咙里发出一声古怪的声音来，笑声被生生地掐断，一脸不可置信地望着我。

我看她这模样，不由得笑了起来，她恼怒之极，狠狠地打了我几下，然后垮着一张脸，突然嘴角一耷拉，就哭了起来。

我未料到她竟哭了，我一边给她递纸巾，一边拍着她的背安抚她。于海听到他老婆哭，从厨房钻出来，问："这是怎么了，刚刚不是还有说有笑的？"

我问于海："你老婆是不是怀孕了啊？情绪变化这么大。"

于海耳朵一红，嘿嘿地笑："所以不是得赶紧办婚礼嘛。"

我安抚好泼鸿，与她玩笑道："你怀孕了怎么不跟我说，我好趁着出差给你买奶粉回来啊。"

她吸着鼻子说："你管好你自己的事情就可以了，自己过得一塌糊涂，还惦记着我干什么？"

我又递上纸巾："其实这几年来，我猜成墨也结婚了，所以就算明知道确实如此，我也有足够的心理准备了，这样没有什么不好，不是吗？"

泼鸿红着眼睛瞅着我："你确定你是这样想的吗？那你这几年为什么不好好找个人？"

我拧着眉头想了一下，跟泼鸿解释道："就好像以前吃过一样特别好吃的东西，很让人回味，然后再去找同样好吃的东西，就觉得总是不合自己的口味，就只是这样而已，时间久了，等到忘记了当初的那种味道，就有可能发现更多的美味了。"

泼鸿哼了一声："你最好不要一辈子念念不忘。"

"那我不得饿死。"我笑道，泼鸿这才开始拆我的礼物，破涕为笑。

接下来的日子，我仍然很忙，除了律所接的案子占了我很多时间外，我妈跟泼鸿还来轮番添乱。

泼鸿每次打电话来都跟我说："诺啊，晚上收拾收拾，姐姐带你去吃好吃的。"

我一听她这话就满脸黑线，自从我打了那个比方后，她每次给我介绍朋友都说成是带我吃好吃的，然后我每次看到坐在我对面的男士就会想他哪里好吃了？看着一点食欲都没有。

我妈也瞎折腾，她最近参加了一个老年艺术团，团里与她同龄的人听到她说女儿愁嫁，纷纷帮她出主意，有儿子的把儿子照片拿给她看，儿子结婚了的或没有儿子的，就把亲戚家未婚的儿子跟我妈说道说道。我妈盛情难却，我也不想让我妈失了面子，于是三天两头地跟着我妈出现在各个酒楼餐馆，不多时，我已胖了一圈，但是那些"环肥燕瘦"我却没记住几个。泼鸿笑我吃了不认账，我实在很想拉着她一起去吃吃看。

崔宁结婚的那天，我没了帮我挡酒的护花使者，被人逼着喝了许多酒，同事将我送到了学校门口，我就让他们回去了，我想散散步去一去酒气。我在家属区的小道上一个人慢慢悠悠地走着圈儿，偶尔还打上一个酒嗝儿。

走上了一阵子，觉得酒意不但没有散掉多少，脸反而有些烫，于是便将外套脱了，搭在手上，找了个地方坐上一坐。坐了好一会儿，意识有些清醒时，突然发现我竟然坐在了成墨以前的公寓对面的长条石凳上。我一抬眼便看见了成墨的公寓，他的公寓里竟然神奇地亮着灯。

这是我四年来第一次看见成墨的公寓亮着灯，虽然我知道他的公寓肯定早已住了别人，这个时候亮着灯并不是件多奇怪的事，可是我的心却异常地跳动着。我按了按心脏的位置，企图压下它不安的躁动，但显然徒劳无功。我想我大概是酒喝多了，明明说好的放下，到头来又那么难以做到。

我最终还是带着一身酒气回了家，我妈唠叨着说："又得给你找个能看顾着的同事了，女孩儿哪儿能总这样喝酒的？"

我在我妈帮我擦脸擦手时，问我妈："妈，成墨的那套公寓，现在是谁在那里住啊？"

我妈一听，便一脸的无奈，叹了口气道："没谁在那里住，你还是放不下成墨啊？都这么多年了……"

她后面说些什么我听不进去，就迷迷糊糊地想睡觉，等我一觉醒来，回忆起我妈说的话，我觉得头疼得厉害。我想也许是我喝得太多看错了，又或许其实是我妈不了解情况，当天我下了班又开着车回了学校这边，我妈见我又回家来颇有些奇怪，却也未多问。

我在吃了晚饭后，又继续到周边散步消食，然后等到夜幕降临时，再次走到了成墨的公寓前。他的公寓前经常有保洁来打扫，所以即便有人住或没人住，都十分干净，连落叶都没有。这个晚上我在他门前坐到了深夜，屋子里的灯都没有再亮起，我想来想去，觉得还是我酒后看错了。

我赶着在泼鸿结婚前，去报了一个健身班，最近因为相亲吃出来的肉都得给减了去，因为我答应了泼鸿要给她做伴娘。

当初她给我做伴娘时，还在愁以后她结婚时我已经不能给她做伴娘了，却没想到事情后来变成了这样，我推拒了一番，毕竟我那次的婚礼实在是……

但经不住泼鸿的再三要求，我还是勉为其难地答应了，所以每天下了班，我还要跑健身房，等从健身房回到我的小屋，都已经是华灯初上了。

我后知后觉地发现我隔壁的房子有了动静，我所买的这个小区入住率并不高，很多人买这边的小户型只作炒房用，我的隔壁一直空着。我原本以为是有人因为炒房而买着闲置等它升值的，所以我曾计划着再攒点钱就把隔壁也买下来，到时候一起打通了，房子就大了，却未料到这房子已经被人买下，心中难免有些小失落。

当然，失望归失望，睦邻友好的邦交关系还是要建立的。只是我早出晚归的，隔壁邻居长什么样，我还一直未见过，总想着找个时机登门拜访一下，可是每天的时机都不那么合适。

在临近泼鸿结婚的这段时间，泼鸿与我母亲忽然同时间都消停了给我介绍男人相亲这档活动，但是我总觉得她们短暂的消停背后，肯定是暴风雨来临的前奏。

泼鸿在领着我去试伴娘服时，就已经按捺不住，满脸兴奋地跟我透露，要在她的婚礼上给我一个 surprise，我叉着腰毫不示弱地跟她道："来吧，让暴风雨来得更猛烈些吧！"

泼鸿的婚礼定在了 11 月 11 日，我对于这个日子，实在是很想翻白眼，但是泼鸿总是特立独行，有着各种各样奇奇怪怪的想法，说什么都要在光棍儿节这一天结束光棍儿生涯。

因为她的行动不便，于是在她结婚的前两天，我就忙碌起来，忙着联络她婚礼的各项事宜。自己参与到别人的婚礼筹备工作中时，我才发现原来结婚是一件这么烦琐的事情。当初我结婚时，我一点也未觉得，所有的事情都是成墨一手安排的，从写请柬到订酒席到选婚车，再到准备餐桌上的喜糖果包，全都是他去操办。而现在，我光是跑泼鸿婚礼的摄像就跑得要断气了，因为婚礼摄像几乎都被人订了。

我就纳闷儿一个光棍儿节，大家怎么都扎堆来结婚，等我终于找好了摄像，婚礼策划公司告知我司仪也要赶场子，我和于海都怒了，我们跑去婚礼策划公司将合同往他们桌子上一拍，说不能按合同约定履行就赔钱，婚礼策划公司的老板才冷汗涔涔地答应了会优先安排泼鸿的婚礼，但是时间可能要稍稍地缩短，我们这才罢休。

于海跟泼鸿形容我去婚礼策划公司与人对质时的气势，说简直就是"排山倒海"，已经颇具大妈气质了。

泼鸿笑得直飞眼泪，道："你都不能想象几年前她只有被人欺负的份儿，她最初那份工作还不是被人欺负的头都开了花，躺医院里去了，你看这才几年啊，谁还敢欺负她啊？"

她不提，我还真忘记了，我曾经被人打到受伤住院，也被骗进传销组织里担惊受怕，那些事情若是放到现在，肯定不会是当初那番模样。所以对比起过往来，经历让人变得强大，学识让人变得理智，每个人都随着时光的推移而不断地变化，能有多少人又初心不改？

　　泼鸿的婚礼如期举行，前一天晚上我留宿在了泼鸿家，半夜十二点还等着上网抢购打折商品，第二天早上天还未亮，婚礼策划公司的化妆师就来了。我一大早给自己泡了杯咖啡，然后坐泼鸿旁边，看着一边打瞌睡一边任由化妆师摆弄的泼鸿，连连摇头。

　　所以说婚礼喜酒要趁早摆，这么折腾的一件事，等到新娘子怀孕了才办，那可真是太不人道了。我一整天都在为泼鸿忙前忙后，为她倒水搬凳，等到于海撞开了新房门来抢新娘时，我突然就有一阵的恍惚。

　　那一年的那一天，成墨也是西装革履意气风发地进了我的房，直直地朝我走来，蹲跪在我的面前掀开我的头纱亲吻我……

　　回忆如潮水般涌来，我看着于海将泼鸿一把抱起时，忍不住就红了眼眶。

　　可是等到我在泼鸿的婚礼上看见成墨一身西装地走进来时，我以为我的精神是不是出现了异常。

　　那个时候迎宾已经结束，我们正在婚礼司仪的安排下，准备让新人走红毯了。那时，我正低头弯腰地给泼鸿搂婚纱的尾拖，突然感觉到有人拍了一下我的肩膀，我抬头，便见泼鸿一脸不怀好意的笑。

　　"怎么了？你又想什么幺蛾子？要准备走红毯了！"

　　策划公司已经将背景音乐换成了彭佳慧的《走在红毯那一天》，并提醒我们唱到哪一句时开始往前走，泼鸿这个时候莫名其妙拍我，而不是一心一意地准备着，我都替她着急。

　　泼鸿一手捂唇笑着，一手朝我身后指了指，我疑惑地站直了身回转头去，然后我就在众多宾客中，一眼看见了站在我身后不远处的成墨。

　　我搂在怀中的婚纱不知道什么时候被泼鸿抽了去，她附在我耳边说："你去帮我招呼成墨入座，我给他留了一个上宾的席位，我这边的事不用你管了。"

　　我踩着一直铺到门口的红毯，一步一步地走向成墨，像是穿越一重一重的时光，从他的七岁走到他的二十九岁。时光的片段纷繁，有他稚嫩地应我说，等我长大了我们就结婚；有他蹲在我面前说，一诺，我来娶你了。

　　背景音乐已响至高潮，彭佳慧激荡高昂地唱着："女人啊，要找个真诚的男人，哪有那么难，真有那么难……走在红毯那一天……"

Chapter 18

如果最后在一起，
晚一点真的没关系

　　泼鸿正在走向于海，堂内所有的宾客都在鼓掌，潮水一般的掌声中，我微微低了下头，将差点儿要溢出眼眶的眼泪用力地憋了回去。然后我走到他的面前，笑着跟他打招呼，道："成墨哥。"

　　他看着我，抬起手来，曲着手指，揩了一下我的眼角，我赶紧退了一小步，自己用手指揩了揩眼角，然后与他道："你一个人来的吗？"

　　他点头，我微微倾身，引着他道："跟我这边来。"

　　我引着他，穿过坐满了人的宾客席。我不知道在座的这些宾客中有多少人曾经参加过我与成墨的婚礼，但是见到我与成墨走在一起时，不少人都在互相耳语。我领着他一直走到了最里端的贵宾席，那里还空着几个座位，但坐着的宾客中有我的母亲，我顿住脚，一时两难。

　　我还一直记着四年前我母亲赶走成墨时说的话，她让成墨与我不要再纠缠下去，也让他不要再见她，那么绝情的话说了出口，导致这么多年来我们互不来往，如今我领着成墨过来，是会让我母亲难堪，还是会让成墨难过？

　　可是我的担心，显然是多余的，我妈与成墨像是毫无间隙一般，根本没有我预想的重逢尴尬。她站了起来，上前几步拉住了成墨的手。成墨抚着我母亲的手背，喊了一声："婶婶。"

　　我母亲笑着应声，拉着成墨坐到了她旁边的空位，我觉得应该没有我什么事了，跟我妈说了声我要去照顾新娘子，我妈跟成墨说着话，头都不回地跟我挥了挥手。倒是成墨一边听着我母亲说话，一边侧脸扫了我一眼。

我陪着泼鸿举行完各种仪式，又帮着她换了敬酒服，一圈酒敬下来，我显得有些神思恍惚。泼鸿和我妈都知道成墨会来参加婚礼，可她们都瞒着我，然后像是给我一个惊喜一般地等着成墨粉墨登场，可是我明明与泼鸿说过，成墨他结婚了，她将事情设计得再暧昧，也不能改变什么。

当然，如果泼鸿她的意图只是在修复我与成墨的关系，想要破冰至朋友关系的话，那也是煞费苦心了。她其实先告诉我成墨会来的话，我想我不至于这么难过，我会有更好的心理准备，将情感控制得更好。

等到我们敬完酒，我与新郎新娘坐下来吃东西填肚子时，发现他们刻意将我的位子留在了成墨的旁边，原本坐在成墨另一侧的我妈，据说已吃饱喝足赶她的活动去了。我硬着头皮坐下，打算事后再跟泼鸿说道说道，让她不要瞎操心。

在成墨夹了一块甲鱼放入我碗中时，我才侧过头来，跟他有了互动与交流。

"你的伤全好了吗？"

"好了。"成墨低低的声音，较之在英国时少了些冷淡。

我心中一暖，我想成墨应该是不会排斥与我消除以前的嫌隙的，于是我又问："你回来多久了？"

成墨应道："好一段时间了。"

我咬着筷子，觉得我问的这些问题实在是太过无聊，成墨他回来不需要知会我，他肯定是有他的去处的，可是我忍不住就是去想，他的去处在哪儿，是在玉兰园那边，还是这个城市某一个温暖的所在。

我们默默地吃着东西，四年的时光，让我们几乎变成了陌生人，我想跟他聊一些无关痛痒的话题，可是想来想去都只能作罢。

"你看了我给你写的信了吗？"他突然问。

我一慌，装糊涂地问："什么信？"

他盯着我看了一会儿，浅浅一笑，道："你总是这样。"

"怎样？"我有些心虚。

"我曾经将我打工赚钱买来的一条手链夹在信中,埋在了银杏树下,上次你来英国时,你戴着那条手链。"

我抚了抚我的手腕,想起那条手链已经沉入剑河水底,竟然对成墨又生起了些愧疚感。

"弄丢了?"他皱着眉头问。

他总是能一眼洞穿我的心思。

"嗯。"我点头,他便不再说些什么,坐在我的旁边,看我继续吃东西。

泼鸿适时地挨了过来,笑着对我们说:"一诺,你吃了饭就回去休息吧,这边没什么事了,晚上再和成墨一起过来吃晚饭,今天辛苦你了,成墨帮我送一诺回家吧。"

我想说我不用送,但还未说,成墨已经点头答应了,我若拒绝反而显得矫情了,于是只得作罢,只不过对于泼鸿仍然如此热衷撮合我与成墨的态度,等过了今天,我真得好好跟她说说。

成墨的车子不是以前的那辆车了,可是我一上车就愣了一下,他车上摆的装饰俨然就是四年前他生日时我送他的香水摆件,那水晶茉莉的造型虽然并不特别,但也比较少见。

我神思飘忽地系好安全带,心中有着许多疑问,可是这些疑问也就只能在心中存着,我不敢向成墨当面求证。

我们都没有说话,车子一打着火,就自动启动了音乐播放,所以即便我们不说话也不显尴尬。静静地听着音乐看着窗外熟悉的街景飞逝而过,我慢慢地便觉得心境又平和了下来,直到歌曲播放到《漂洋过海来看你》,那首歌的旋律一响起,我便觉得呼吸一窒,整个车子里回荡的不是歌声,而是满是悲伤的暧昧。

"……为了你的承诺,我连最绝望的时候,都忍着不哭泣……"

路程突然变得有些漫长,我听着早已耳熟能详的词曲,觉得心都快被唱哭了,于是我伸手按了下一曲,可是下一曲还是这首歌,我又按下一首,还是它,我看了一眼成墨,都快无语了。成墨直视着前方,可我觉得他似乎心情很好,他的唇角像是微微地翘起,又似乎没有。

成墨将我送至我的小公寓，我下了车才吁了口气，正想跟他道谢并道别，却未料到他将车子熄了火也下了来。我一愣，这是要我主动请他上去坐坐吗？

而且我好像忽略了一个细节，后知后觉地才想起来，我似乎没有告诉他我的住址，可是他却准确无误地将我送到了这里，他是怎么知道我住这儿的？

应该是我妈，又或许是泼鸿，她们总是这样不告而宣。

我只好硬着头皮邀请道："上去喝杯茶吧。"

他点点头，跟在我身后看我刷门禁卡，然后跟我进了电梯，我按了我的楼层，然后我们一同看着电梯上升的数字，我心中纠结无比。

我邀请已有家室的前男友来我家喝茶，我是脑子被驴踢了吗？可是人都已经领到了门口，我现在要跟他说瓜田李下实在不妥吧？

好吧，成墨他从来都是谦谦君子。我与他，我们这些年来，确实有必要聊一聊，解开一些过往的心结。我是抱着将话都摊开来说的打算，将他请进我家的。

我开了我家的门，他站在玄关处打量着我家，我为他找了一双平时于海来时换的拖鞋。他低头看了眼，微微拧起了眉。

我说："这个是于海来穿过两次的，挺干净的，我家没有大号的拖鞋了。"

他这才舒展了眉，换了鞋子。他站在客厅中央继续打量我家的布置，我没工夫管他，让他先坐，我去厨房烧水。

等我沏好茶出来时，他正站在落地窗前看着窗外。

"过来喝茶吧。"我喊了他一声。

他转身过来，然后在沙发离我一拳的地方坐下。

我不着痕迹地朝一旁移了移，他突然执起我的左手，我一惊，不明白他要干什么。

"你跟泼鸿说我跟别人结婚了？"他问。

我的心中一阵狂跳，点点头。

他摩挲着我左手的无名指，又问："我送你的戒指呢？也弄丢了？"

"锁在抽屉里。"我不明所以，他是想要我将戒指还给他吗？

他叹了口气，道："戴起来吧，成太太！"

我愣住，待他执起我的手，在他的唇边落下一吻时，我才带着哭腔说道："可是你说你结婚了呀！"

"我们的婚礼还有缺少过什么环节吗？"他问。

我想了想，我跟他的婚宴从头到尾都进行完了，除了敬酒，当然那都不影响什么，可是有一项最重要的没有完成啊。

他突然站起来，并将我拉了起来，问："你的证件放在哪里？"

"什么证件？"

"身份证、户口本。"

"要干什么？"我明明知道他说的什么意思，但就是不大相信。

"这一步拖得太久了，不是吗？"

我迷迷瞪瞪地在他的指引下找出了证件，又在他的要求下将锁在我抽屉里的戒指找了出来。戒指的光泽一如四年前那般光芒四射，他在将戒指套进我的手指时，我看见他的手指上戴着与我这枚戒指一样的对戒，但是那枚戒指的光泽明显不如我的新，想必是戴了许久。

我仍然不能相信，他对钟经理说他已经结婚，而他说国内与他分居两地的妻子指的是我，我一直以为那是孙小姐，或者是其他人。

我想我怎么就没有发现他一直戴着这枚戒指呢？在英国那么多次的接触，我都没有仔细去看看他。就算他说他结婚了，我也没有刻意去看他是否戴了婚戒，我就是那样地相信了他的每一句话，相信着他的生活与我再无关联。

等到他将我带到民政局时，我都想要哭了，我怎么突然就跟他跑来登记结婚了？事情为什么这么突然？

他帮我打开车门时，见我这副模样，问："我们之间还有什么障碍吗？"

"你真的没有跟别人结婚？"

"没有。"

"我还没有问过我妈。"

"我上个礼拜去拜访她时，她说祝福我们。"

我咬着唇，看着他，他提前见过我妈，我妈居然不告诉我，他肯定也提前去跟泼鸿碰过面，可就是独独不告诉我，也不见我。

我又问："孙小姐呢？"

"孙小米？四年前我们结婚前我见过她最后一面。"

"你不喜欢她吗？"

"我只喜欢你！"

"……"

"还有什么吗？"

"我有什么好的……"

"你做的葱油饼很好吃，当然，粥也不错。"

我的脸刹那间绯红，又问："你不担心我这几年找了别人吗？"

"所以我在得知你四处相亲时，赶紧回来了。"

"还有……"

"嗯？"

"我一直觉得对不起你……也一直都很想你。"

在我说完这句话，我突然感觉到光线一暗，然后我的唇碰到了久违的温热。我终是忍不住落下了眼泪，深刻并缠绵的一吻过后，他在我耳边道："我也是！"

晚餐我们在泼鸿订的酒店里吃饭，我在泼鸿面前秀结婚证时，泼鸿翻来覆去地看，然后感叹说："这照片上的人都老了，原本应该要年轻五岁的。"

她肆无忌惮地往我心上捅刀子，我念在她怀孕的分儿上不跟她计较，她又接着说："你也总算不用一个人过光棍儿节了，多好，我们曾经说过同一天结婚，没想到还真是同一天结婚。"

我心生感慨，就在今天之前，我没想到我的人生还会有如此美好的圆满，就算成墨坐在我的身边，我仍然有种不真实感。

晚餐过后，成墨又一路跟着我回了家，我站在自家门前，与他笑道："你为什么又跟着我来我家？"

"今天我难道不应该行使一下做丈夫的权利吗？"

我一边开门，一边道："我是怕你嫌我的庙太小。"

"嗯，确实小，不过我的和你的一样大，我想过无数次你会将这样小的房子怎样布置合理，今天进来看时，果然比我布置得好多了。"

什么意思？我扭头看他，并从包里拿出刚刚从商场里买的新拖鞋，摆在地上，他默契地换上。

"你每天都忙得没时间跟新邻居打个招呼吗？"

我抚额，一本正经道："要不是已经跟你登记了，真想告你这个窥视狂。"

"这个形容可真难听，我只是想离我妻子近一点儿，这很过分吗？我已经受够了离你那么远的距离了。"

我有些心疼他，主动上前抱了抱他，仰头问他："这样近了好不好？"

我感觉到他因为我的主动投怀送抱，身体有一刹那的僵硬，随后便放松了下来，回搂着我，轻轻一笑，刚好被我抬眼看了去，我顿时觉得满室生辉，他却摇摇头，在我耳边呢喃道："还可以更近。"

他抱起我就走进了卧室，不由分说开始吻我。直到我们继四年前的那一次，又燃起熊熊烈火时，我已经丧失了思考的能力。我从未想过，原来我还可以拥有他，原来我还可以拥有幸福。

事后，他将衣不蔽体的我裹上被子，搂着我平躺在床上，我用手指划过他的眉眼与鼻尖，他已近而立之年，却比以往任何时候都还要英俊。他的眼角没有一丝细纹，唯有眉心那道皱褶显示着这些年来他有些思虑过重，其他的一切都很好。可是我却担心自己，像于海说的那样，已粗具大妈气质。

我问成墨："我是不是老了？"

他却揶揄我："是不是我不在的日子里哭得太多，有眼袋了？"

"那是卧蚕！"我被他一下戳中软肋，跟他算起旧账来，"你明明知道如果我看到了你塞进墙缝里的信的话，就说明我已对你放下了成见，可是你偏偏在那里塞了一封绝情信。"

从他的那封信开始，我又挖出了那么多的信来，真是看一封就能哭一宿啊。

"那哪里是绝情信，明明就是道别信，那是我觉得对人生最失望的阶段，简直就是一蹶不振。那时我也确实想过我应该放弃，我在银杏树下站了两天你没有来，我觉得我们再也没有以后了，所以才写下那封道别信。但是往往情感并不是自己说了能算的，写了信，也不算。也正因为如此，我在再见到你时的第一眼，看见你戴在手腕上的链子时，便已经知道你的心意了。"

"你说在英国重逢时？可是你明明一眼都没有看过我。"

"看了，我想你想了那么久，你突然出现在我面前，我怎么能忍住不看？重逢的第一次晚宴，你不敢看我，我可是足足看了你一晚。第二天的谈判，我不敢抬头多看你，是因为我知道你胆子小，我若与你视线相对，你肯定再也不敢看我，我想让你好好看看我。"

我语塞，所以他宁愿让我觉得他对我冷淡，是因为如此吗？

"跟你保持距离，是因为毕竟你是来跟我谈判的。"他笑，头发散乱地覆着他的额。

我的手落到他的臂膀上，那上面还能看见之前受伤的疤痕，我抬眼看他，问："那天晚上怎么会出了车祸？"

他更紧地搂了搂我，与我额头相抵，道："那天就是觉得很悲伤，你跟我说以前都是你做得不对，你问我过得好不好，我只觉得你的每一句话，都像是要将我的心扯出来了。我其实很想和你说，我过得不太好，但是我过得不太好的原因，是因为我每天回家都很空洞。以前我母亲活着的时候，我还因为疲于照顾，没太多的心思去体会这些空洞，可是后来她去世了，我突然就觉得除了工作以外，空下来的时间特别的让人觉得可怕。跟你们谈判时，其实第一天我就可以拍板同意和解，可是我总是不想那么轻易地让你回去，所以我故意刁难，让你们的谈判一再受挫，但那也只因能让我再多见你几次而已。"

我一惊："所以你还用自残来拖延时间？"

他刮了一下我的鼻子，笑起来："我会那么蠢？我本来只想去康河边坐一坐，平复一下内心的杂念，可是当时满脑子都是你一副小媳妇的模样，心烦意乱才出了车祸，说起来都怪你。"

我一时更加地心疼，搂着他的脖子亲了下他的唇："幸好你没事，幸好你还在！"

他笑了一笑："我也算是因祸得福，助理给我倒上粥时，我吃第一口，便觉得那是你做的。你说多奇怪，可是当时就是灵光一现，就这样觉得，然后我问助理是谁送的食物，他以为是护工送来的，可是护工在中午时送来了另一份食物。然后助理告诉我，你之前来过。"

我埋在他的胸口，闷闷地说："我只是觉得你很可怜，我想为你做点什么。"

"我很开心，那是我四年来觉得最开心的时刻，我觉得我的那些空洞一下就被那两份食物给填满了，我迫不及待地想证实那些是不是你亲手为我做的。"

我满怀愧疚地抬眼看他，与他坦白道："其实在你出车祸的第二天，我去了你曾说要带我去蜜月的地方，我在你想要去的河边，沉入了你送我的手链，我想以此断了我对你的念想，抛弃所有的过往。"

他一愣，然后在我的臀部拍了一下，不无责备道："为什么你总是猜不到我的心思，你还能不能再笨一点儿？"

我拿着他的手，让他再打一下，道："我猜错的何止一次，你要不要一次打个够本？"

他没有再打我，手轻柔地在刚刚他打我的地方抚摩着，然后埋首在我的颈间，温柔地说："诺诺，你知不知道我最厉害的本领是什么？"

"是什么？"

"是等，我能等过四年，又再等过四年，我总相信我等过最难过的日子，就会等来我想要的结果。"

"成墨！"

"嗯？"

"你不怕你最后等来一场空吗？"

"怕，我曾特别嫉妒一个人，他帮你挡酒时，在你耳边低语时，与你默契地交流着工作时，甚至他只是坐在你的身边，都能让我嫉妒。"

他是指崔宁吗？我笑了起来，我以为他从来都是跟个圣人似的心胸极为宽广的，不像我这般狭窄，我曾那么嫉妒孙小姐。

"我有没有和你说过，我这辈子，大概只能爱你一个人了？"我说。

"嗯，我想我也是如此。"

万籁俱寂，除了他的心跳声，我再也听不到其他。

半梦半醒间，我忽然听到我父亲的声音，他在遮天蔽日的银杏树下站着，喊了我一声。我红着眼圈跟他说我很想念他，他点头，指了指我的身后，我转头看见站在我身后的成墨在向树下挥手。可待我再转回身，我的父亲便消失在了树下，我埋在成墨的怀中哭泣，像是要将所有的眼泪都哭出来般。等成墨将我摇醒，我才发现我已经哭得抽噎了，枕头已湿了大片。

成墨问我怎么了，我埋于他怀中摇摇头，那些生长于我心中十几年的荆棘，已经和着血泪被全部拔出。我做了整整四年的梦，大多数时候我都是从梦中哭醒的，可是我知道这是最后一次了，我父亲将他送回到了我的身边，就算会梦到泪流满面也没有关系，因为有他在，说明一切都过去了。

11月20号，成墨早早地起来，将我也一并拖了起来，他精神奕奕，我一边刷牙一边瞅着他溢于言表的兴奋，不由得也笑眯了眼。我们收拾好了就出发，他驾着车，我们朝着金山坳前行。

今年的冷空气来得较为频繁，所以等我们到达金山坳时，发现地上已落满了树叶，树上只稀稀疏疏地挂了少许叶子，我看向成墨，问："会有点儿遗憾吗？"

"不遗憾，时景不同，人面依旧。"

我站在他曾埋下信件的那棵树下，道:"除了第一年,我每年都会来。"

他声音带涩地道："我也来，在梦里……"

我说："我给你念首诗吧！"

他说："好。"

我将在心中背了无数次的那首诗一字一句地念起来："炊烟起了，我在门口等你。夕阳下了，我在山边等你。叶子黄了，我在树下等你。月儿弯了，我在十五等你。细雨来了，我在伞下等你。河水冻了，我在河畔等你……"

他打断我，跳过了一句，道："我们老了，我在来生等你。"

这是我每年站在这里时都要默念的诗，他等了我这么多年，我又何尝不是一直在等他，幸运的是，我们最终等来了对方，也等来了幸福。

不远处，于海小心翼翼地扶着泼鸿缓缓地朝我们走来，我们相视一笑，大家都没有忘记我们曾经的约定，没有忘记我们的纪念日。